オルティシアは甘くきらめいた瞳でジンを見上げる。ジンが微かに笑って鼻梁に唇を落とした。

花《はな》の名《な》を持《も》つ君《きみ》と恋《こい》をする

深月《みつき》ハルカ

ILLUSTRATION：小禄《ころく》

花の名を持つ君と恋をする

LYNX ROMANCE

CONTENTS

花の名を持つ君と恋をする

ドーム屋根が塔に囲まれた白亜の宮殿の最奥は、空に最も近い庭園になっていて、緑の絨毯《じゅうたん》に花々が咲き乱れ、白大理石の柱や壁から蔓草《つるくさ》が伝い、風に揺れている。オルティシアは許された人々しか出入りできないこの庭園の、さらに小高い位置にある階段の上で眠っていた。

一面をくるぶしほどの丈の若草が覆い、白く陽を弾《はじ》いている。白い列柱が庭を囲んでいて、オルティシアは階段にもたれかかるように頬《ほお》を寄せて目を閉じていた。淡い白いレースのような裾《すそ》が微風に靡《なび》き、白銀の長い髪がその上を流れるように沿う。

「オルティシア…」

「…」

「起きてくれ」

護衛のツィーンの低い声が聞こえ、プラチナの長い睫毛《まつげ》に縁取られた瞼《まぶた》を開けた。

陽射しに透ける白銀《プラチナブロンド》の髪、抜けるように白い肌、唇がほんのりと赤みを帯びていて、瞳だけがミントブルーの宝石のように澄んでいる。

「……」

適度に距離を空けて、ツィーンが立っていた。剣を佩《は》き、筋肉質な身体《からだ》に沿う、黒い腰丈の袷《あわせ》を赤く染めた皮帯で締め、細身の下衣は、脛《すね》のあたりから軍用の革靴に覆われている。愛想のない武人だが、静かな雰囲気を持っている男だ。

「領主が呼んでいる。〝花の間〟だ」

手を差し伸べられ、オルティシアは大人しく半身を起こした。白い袖がふわりと風に浮き上がり、まるで水の中にたゆたう薄布のようだ。

襟元はきっちり詰まっているが、肩のあたりは短いケープ状になっていて、長い袖と足元まで隠れる裾は、女性のヴェールのように透けて美しい襞《ひだ》ができている。ツィーンは片膝を突いて屈《かが》み、不思議な模様が浮き上がる裾をそっと避け、オルティシアにビーズ細工の靴を履かせた。

歩き始めると、普段口数の少ないツィーンが黒い瞳を眇《すが》めて言う。

「接待の席に出て欲しいそうだ。フィオーレ全員が披露目《ひろめ》されるらしい」

「……どうして」

小さく問うと、黒髪の護衛が振り返る。

「〝月の都〟の官僚が来るからだという話だが」

「…」

そういえば、ほかのフィオーレがそんなことを口にしていた気がする。ツィーンはそのまま黙って先導し、花々の斜面を下って、古めかしい石造りの宮殿へ向かう。

六百年も前に建てられた宮殿の背後は山だ。そこが貴重な水を貯《たくわ》え、宮殿はその豊かな水流を自在に制御して街の人々に水を与える。緑したたる庭園は、その豊富な水がもたらす最高の贅沢《ぜいたく》だった。

白、紫、オレンジ、鮮やかなピンク…無造作に咲く花々の間を抜けて外回廊に入ると、フィオーレたちの楽しそうな声が部屋から聞こえてくる。

だが、オルティシアが一歩部屋に入ると、さざめくようなおしゃべりが止《や》んだ。
窓辺にもたれていたフィオーレたちが振り向き、息を呑《の》むような気配と囁《ささや》きが耳に入ってくる。
《オルティシアまで出るんだ…》
《すごいね…》
ツィーンはひそひそと交わされる声には頓着せず、オルティシアを上座の長椅子《ながいす》に促した。オルティシアも、黙ってそれに従う。
ここは、領主が大切に育てているフィオーレたちのサロンのような場所だ。ソファはオルティシア専用で、豪華に飾られた袖付きの長椅子に座ると、ツィーンはじゃあ、と言って部屋の外に出る。
一連の動きを、何人かの艶《つや》やかなフィオーレが眺めていた。剣呑《けんのん》な表情は友好的ではない。だが、面白くない視線を向けられるだけだ。だからオルティシアも対応のしようがない。やがて窓辺にいるフィオーレたちは何事もなかったかのように窓の外に夢中になり、オルティシアは黙って長椅子からそれを眺めた。

「……」

釣鐘型の窓が並ぶ横に広い部屋で、やわらかなローズ色の大理石でできた床には、鮮やかな金と緑で模様が描かれた絨毯が敷かれ、色とりどりの絹のクッションが壁沿いに積み上げられている。そして、花の間を何よりも豪華に彩っているのは、美しい花色の裾をひるがえしたフィオーレたちだ。

窓辺で、鶸《ひわ》色に染まった裾に、黄緑のアクセントがきらきらしているソフィオネという名のフィオーレが、隣を振り返って笑う。

「集光船《リコストル》が見えたよ」

「ほんとだ！」

アッシュグレイの地に、腰のあたりが深赤の薔薇《ばら》で飾られたロゼが興奮気味に返している。ほかにも、何人かのフィオーレが窓枠に肘をついたり、外に身を乗り出したりして盛り上がっていた。


フィオーレの姿は独特だ。衣のように見えるものは服ではなく〝膜〟で、それぞれ固有の色と模様を持っている。

光に当たることで、フィオーレたちは自分の身体に合った膜を織り上げる。それがあらゆる意味で人より脆《もろ》い体軀《たいく》を包んで守っている。

髪の色も瞳の色も、基本的にはこの膜と揃《そろ》っている。薄く、溜息《ためいき》にさえ舞い上がるほど軽い膜は、幾重になるかも、どのようにドレープを描くかも個体ごとに変わる。

同じ色の膜が重なって色が濃くなるもの、下が白くて上に色の膜が被《かぶ》さるもの、裾や袖だけがほかの色になって模様になるもの…どれもフィオーレの個性と育った環境によって微妙に変わるので、フィオーレを育てる者は、競ってより美しい姿形にしようとする。

その最高峰がオルティシアだった。

極限まで透明度を上げ、細やかな模様が織りなす屈曲に光が当たると、散乱してきらきらと無数の宝石のように輝く。

とろりと身体のラインを流れ落ちるような五重のドレープ。下の膜が透けて見えるが、膜の中で光が弾き合い、その肢体を窺《うかが》わせることはない。

「ほら、入国許可が下りたよ。術士たちが結界を解いてる」

フィオーレのひとりが、街を囲む城壁にある塔を指さした。

〝西の街《オヴェスト》〟は街の外周をぐるりとレンガの城壁で取り囲まれていて、四方に見張塔《ミナレット》がある。街はここで張られる結界に守られ、外界の邪悪を寄せ付けない。術士が結界を解かない限り、客人《まれびと》が街に入ることはできないのだ。

四つの塔では、護符を染め抜いた鉛色の長いローブを纏《まと》った術士たちが、入国を許可する合図に紫色の光を灯《とも》し、上空では城壁の円周に沿ってパパパッと白い光が上がる。

同時に、街の上空には巨大な帆船が下りてきた。

「すごいねえ…さすが、〝月の都〟のリコストルは大きい」

向日葵《ひまわり》のような明るい黄色の瞳で、ソフィオネが笑う。ロゼも興味津々だ。

「ソフィオネ、詳しいね」

「うん、彼が雲海局《うんかいきょく》だからね」

街から街へ、他所《よそ》の都へ行くためには、空を征《い》く船に乗らなければいけない。地上は大型の生き物が多くて危険だし、過酷な熱砂と呪《しゅ》にかかって、大抵死んでしまう。

集光船は大きな白い帆が光を集め、その力で浮上する。磁気嵐のない時期なら雲の上をゆったりと航行していけるため、交易の重要な手段だった。航行を束ねる雲海局は役所の中でも花形で、ソフィオネはちょっと自慢気だ。

「西の街《うち》でも大型船は持ってるけど、月の都のに比べたらどんくさいしサイズが違う。きっと推進力も違うはずだよ」

「へええ…」

あの羽根の部分が舵《かじ》を切って、高度を下げる時は帆が向きを変えて巻き上がって…とソフィオネがあれこれ説明するのを、オルティシアは離れた場所から聞いていた。

窓からは、市街に大きな影を落としながら進んでくる集光船が見える。

重厚な鉄の船体には、優美な流線模様があしらわれ、側面は古めかしい木調の装飾甲板が貼られている。舳先《へさき》にいくつもの宝石が埋め込まれていて、前に進むたびに左右の城壁の上から糸のように光の線が走り、宝石がその光を受けて色を変える。まるで安全に着陸できるように誘導されているようだ…と思ったら、ソフィオネがその説明をしていた。

「他国の船だからね。領土内で勝手に動き回れないように、術士たちが誘導した線路しか航行できない措置をしてるんだよ」

——そうなのか……。

船が入ってくるところを見るのは初めてだ。通常、他国からきた船は全て城壁の端にある定置所に入港する。これは外国からの使節船だから、特別措置で宮殿まで飛ぶのだ。

自分も、窓辺まで行って船の全容を見たいとは思ったが、行けば皆が場所を空けて気を遣ってしまうだろう。そう思うと、離れた場所で聞き耳を立てているほうが気が楽だった。幸い、皆船に夢中で自分にはあまり意識が向けられない。

近づくにつれて、市民が大型帆船を見上げて驚いているのがわかった。こんなに遠いのに、歓声がこだまのように聞こえてくる。茶色い屋根瓦の街並みに船の影が射し、だんだんと船特有のヒュンヒュンという駆動音が空に響いた。

「月の都《ルーシェ》最高評議会のお偉いさんが来るんだってさ」

「何しに？」

「国交交渉だって」

恋人が役人のソフィオネは情報通だ。ほかにも、有力貴族や大臣と共寝したことのある者が、次々と知っている情報を話す。

「なんでも、向こうから言ってきたらしいよ」

街や都はそれぞれ独立した国家だ。砂漠を隔てた他国との密な付き合いはない。

「ほかの街ならともかく、ほかならぬ〝月の都〟だからね。閣下としては張り切るだろうさ」

古《いにしえ》の秘術を堅護している月の都は、あらゆる意味でほかの街とは別格だった。地上に落ちた月のようだと謳《うた》われる都は、完全な自給自足で、余所者は誰も入ったことがない。

その時、部屋の入り口で先触れの声がした。

「アロンザ閣下御成《おな》り！」

フィオーレたちは一斉に入り口のほうを振り向く。けれど、皆窓に寄りかかったり、クッションにもたれたままだ。

「俺の可愛《かわい》いフィオーレたち、全員揃っているか？」

「まあ閣下、ようこそ」

褐色の肌を鮮やかなプルシャンブルーと金の長衣で飾り、豪華な綾織《あやお》りのサッシュにいくつもの金細工を垂らした領主が、覇気のある笑みで両手を広げて入ってくる。情熱的なオレンジ色の膜を纏ったフィオーレが笑顔でその腕に飛び込むと、領主は甘やかしてフィオーレの好きにさせ、小さな顎《あご》を取って頬に口付ける。

「相変わらず可愛い奴だ、エレナ。今日も美しいぞ」

「閣下もかっこいいです」

エレナは無邪気に領主の首に腕を回してまとわりついている。領主は次々とフィオーレの様子を見に近づいては、頬に軽くキスしたり、抱き寄せて賛辞を口にする。

「ソフィオネ、前よりずっと膜の色が美しくなったんじゃないか？」

「閣下も、先週よりもっと男前です」

「お前の恋人ほどじゃないさ」

ソフィオネも領主も面白そうに笑う。

豪奢《ごうしゃ》な装いに負けない彫りの深い面立ち、黒髪に金と宝石で留《と》められたターバンが映える。フィオーレたちの軽口も、半ば嘘《うそ》ではなかった。陽気で年若い領主は、男女を問わず色めいた噂《うわさ》が絶えない。

「今宵《こよい》は大事な客が来るのだ」

領主は一通りフィオーレたちをかまった後、声音に重みを持たせた。そこからは、為政者の貌《かお》になる。

「交易は大歓迎だが、奴らは周辺全ての街に平等に声をかけている。俺はそこらの田舎《いなか》街と同列に取引をするつもりはない」

公平など糞食《くそく》らえだ、我が街はなんとしても有利な条件を引き出してみせる…と鼻息が荒い。野望を言い聞かせながら、フィオーレたちの腰を抱き寄せる。

「お前たちの魅力で、ぜひとも奴らをこの街の虜《とりこ》にしてやってくれ」

「頭の固いお役人なんて嫌」

顔をしかめるフィオーレに、領主が笑った。

「何を言う。月の都は美男ばかりだぞ」

「ええー、本当？」

「本当だとも。好きな貴公子を選べばいい。骨抜きにしていいからな」

西の街自慢のフィオーレたちだ…と満足そうに笑みを振りまきながら、領主はオルティシアの前まで来て足を止めた。

上から下まで眺め、満足そうに目を細めて頷《うなず》く。

「うん。さすが、親父《おやじ》が無茶をしただけある。美しいな」

「…閣下」

「お前にもぜひ出てもらいたいのだ。奴らに見せたい」

いいだろう？　と聞かれ、オルティシアは黙って頷いた。

「よし、これで全員を披露できる。見栄えがするぞ」

領主は後ろについて回っていた侍従に〝オルティ

シアは俺の隣に置け〟と命じている。不満顔の艶やかなフィオーレたちには、甘い言葉と軽いキスでご機嫌を取る。

「お前たちがいてこそ、フィオーレがフィオーレたり得るんだ。もちろん、俺はお前たち全員を愛しているぞ」

口が上手《うま》いんだから…と拗《す》ねるフィオーレたちも、そうまんざらではない様子だ。オルティシアはその様子を黙って見ていた。

この領主のことは、好きでも嫌いでもない。けれど、こういう時に、ぽつんとした気持ちになる。

——仕方がないことだけど…。

前領主の秘蔵品というのが、自分の立場だ。護衛まで付けられているフィオーレは自分ひとりしかいない。

オルティシアから見ると、色とりどりの膜を持つフィオーレたちは美しいと思うのだが、世の中の基準としては、白銀《プラチナ》が最も格が高いとされている。

本当はそんな扱いは嬉《うれ》しくない。皆と仲良くなれたらどんなにいいだろうと思う。

特別な場所をあてがわれ、どんな時も一番よい待遇を受ける。けれどそれはまるで、透明な箱の中に飾られたような気分だ。

領主が部屋を出ていくと、フィオーレたちはめいめい好きなように過ごした。宴《うたげ》までのんびりおしゃべりし合う者もいるし、自室に戻る者もいる。ふと窓の外を見ると空はオレンジともピンクともつかない荘厳《しょうごん》な夕焼けに染まっていて、集光船の姿はもうなかった。

ミナレットが黄金の夕陽に浮かび上がり、術士の背の高い白い帽子と護符を染めたローブが小さく見える。

「…オルティシア」

声をかけられて振り向くと、入り口にツィーンがいた。

「部屋に戻って休んでおくか？」

宴まではまだ時間がある。オルティシアはいつの間にかひと気が少なくなっていた花の間を見回して頷いた。

「うん…」

◆◆◆

数刻前――――。

月の都《ルーシエ》最高評議会執政官のジン・オルランドゥーニは、甲板で淡く金色の光を弾く雲海を眺めていた。見渡す限り続く絹糸のように艶やかな雲の海の下は、乾いた黄土色の砂漠が続いている。

雲海からは心地よい水気を含んだ風が吹き渡り、空いっぱいに船の駆動音が響いていた。

月の都の正装は黒だ。引き締まった身体に沿う細身のジャケットは、後ろが鳥の尾羽のように長くひるがえる。左右にあしらわれた七つ釦《ボタン》は、金糸の刺《し》繍《しゅう》が横に渡されて胸元を豪華に飾り、細身のパンツに黒革の長靴で、端は膝のあたりで折り返されていた。

ジンは少しうねりのある黒髪を、無造作に後ろに流している。僅《わず》かに額に落ちる髪が、彫りの深い端正な顔立ちの中に微妙に色気を滲《にじ》ませていた。年はまだ二十七だが、その落ち着き方と肚《はら》の据《す》わった政治手腕のために、周囲はその若さを忘れ、次期元首の呼び声も高い。

「執政官殿、もうすぐ高度を下げます。船内にお戻りを…」

「ああ…」

呼びにきた副官の揣摩《シマ》は、同じ黒だが丈の短いジャケットを着ている。揣摩がすっと切れ長の眼を上司に向けた。

「偵察艇からの報告が入りました。どうやら、まだ先手は打たれておらぬ様子です」

ジンは歩き出しながら頷く。

完全独立を貫いていた月の都が、千年の沈黙を破って初めて国外へ門を開いている。特使が各街へと訪れ、条約を結んだ。その最後が西域で最大の規模を誇る〝西の街〟で、ジンが交渉の役を担った。

「…それにしても、わざわざ執政官殿自ら出向かなくてもよかったのではありませんか？」

揣摩の問いに、ジンは気品を漂わせた微笑を向ける。

「ひとつぐらい、私が担当してもいいだろう？」

「しかし…」

実務者レベルで十分ではないか、という顔だ。

確かに、都を留守にしてまで自分がやる仕事ではない。だが、とジンはまだ見ぬ街へと視線を投げる。

「私も、異国をこの目で見てみたかっただけだ」

未知のものへの興味でもあるし、これから先、月の都がやらねばならない布石の確認でもある。

「西の街と条約を結べば、包囲網は完成だ」

本当の理由は知らせない。あくまでも、貿易が目的だと思わせたい。


副官は表情を引き締めた。

「蛮国ですから、何があるかわかりません。慎重に警護させていただきます」

ジンは精悍《せいかん》さを滲ませて唇の端で笑った。

「心強いな」


上空から見た西の街はエキゾチックだ。白い大理石でできた丸屋根の宮殿は、山肌を背に階段状に造られていて、ところどころにアーチ状の橋脚を持つ水道が渡され、緑豊かな宮殿から水が市中へと流れていく。砂漠の中にある街において、水を制する者が覇権を握るという象徴だった。

大型集光船は茶色い瓦屋根の続く市街を飛び、宮殿の前庭へと着陸した。使者十人がそれぞれ貴賓室をあてがわれ、夜には歓迎の晩餐《ばんさん》の宴があるという。部屋で一息ついていると、揣摩が右手を胸に当てて敬礼し、入室してくる。

「もう時間か」

「いえ。ですがそろそろお仕度をと思いまして」

船から運ばれた備品から、肩章と白手袋、サーベルが盆に載せて掲げられる。身支度をしていると、揣摩が報告した。

「晩餐には、フィオーレが出席するそうです」

「ほう…」

フィオーレは美貌の異種族として名高い。母国にもいるが、西の街はフィオーレが多いことで特に有名だった。

「色仕掛けか…」

なんと芸のない外交だ…と思うが、専制君主制のこの街の価値観としては当たり前なのだろう。

それにしても、美女をあてがうならまだしも、フィオーレを陪席させるとは、随分酔狂だと思う。

「…確か、前領主の趣味だったたか」

「はい。彼らの意識では〝西の街の特産品〟なのだそうです」

「…」

フィオーレは何故《なぜ》か単一では繁殖ができない。雌雄がなく、見た目は男性なのだが、人と交わらないと次世代を生むことができない種族だ。その生態から、彼らは妖艶で性に積極的だと言われてきた。魅入られると虜になるとか伝説は多い。

そして特権階級にいる者は、富の象徴としてフィオーレを愛《め》で、競って美しく育てようとした。

「蛮族の風習ですが、他国ですからとやかくは言えません」

そう言いつつも嫌そうな顔をする部下に、ジンは苦笑する。

「我が国とて、他国を非難できるものではないぞ」

「執政官殿…」

月の都では、数百年前に国が乱れる元としてフィオーレの所有は禁じられ、彼らには市民権が保証されるようになった。だが、月の都の人名台帳には、今でもフィオーレの名はない。

彼らは自由の名のもとに〝それぞれの意志で〟所有者の元に留まったとされている。

「行政の表面上、いないことになっているから問題にならないだけで、状況はさして変わらない」

今でも、フィオーレを恋人に持つことは特権階級の密かなステイタスとされている。月の都にも、僅かだが確実にフィオーレがいるのだ。ただ、愛好家や貴族たちが秘匿してしまうせいで実体が把握できていない。

「むしろ、非合法化しているほうが、問題は根深いと思わないか？」

「…確かに、そうとも言えますが」

この街では月の都がとっくの昔に廃止したフィオーレの所有が認められている。ただの自慢もあるだろうが、ことによると、彼らは本当に〝フィオーレの輸出〟を考えているのかもしれない。

好事家にとっては、いくら出しても惜しくはない高価なものだ。こちらから見れば人道にもとる商取引だが、この街は奴隷の売買も許されている。だが、あまり相手国の価値観を真っ向から否定してしまうと、交渉にならない。

「それに、相手に合わせるわけではないが、私もフィオーレは実際に見たことがない。単純に興味はある」

「執政官殿…」

生真面目《きまじめ》な部下が眉を顰《ひそ》める。ジンは晩餐用の白手袋を嵌《は》めた。

「ただの興味だ。お前も不思議に思わないか。同じ姿をしているのに、こんなに生態が違う種族もないだろう」

「…まあ、そうですが」

彼らの祖先は植物なのだという。光を織った衣を纏い、人間の男から精を得るのに、彼らの姿は何故か皆男性体だ。特に男色を嫌うわけではないが、男を誘うのなら、女性体のほうが理にかなっているのではないかと思う。

――男の〝美しい〟というのもわからないしな。記録や文献はいくつもあるが、ジンもあまり詳しく調べたことはない。機会があるなら、本物のフィオーレを見るのも一興だ。

「どうせ実務交渉は色気のない折衝ばかりだ。少しぐらい華を添える演出がないと、殺伐とするだろう？」

「はあ…」

渋々同意する揣摩に苦笑しながら、ジンは迎えの使者に案内されて宮殿の大広間に向かった。


「遠路はるばる、よく来られた。心から歓迎する」

「恐れ入ります」

玉座に座り、豪快に笑う領主を前に、ジンは端正な笑みを返して礼をとる。領主は宝石に飾られたターバンを揺らし、鷹揚《おうよう》さを示した。

「さあ、面倒な議題は明日にしよう。まずは歓迎の宴を楽しんでくれ」

玉座を中心に、半円形に肘掛け付きの金の椅子が等間隔で並んでいる。それぞれの椅子の隣には翡翠《ひすい》やアメジストをあしらった金の小台が置かれ、酒や果物、香辛料の利いた肉料理などがふんだんに載せられている。特使たちは女官に案内されながら席に着いた。

楽が奏でられ、領巾《ひれ》を手にした舞手たちが色鮮やかな布をひらめかせて踊り、だいぶ酒肴《しゅこう》も出し尽くされた頃、領主がおもむろに手を打った。側近は拝礼すると幾重にも垂らされた幕の向こうへと引っ込む。

「お聞き及びになったことがあるかもしれないが、我が街は、どこよりも美しいフィオーレが育つところでしてな」

「ええ、噂に名高いですね」

領主は、ジンの答えに満足そうだ。

「よくほかの街の貴族が自慢気にフィオーレを伴っ

て訪れてきたが、だいたいうちのフィオーレを見ると、恥ずかしくなって引き下がる」

「ほう、さすがですね」

「奥の庭は、フィオーレたちのために五代前の領主が造ったものだ。一世一代でフィオーレの美を極めることはできない」

いかに西の街に育成ノウハウがあるか、どれだけフィオーレが妖艶かを講釈しているうちに、領主の背後の幕の下手から、華やいだ一団が現れた。

領主の相好が崩れる。

「おう、来たか。お前たち、月の都の賓客だ。皆挨《あい》拶《さつ》をしろ」

「ようこそ、月の都のお方」

「遠いところをようこそ」

「はじめまして…」

鈴を転がすような…というのだろうか。男性とも女性とも違う、透明感のある弾んだ声音でフィオーレたちが挨拶をする。


——確かに、噂に違《たが》わないな。

現れた十四人のフィオーレは、資料で見た画よりずっと華やかで美しかった。

深紅、黄、緑、橙…蝶《だいだい　ちょう》や花を思わせる色とりどりの衣装。髪や瞳はまるで宝石のように澄んだ輝きで、美丈夫な青年から、少女のような甘い面差しまで皆印象が違う。

〝膜〟だと言われている衣も、床すれすれまで覆うものから、スリットが入っているもの、膝にもかからぬほど短いもの、なまめかしく肢体にぴったり沿うスタイルまで様々だ。花や葉、蔓があしらわれたかのようなデザインも模様も、多岐に富んでいる。

ジンは領主を取り囲んだ大輪の花束のような一団を眺めて、優雅に唇の端を上げた。

「西の街の至宝たちにお目にかかれて光栄です」

お世辞が上手…と笑う声まで嫌味がない。あでやかな雰囲気のフィオーレもいるが、聞いているほど性的な妖艶さは感じられなかった。

むしろ、どこか太陽の下で咲き誇る夏の花々のように、五月の光に瑞々《みずみず》しく花開く薔薇のように、鮮やかで純粋な美しさだ。

領主は笑みを湛《たた》えて、玉座の周囲を取り巻いているフィオーレたちを促す。

「さあ、異国の貴公子たちと話をしておいで」

「はあい…」

まるでひらりと花の上を舞う蝶のように、フィオーレたちは微笑《ほほえ》んで領主の周りから飛び立つ。フィオーレ同士連れだって、あるいはひとりで、左右に広がった客席に遊びにきた。

真面目くさっていた官僚は、たじろぎつつこの美しいフィオーレの洗礼を受けた。ジンの左右にも、あっという間に三人のフィオーレが寄ってくる。

「はじめまして月の都のお方。お名前は？」

「ジン・オルランドゥーニだ」

「まあ、渋くていい声…素敵ね」

無邪気な子供のように、椅子に寄りかかって微笑《わら》う。人間の女がこれをやったら、しなだれかかるようで鬱陶《うっとう》しいだろうが、フィオーレだからだろうか、性別も感じられず、まるで蜜蜂か蝶に止まられるように、軽やかで嫌気がない。

月の都はどこにあるのか、だの、どんな仕事をしているのかだのと尋ねられ、答えているうちにフィオーレがいつくと、衛士たちが彼らのための小さな椅子を持ってくる。優美な猫足をした絹張りだ。ジンは自分のところばかりにフィオーレが集まっていることに、少し視線を巡らせた。

フィオーレに接待させることが目的なら、もっと均等に使者全員を回るべきではないのだろうか。

領主の様子を窺うと、彼は面白そうに玉座に座って眺めている。そして、その隣にはひとりだけ誰のところにも行かずに座っているフィオーレがいた。

遠目でもはっきりほかのフィオーレと違うのがわかる。膜はまるで銀の粉を振りまいたように繊細に輝き、淡い白銀の髪が艶やかに肩のあたりを流れ落

ちている。

氷の結晶で創られた芸術品のようだ。

——美しいな…。

少し注目し過ぎてしまったのかもしれない。視線に気付いた領主が何事かを隣に囁き、白銀のフィオーレを連れて歩み寄ってきた。

フィオーレは、透明感のある表情で黙って領主の後ろをついてくる。

「さすがは執政官殿だ。このフィオーレに気付くとはお目が高い」

「…閣下」

他愛無《たわいな》く群れていたフィオーレたちも、ふたりが来ると口をつぐみ、大人しく領主を見上げた。領主は一歩横に譲って連れてきたフィオーレを披露し、笑みを見せた。

「オルティシアという、コレクションの中でも最も美しいフィオーレだ」

——コレクション…ね。


心中で呆《あき》れる気持ちに蓋《ふた》をしながら、交渉相手の機嫌を損ねないように愛想を返す。

「確かに、文献でも見たことのない美しさですね」

硬質で整った面差し。髪と同じ白銀の繊細な睫毛が瞬《また》くたびに頬に影と光を落とす。緑柱石《エメラルド》とも藍玉《アクアマリン》ともつかない瞳。黙っていると精巧な人形のようで、本当に生きているのかと思ってしまう。

「そうだろう。これは我が父最晩年の傑作だからな」

「ほう…」

「こんな風に透明度を上げるにはかなり工夫がいる。細やかな調節をしないと育たないんだ」

まるで作物でも育てるような物言いに、眉を顰めないようにするのが大変だ。だが、領主は気付く様子もなくオルティシアに話しかけている。

「どうだ？　せっかく宴に出たのだ。お前も誰かと話してみないか？」

オルティシアは黙って頷く。すかさず衛士が絹張りの椅子を持ってきた。

だが、そうするとジンの周りはフィオーレだらけになってしまう。ジンは苦笑しながら領主に言った。

「私ひとりで歓待を受けるのは恐縮です。ほかの者にも…」

分散させては…と言外に滲ませたが、領主はあっさりと首を横に振った。

「こればかりは俺にもどうにもできん。フィオーレが執政官殿を気に入ったのでな」

「そのような…」

世辞で持ち上げているのだろうと思ったら、そうでもないらしい。領主は大げさに溜息をついて両手を上げてみせた。

「我々に権利などない。選ぶのはフィオーレなのだからな。この俺でさえ、抱いたことのあるフィオーレは三人しかいない」

「…はあ」

あけすけな言葉に、返す台詞《せりふ》もなかった。フィオーレたちは当たり前のような顔をして笑っている。

領主は苦笑気味に、にこにこしているフィオーレの頭を撫《な》でた。

「こいつらは、気に入らない相手には口も利かないのだ。こんな時ぐらい、俺の顔を立ててくれればいいんだが…」

「閣下、可哀想《かわいそう》…。じゃあ、ほかの人のところに行ってあげる」

お前はなんて優しいフィオーレなんだ…と領主はまるで猫の喉をくすぐるようにフィオーレの顎を摘《つま》む。

「めったにない賓客だ。二度と会えないかもしれないんだから、全員と話しておいで」

「はあい…」

「みんな、行こ…」

素直に屈託なく、ジンの周りを蝶のように群れていたフィオーレたちはひらりと裾をひるがえして使者たちの席に向かった。

留まったのは、領主が伴ってきたオルティシアだけだ。領主は満足そうにフィオーレたちの後ろ姿を見送り、ジンに向き直る。

「執政官殿にはやはりこのとっておきのフィオーレが似合う」

「閣下…」

「いい土産《みやげ》話になるはずだ。ぜひ堪能されるといい」

ご満悦…という顔でオルティシアを眺め、領主は席に戻った。


——お気に召さなかったか？

大人しく絹張りの椅子に座ったオルティシアは、淡い光をきらめかせながらじっとしている。

領主は、気に入らない相手には口も利かないのだと説明していた。だとすると、自分はこのフィオーレのお眼鏡に適《かな》わなかったのかもしれない。

表情を窺うと、人形のような面差しからは嫌悪も好意も読み取れない。ただ黙って絨毯の模様を見ている。嫌われたのならそれも仕方がないと思うが、せっかくの機会なのだから、〝傑作〟と謳われるフィオーレがどんな声をしているのかは聞いてみたかった。

伏し目がちの視線が、徐々に領主の去ったほうへと動いていく。ジンは視線が交わせそうな瞬間を捉え、微笑んで手を差し伸べた。

「初めまして、オルティシア…」

「…」

驚いたように瞬き、ジンを見たオルディシアの熟した李《すもも》のように艶のある唇が僅かに開く。目が合った瞬間に、ほのかに感情らしきものが見えた。嫌というわけではないようにも見える。ジンは手を伸ばしたまま、しばらく待ってみた。

オルティシアはそれを眺め、何度かジンの顔と手を交互に見やって、やがてそっと白い手を伸ばしてくる。


——もしかして、緊張しているのか？

外見からすると、領主の言う通り意に染まぬ相手とは口も利かないというクールな印象を受けるのだが、真っ白な手を握ってみると、見た目を裏切るように温かく、そしてびくりと竦《すく》んだのがわかった。

まさか、フィオーレに限ってそういうことはないと思うのだが、オルティシアは特別な存在のようだから、あまり人前に出されない可能性もある。

もしそうなら、見知らぬ相手に慣れなくて、表情が硬くなるということもあるかもしれない。

ジンはゆっくり手を離して話しかけた。

「ジンといいます。お目にかかれて光栄です」

「…オルティシアです。お目にかかれて……」

蚊の鳴くような声は途中で口の中で消えてしまう。けれど綺麗《きれい》な声だった。夜露が弾けたらこんな音がするのではないかと思うくらいの、微《かす》かに響く声は、耳に心地よく残る。

このフィオーレに似つかわしい声だと思った。口を利いてもらえたのなら、もう少しちゃんと話す声を聞きたい。

飲み物を勧め、滞在を促すとオルティシアは言われるままに錫《すず》の杯を手にし、唇を付ける。

けれどそれきり言葉はなく、視線を合わせることもなかった。感情を見せない瞳は錫の杯を見つめ、避けるように広間の反対側のフィオーレたちに向く。

——話すのが苦手なのか…。

まだ嫌われた可能性も消せなかったが、様子を見ていると、僅かに見せる感情の片鱗《へんりん》からそんな風に思えた。

伏せがちな白銀の睫毛。両手で包んだ杯を、さりげなく何度も握りなおしているのが、落ち着かない内心を表しているように見えた。

無理に会話をさせるのは緊張を強《し》いることになるのかもしれないが、黙ったままというのも気詰まりではないかと思う。

どんな話なら、負担がないだろう。

「……」

向かい側は賑《にぎ》やかだった。楽師たちが奏でる音楽に合わせ、ひとりが軽やかに歌を披露していて、両隣に座ったフィオーレが喝采を送っている。

ジンは考えてから、静かにオルティシアに話しかけた。

「彼らの名は？」

これなら答えやすいだろう。尋ねられたオルティシアは拒まずに教えてくれた。

「歌を歌っているのがエレナです。左側の薔薇模様がロゼで…」

「あの花も膜なのか？」

「はい」

皆、何かしらの花に近い色や形なのだという。ひとりずつ名前と花の説明をしてくれる。はじめは声が震えていたが、十三人全てを説明する頃には、少し落ち着いてきたようだ。

やはり、緊張する性質なのだと思う。ジンはいつもより心を砕いてやわらかく接することを心掛けた。

普段は舌戦も厭《いと》わない政務が中心で、切り込むことのほうが多い。女性や子供には優しくしているつもりなのだが、気が緩むと〝怖い〟と言われてしまうこともなくはない。

オルティシアにはより気を付けて接してやらないと、彼を怖がらせてしまいそうな気がする。

ジンは全員の名を説明し終え、口をつぐんだオルティシアを見つめた。

「それで、君の膜の模様はなんの花に似ているのだろうか」

白銀のフィオーレは唇を開きかけ、固まってしまう。ジンは質問を変えた。

「先程教えてくれたソフィオネの花も、私は見たことがないんだ。だから、あまり知られていない花の種類もあるのかと思って」

オルティシアがこくんと頷く。

自分の花が説明できないのか、それとも別な事情があるのかはわからない。ただ、自分のことを話すのは苦手なのかもしれないと推測する。頷いた後は、黙ったままだ。

――もうそろそろ、返してやったほうがいいだろうか。

無理をさせるのは可哀想な気がした。

ほかのフィオーレたちなら、気に入らない相手には平気でそっぽを向きそうだが、どうも、オルティシアはそうしたことは言えない性分に見える。

声も聞けたし、自分としてはこれで満足だ。

領主のところまでエスコートしようかと腰を浮かせかけた時、ふいにオルティシアが顔を上げた。

「ソフィオネは…庭に咲いています」

声を聞くと、やはり心地よい。そして、何故か表情には出ていないのに、一生懸命話す糸口を探してくれたような気がした。

強張《こわば》ったような表情のオルティシアに微笑み返す。

「それはぜひ見たいな。庭には私も立ち入れるだろうか」

オルティシアが周囲を見渡すと、武人と思われる者が気付いて近づいてくる。庭に行くという話をすると、領主の了解を得てきた。

今日は政治的な話は一切しないらしい。領主も特に特使たちに構うことなく、フィオーレのひとりとご機嫌で酒を酌み交わしている。

――仕方がないな…。

相手の国にはその国なりの風習というものがある。街によっては七日七晩の歓迎が続き、それが終わるまでまったく交渉のテーブルに着かなかった首長もいたらしい。ジンとしては効率よく事務手続きを完了させたいのだが、そういうわけにもいかない。

ここは、西の街のしきたりと価値観に合わせなければならないだろう。今晩は宴と異国のもてなしを純粋に楽しむ以外なさそうだ。

「では、庭を案内していただけますか…」

恭しく手を差し伸べると、オルティシアは戸惑った顔をし、おずおずと白い手を差し出した。

崖に沿って傾斜している庭園は、高い大理石の列柱に囲まれていて、広いフィールドの円周に沿って花が咲き乱れていた。四阿《あずまや》や噴水などはあるが、庭園というには開け過ぎていて不思議な景観だ。ジンはオルティシアに案内されながら、満月に照らされた緑の庭を眺めた。

触れた手を通して、オルティシアが緊張しているのがわかる。されるがままになっているが、指先はひんやりしていて、ジンの手の中で、拒まないようにじっと蹲《うずくま》っているかのようだった。

だが、表情は相変わらず精巧な細工物のように動かない。ジンは一度手を緩めてさりげなく外そうとしたが、オルティシアがビクリと肩を竦ませたので、また握りなおした。

「……」

なんだか、痛々しくてならない。きっとこんな風に他人と一緒にいる機会はあまりないのだろうに、領主に言われたから、反抗できなくて無理をしているのではないか。

できればもう少しリラックスさせてやりたい。ジンは、歩きながらさりげなく手を離すタイミングを見計らった。

「…あの花です」

オルティシアが、蔦《つた》の絡まる柱の脇にあるひと群れを指さす。

くるぶしあたりまでの低い茎の先に、黄色い花びらを閉じた萼《がく》が揺れている。ジンは片膝を突き、花に触れるのを機に、自然な流れで手を離した。

「…花びらを閉じているんだな」

咲いたところが見られなくて残念だ、と言うと、オルティシアも同じように花の傍《そば》に跪《ひざまず》く。

ふたりで眠るような蕾《つぼみ》を眺めた。

「太陽のない夜は、閉じてしまう花が多いです」

「そうか…」

普段、あまり花の生態を意識することがなかった。そういうものなのか、と感心していたら、オルティシアがもう少し先の階段状になっている場所を指した。

「茉莉花《ジャスミン》なら、夜に咲きます」

夜目にも、濃い緑の葉の間に白い可憐《かれん》な花が浮き上がるように見える。ジンは見にいこう、と誘った。

近づくと、重い香りが夜気に広がっている。

「いい香りだ…」

白い小花をつけたひと群れに近づき、芳醇《ほうじゅん》な香りを味わう。オルティシアは好きだろうか？　と振り向くと、不意打ちだったのか、ミントブルーの瞳が驚いて瞬いた。

「君が好きな花はどれ？」

「……」

白い手が、まごつくように白銀の膜を握り締め、視線を彷徨《さまよ》わせている。ジンはゆっくりと立ち上がり、オルティシアと並んだ。

「〝どれも好き〟という答えもあるんだよ」

決められない場合の答えかたを教えると、はっとした顔になる。思いつかなかった、という表情にジンは微笑みかけた。

「そんなに緊張しなくていい。私はこの庭と君を見せてもらって、十分堪能した」

楽しいよ、と表情で示してみせる。オルティシアは瞬きもせずジンの顔を見つめていた。

そうされると、繊細な顔立ちがよく見える。

整った面差しだと思っていたのに、驚いたように目を見開くと、目元は子供っぽく変わる。クールに見えるのはあまり口元が動かないからかもしれない。

観察していると、どうしても欲が出た。

オルティシアが笑ったら、どんな表情になるのだろう。

もし、こんな風にこわごわとした顔ではなく、もっと安心させてやれたら、彼の内面を知ることができるだろうか…。

ジンは言葉のないオルティシアを促して大理石の階段に腰を下ろし、ふたりで並ぶように座って宮殿を眺める。白亜の丸屋根が月光を受けて濃紺の夜空に浮き上がって見えた。

「可憐な庭園だな…」

奇抜な造形も賑々しい装飾もなく、草花が生えたいように生い茂っているように見える。

「領主殿が〝フィオーレたちのために造った〟と言っていたが、君たちはこうした庭が好きなのか?」

こくん、と隣で白銀の髪が揺れる。

「そうか…では、ここにある花全てが好き、というのは正しい答えだな」

月下のオルティシアは、まるで月の精霊のようだ。笑みを向けるとオルティシアの視線にかち合い、見開かれた瞳と見つめ合う格好になった。

「…」

オルティシアの後ろで、紫色のトケイソウの花が揺れている。美しい造形は変わらなかったが、ほんのり頬が色付いて、ジンは初めてオルティシアの血が通った表情を見た気がした。

「…ぁ」

可憐な唇から声が零《こぼ》れる。ジンは続きを待ったが、オルティシアの視線はジンから少し外れて庭園の端のほうへ逃げてしまう。すると、先程までのほどけかけた空気が消え、はっとしたように緊張が戻った。

視線の先を追うと、ほかのフィオーレがいる。特使のひとりと一緒だ。ジンはクスリと笑った。

「先客がいたか…」

月明かりの下でも、フィオーレの〝膜〟は華やかだ。少し歩くだけでふわりと踊るように鮮やかなピンク色の裾が舞い、髪も一緒に靡いていく。

使者たちとは、あらかじめ方針は共有してある。どのメンバーも色仕掛け程度で政治的に堕《お》ちるような男ではない。それなりに自分で判断して楽しむなり、あしらうなりするだろう。

先客はフィオーレの歓待に応じているようだ。夜の庭に、時おり笑い声がこだまする。

――まあ、自分も他人のことは言えないな。

無口なのに、オルティシアと一緒にいるのは嫌ではない。もっと話せたら楽しいだろうと思うが、オルティシアが話そうと試みてくれたのがわかるので、黙って並んでいるだけで満足だった。

――フィオーレというのは、もっと淫らだと思っていたんだが…。

自分の先入観にも反省をしている。

文献などで知識は持っていたつもりだが、やはりどこかで〝繁殖のために性的魅力で誘惑する〟種族だというイメージが残っていたのだと思う。でも、こうして見ている限り、色とりどりの姿をしたフィオーレたちは人懐こいが、あまり性的な匂いが感じられない。それに、オルティシアに至っては全くフィオーレの概念から外れている。ジンはオルティシアの透き通るような膜に目をやった。

「……」

オルティシアはジンの視線をずっと追っている。

「君に似た花は、私の国では見たことがないんだ」

西の街だけに咲く独特な種なのだろうか、と思って呟《つぶや》くと、オルティシアの声がした。

「…私に似た花は、ないです」

それはどういう意味か、と尋ねようとしたが、オルティシアは申し訳なさそうに俯《うつむ》いてしまった。

ジンはそっとその小さな頭を撫でた。

「すまない、言いにくいことを言わせてしまったかな」

「…い…え」

困った顔をしたオルティシアに笑いかける。彼が少しほっとした表情になるのがわかった。

人よりずっと微かだけれど、よく見ていればちゃんと感情は読み取れる。

夜風がさあっと庭園を吹き抜け、オルティシアの白銀の膜が踊るように舞い上がった。どんな布よりも軽い半透明の膜が、月に照らされてきらきらと輝く。

「風が出てきたな…そろそろ戻ろうか」

薄衣で、寒いのではないかと配慮したつもりだったが、口にした時オルティシアが少し目を伏せたような気がして、ジンはなんとなく惜しいことをした気分だった。

もしかしたら、オルティシアはもっと話をしたいと思ってくれたかもしれない…。だが、その読みが正しかったかどうかはわからなかった。オルティシアは俯きがちなまま立ち上がり、なんとなく流れで一緒に宮殿へ帰る足取りになってしまう。

庭の柱の陰に、宴の席にいた武人がさりげなく立っている。警護なのだろう。

――それだけフィオーレは厳重に管理されているということだ。

オルティシアや、ほかのフィオーレたちだけを見ると、本当に好悪の感情だけで動いているように見えるし、オルティシアと過ごした時間は楽しかったのだが、政治的な意味を抜きにするわけにはいかない。

おそらく、領主は秘蔵のフィオーレを使って接待をするに値するような条件を出してくるだろう。頭の中で、翌日の交渉のことを考えてしまう自分に、ジンは軽く自嘲した。

――色気のないことだ。

こんなに美しいフィオーレが隣にいるのだ、せめて今ぐらい舞い上がってしまえればいいのだが、どうもそうなれない。

だから、いつまでも身を固められないのだと思う。都では執政官という要職に就いている。年齢的にもそろそろ伴侶を得て、自分の生活基盤を整えておく時期だと思うのだが、忙しさを理由に棚上げしている。

どうも、気乗りがしないのだ。言い寄ってくる女性たちには礼を欠かない程度に接しているが、どうしても政治的な影響を考え、相手の家柄が利権に絡んでしまうとわかると、自然に距離を置いてしまった。

そうしたしがらみを超えられるような想いを相手に持てればよいのだが、残念ながら、焦がれるほどの恋をしたことがない。

――まあ、仕方がないな。

政治の世界に身を置く以上、感情だけで伴侶は決められない。ジンは心の中で諦めをつけた。

ふたりで宮殿の外回廊に戻り、数段ある階段を上った時だった。優美な曲線模様の柱の陰で、みずみずしいオレンジの果実のような膜がひるがえり、甘い声が耳に入る。

「…好き」

柱を背にした官僚に、フィオーレが首へ腕を回して身を寄せている。宴の時に歌を披露していたエレナだ。

オルティシアは階段で足を止めている。ジンも、礼儀として気付かない振りで通り過ぎるべきだと思ったが、追いかけるように魅惑的な声がした。

「キスして…」

広間で見ていた時とは、全く違う。

透明感のある声音は変わらないのに、とろっと甘露がしたたり落ちるように、甘く痺《しび》れる響きが耳に広がる。思わず視線を向けると、そんなはずはないのに、エレナの白い両腕から、甘い柑橘《かんきつ》系の香りがまとわりついて見えるような気がした。

天真爛漫《てんしんらんまん》な明るさに、陶酔にも似たうっとりとする視線が同居する。

フィオーレの伝説の所以《ゆえん》を見たような気分だ。

――認識が甘かったか…。

娼婦のような、婀娜《あだ》めいた姿態を想像していた。だから、思ったほど猥雑《わいざつ》さのない姿に拍子抜けしたのだが、彼らの魅力はそうした淫らさではないのだ。

逆らい難い、澄んだ甘い誘惑。

エレナは無邪気に愛を請う。彼はただ相手を気に入ったから、触れたいという感情のまま素直に口に出しただけのように見えた。

応じた相手に、エレナは嬉しそうに身体を絡める。悩ましいほど膜が薄く透け始め、すんなりした脚が相手のそれに密着するのが見えた。

「……」

ジンは足を止めたままのオルティシアの肩に手を回し、抱擁し合うふたりから隠すように回廊の反対側へと促した。

背後からはまだ甘い香りがして、それが庭園から漂う果樹なのか、エレナが振りまく芳香なのか判別がつかない。ただ微かなはずの吐息が、妙に耳に響く。

外回廊は、壁にステンドグラスでできた灯《あか》りがかけられている。足元に不自由しない程度の光の中で、広間まで戻る間に、さらに二組のカップルに遭遇してしまった。悩ましい美しさを湛えたフィオーレの横を通ると、その腰を抱き寄せた官僚が、ジンに気付いて苦笑にも似た視線を送って寄越した。

〝読み通りだったな〟という顔だ。そこには、もしかすると見栄を張っているのかもしれないが、まあ接待は受けておくよ…という鷹揚な態度も見えた。

ジンも、咎《とが》めだてせずに笑って返す。

広間に入ると、宴はお開きになっていた。フィオーレはひとりもおらず、特使のメンバーの半数以上の姿がなかったから、これは領主の思惑通り、あの異種族の接待が成功したのかもしれない。皆、特使の誰かを気に入って、回廊で見かけたように口説き落としているのだろう。

ジンは肩に回していた手を離し、オルティシアに向き合った。背後からは警備の武人がついてきている。ここからは、もう彼に任せても大丈夫だろう。

「今日はありがとう。楽しい宴だった」

オルティシアは何か言いたげだ。だが、ジンは後ろの武人に目をやった。オルティシアが接待をこなしたことは、きっと彼が証言してくれるだろう。

オルティシアは、先程のエレナのような振舞いはきっとできない。そして、自分もそこまでのことは望んでいなかった。

「もし君のお眼鏡に適っていたら…と思うと残念だが、話せただけでも十分満足だ」

満足と言いつつ、心のどこかでは惜しい気持ちを持っていたのかもしれない。別れ際、言わなくてもいいのに、つい余計なことを付け加えてしまう。オルティシアの目元が翳《かげ》ったのに気付いて、ジンは苦笑して頰に触れた。

「本当に楽しかった」

陶器のように冷たく見えるのに、触れるとやわらかくて温かい。

「おやすみ…」

ジンが広間を出ると、反対側の回廊では部下が威儀を正して待っていた。

◆◆◆

——月の都から来た人…。

オルティシアは、異国の黒い服を纏ったジンの背中を見送った。頰に、ジンの温かな手の感触が残っている。

大きな手、骨太の長い指…。自分の手で彼の指先の感触を再現しようとするかのように頰に触れ、視線はいつまでも消えていく後ろ姿を追ってしまう。

「オルティシア…」

ツィーンの声にはっと我に返った。振り返ると、警護の武人はいつもと変わらない様子で気にかけてくれる。

「大丈夫だったか？」

嫌なことはなかったか、辛《つら》くはなかったかということだ。オルティシアはこくりと頷いた。

「…うん」

「戻ろう。役目は終わった」

領主はとうに退《ひ》けている。お気に入りを見つけたフィオーレは、相手の部屋で過ごすなり、自分の部屋に招くなり、好きにしていいことになっている。

基本的に、フィオーレは領主の所有物ではあるが、誰を愛そうが自由なのだ。特に、先代の領主ほどフィオーレに入れこまないアロンザは、フィオーレの行動に頓着しない。

オルティシアはツィーンに先導されて部屋に戻りながら、ずっとジンのことを思い返していた。

「……」

意志の強そうな黒い眸《ひとみ》。気品のある顔立ち。初めて見た異国の服装は、武人のように身に沿うシルエットだが、西の街では見られない優美な装飾が施されていて、まるで絵物語に出てくる騎士のようだ。

そう思うのは、ジンが着ているからかもしれない。

最後まで笑みを絶やさず、優しくしてくれたジンを思うと、鼓動がいつまでも騒いでしまう。

――何度も、失敗したのに……。

挨拶ひとつまともにできず、話さなければと思うほど頭の中が真っ白になった。気後れして沈黙を生んでしまうと、どうカバーすればいいのかわからなくなる。そして焦っているうちに沈黙はさらに長くなり、大抵の場合、相手が引いてしまうのだ。

もしくは、〝お高く止まっている〟か、〝気取っている〟と誤解を生み、敵対視されて終わりだ。

ほかのフィオーレたちともそうだったし、何度か領主に言われて引き合わされた相手も同じだった。

領主は、気に入らないから口を利かないのだと思っている。実際、ほかのフィオーレがそうだから、間違いではないのだが、今日はジンの前でその話をしてしまったので、オルティシアは余計に焦っていた。

言葉が出ないのは嫌いだからではない。何を話せばいいかわからないだけなのだ。

話しかける口実も見つけられず、今回も失敗したのだと思った。また相手はがっかりした顔をしているのではないかと思うと、ジンの顔を見ることもできず、ひたすら領主の席に戻りたくて、内心では泣きそうだった。

――きっとそうは見えなかっただろうけど…。

いつもそうなのだ。思いほど表情が動かない。大切な宴だと聞いていたのに、せっかく領主に頼まれたのに、また自分はリクエストに応えられなかった。不甲斐《ふがい》ない自分に落ち込んだのに、ジンだけは、ほかの人とは違っていた。

《彼らの名は？》

低く、落ち着いた心地よい声だった。答えやすい問いをかけてくれて、話しているうちに震えは止まった。

「……」

穏やかに語りかけてくれるジンを思い返すたびに、心の中がじわりと温かくなる。あんなにたくさん、誰かと話したのは初めてだ。

けれど、それでも自分は失敗したのではないかという不安が残る。

――あの時も、帰したそうだったし…。

宴で会話が途切れた時、ジンは明らかに自分を送り返そうとしていた。一生懸命会話を探して、庭の花のことを持ち出したのだが、もしかしたら程よく切り上げておきたかったのに、長引かせてしまったかもしれない。

――でも〝楽しかった…〟って……。

社交辞令だろうか…、けれど、奥の庭で話している時も、ジンはずっと微笑んでくれていた。

「……」

考えれば考えるほど相手の真意がわからなくてぐるぐるしてくる。気を遣われて、面白くなかったのに無理に笑顔でいてくれたのではないかと思うと、不安で胸が潰《つぶ》れそうだ。

嫌われたくない…。

心からそう思った。今までも、色々な人と上手くやってこられなかったけれど、ジンに嫌われるのはどうしても避けたかった。

だから、ジンの最後の言葉が自分の中に重く残る。

《もし君のお眼鏡に適っていたら…》

違うのだと説明したい。ジンを拒んだつもりはない。誤解だと説明したかったけれど、言葉が思いつかないままタイミングを逃してしまった。

――〝残念だ…〟って……。

がっかりしただろうか。全然平気そうな顔をしていたが、儀礼的な言葉ではなく、本当に少しは惜しいと思ってくれていたのだろうか。

思い悩んで歩いていると、向かいからフィオーレたちの姿が見えた。彼らは楽しそうに話している。

「僕は執政官がかっこよかったかな」

「うん、僕の彼ね、あの執政官の従弟《いとこ》なんだって」

アロトっていうの、彼、セクシーなんだ…とロゼがにこにこと笑った。

「いいなあ。でもあのジンて人は、オルティシアを気に入ったみたいだし…あっ」

オルティシアの姿に気付いたフィオーレが口をつぐんだ。目が合うと、少し遠慮がちに微笑まれる。

「ジンさんて、素敵だったね」

うん、と頷き返そうとする間もなく、ロゼたちはそのまま行き過ぎてしまった。従弟だというロゼのお相手の話で盛り上がっている。オルティシアにかけたのは、すれ違いざまの挨拶でしかない。

かしこまられてしまうのはいつものことだ。けれど、今は言いかけた言葉の続きが聞きたかった。

――〝気に入った〟って……。

本当だろうか。社交辞令ではなく、周りから見ても、そう見えたのだろうか。

ロゼたちの〝どうやって部屋に訪ねていくか〟という声が、賑やかに遠ざかっていく。

閨《ねや》に行く気なのだ。

フィオーレは愛情に素直だと言われている。特に貞操という概念もない。愛した相手には一途《いちず》だが、パートナーが決まっていない間は、自由に気に入った相手と寝る。

ふと、今回の領主の望みは、この共寝までを含んでいるのだろうかと思った。骨抜きにしてやれ…と笑いながら言っていたのだから、本当は閨まで連れ添うべきなのではないか…。

ロゼの後ろ姿を見送り、逡巡《しゅんじゅん》しているとツィーンが察したように言う。

「接待は宴だけだ。ロゼたちが勝手にやっていることまで真似《まね》る必要はない」

「…でも」

「お前は役目を果たした」

部屋に帰っていいんだ、と帰還を促してくれるが、オルティシアは歩き出せなかった。

もし、ジンがそう思っていなかったら…。

ほかのフィオーレのように、共寝を期待していたら。

――だって〝お眼鏡に適っていたら…〟って。

それは、自分がエレナたちのように共寝をせがまなかったから、そう思ったのではないか。自分が積極的に動かなかったから、残念に思ったのではないか…。一度考え出すと、それが真実のような気がしてしまう。

ほかのフィオーレたちも、皆気に入った相手を見つけて閨に入っただろう。もしジンが残念に思っていて、がっかりしたままひとりで部屋に戻ったのだとしたら、それは接待としても失敗なのではないか。

責任を感じた。領主が意気込んでいるこの外交で、最も重要とみなされている執政官の接待がちゃんとできていなかったら、領主もがっかりするのではないかと思うのだ。

「オルティシア…」

心配そうな顔をするツィーンに、オルティシアは首を横に振って部屋に戻らない意志を示す。

「お前には無理だし、領主もお前にそこまで望んではいない」

「……」

それが、自分のコンプレックスでもあるのだ。

最初から期待されない。ただいるだけでいい…。

ほかのフィオーレにかけられる期待の半分ほども自分にはかけてもらえない。

俯き加減に首を振る。今回くらい、自分でも〝ちゃんとできた〟と自信を持てる振舞いをしたい。相手の満足そうな顔を見たかった。それが、いつの間にか領主ではなくジンに変わっていたが、オルティシアは不思議に思わなかった。

ジンに心から充足してほしかった。自分のために随分気遣いをしてくれたのだ。その分、せめて何かで返したい。

「…ひとりで、行くから」

すっと裾をひるがえしてもと来た道へ戻ると、ツイーンが怒ったような、困ったような声になる。

「お前には無理だ」

でも、そう言われても頑張りたい。

「オルティシア」

駄目なフィオーレだと思われたくない。ガラスの箱に飾られるだけの存在でいたくない。

できないはずはないと思った。全てのフィオーレが誰かと肌を合わせているのだ。自分だけが無理だなんておかしい。

背後からは〝知らないぞ…〟という溜息交じりの声が聞こえる。オルティシアは敢《あ》えてそれを聞かないことにした。

――あの人とは話せた…。

ジンが配慮してくれたからだというのは十分わかっている。でも、話せたというのは自信だ。

もう少し頑張れたら、皆と同じようになれるのではないか。あと一歩踏み出したら、自分は変われるのではないか。

責任感とほんの少し持てた自信と、ジンの誤解を解きたいという感情が背中を押した。自分でも、こんなに勇気が持てたのは初めてだ。

貴賓館は広間を挟んだ反対側だ。オルティシアは足早な勢いのまま、警備兵に執政官の部屋を尋ね、最も広い貴賓室〝琥珀《こはく》の間〟の扉を叩《たた》いた。

◆◆◆

「……?」

夜着に着替えていると、部屋の入り口で話し声がして、ジンはなんだろうと顔を向けた。

客室として遇された部屋は、壁も天井も琥珀色で塗られており、ドーム型の天井からは、金鎖で丸い香油ランプが吊《つ》るされている。

広さはたっぷりあり、窓には蜂の巣状の鉄柵が嵌め込まれ、床は窓に沿って円形に段差がついている。円の中には何百種類もの色糸で織られた絨毯が敷かれ、寝転んでくつろげるように、横長のクッションや丸いクッションが積み重ねられていた。

寝室はさらに奥にある。琥珀色をベースに金模様が描かれた天蓋がある、重厚な寝台だ。

一応、部下には使者全員の動向を把握させた。予想通り、どの部屋にもフィオーレがいると聞き、それで今日の任務は終わらせると告げてある。

どのみち、ここまで来て改めて打ち合わせるようなことはない。部下たちも各部屋に引き上げた。だからもう来客はないはずなのだが、立ち去る気配がない。様子を見ていると、鉄で鋲《びょう》打ちされた木製の扉が開き、兵士の後ろにオルティシアがいた。

「…オルティシア」

兵士はオルティシアが部屋に入ると、黙って扉を閉めてしまう。

「おい…」

扉の向こうに声をかけたが、兵士にとっては当然のことなのだろう、反応はない。ジンは驚いた顔のままオルティシアを見下ろした。

オルティシアの銀糸のような髪とつむじが見える。ジンは軽く息を吐いて肩に触れた。

「領主殿に言われたのか?」

――こんな人見知りなフィオーレに、何をさせる気だ…。

だが、オルティシアは俯いたまま首を横に振った。

「……君はそんな無理をする必要はないと思う」

説得してみるが、オルティシアの指が、ジンの腕をジャケット越しにギュッと握っていた。

その感触は確かに心地よい。わざわざ来てくれたのも嬉しいし、これが本人の意志だというのなら、歓迎したいところだ。しかし、先刻の様子からして、オルティシアにほかのフィオーレのような積極的な愛情表現は違和感がある。ジンは振りほどかないように慎重に距離を置きながら、少し屈みこんでオルティシアの様子を窺った。

「君が政治的な配慮をする必要はないんだ」

「……」

「…もし、君が今夜ここに泊まったことにしないと、面目が立たないようなら、この部屋にいるといい」

とりあえず、それで饗応《きょうおう》したことにはなるだろう。まさか、閨房《けいぼう》の内容まで報告せねばならないというわけではないはずだ。

「部屋は二間ある。奥にベッドがあるから、あちらで休んでおいで」

リビングには山と積まれたクッションがある。自分はあれにもたれても心地よく眠れるだろう。とりあえず、オルティシアがここにいなければと思うのなら、一晩過ごすぐらいはなんということもない。なるだけ穏やかに提案してみると、オルティシアが顔を上げた。

同時に、胸元に飛び込むように抱きつかれてしまう。

「オルティシア…」

ふわりと薫香が鼻腔《びこう》をくすぐる。瑞々しい初夏の花園にいるような、どの花とも言い難い香りがした。そして真っ白なオルティシアの身体は、見た目よりずっと心地よい感触で、頬に触れた時と同じように、体温が高い。

まるで綺麗な毛並みの猫を抱いているようだ…とジンは思う。猫は、なめらかな毛並みの下で呼吸し身体が上下する。自分たちとは異なる種族なのに、猫の毛並み越しに感じるぬくもりは、全く同じなのだ。

――猫と比べるなんて…。

美しさで有名なフィオーレに失礼だと思うが、何故かこの臆病なオルティシアは、怖がりな猫を連想させる。そして、トクトクと早鐘を打つ鼓動を肌に感じて、ジンは思わずそっとその背を抱きしめた。

びくりとオルティシアの身体が揺れる。胸元に顔を埋《うず》められているので表情が見えなかったが、オルティシアは拒まなかった。

抱きしめた感触が心地よい。ずっとこのまま抱いていたいほどだ。

薄く重なった膜は、なめらかで少しひんやりしている。背を掻《か》き抱いていると、膜越しにオルティシアの体温が伝わり、白銀の髪はしっとりと腕に触れた。華奢《きゃしゃ》な身体を抱いていると、本当に理性が溶けてしまいそうだ。

――まずいな…。

「オルティシア、私にはそんな無理をしないでいいんだよ」

言い聞かせて早めに引き離さないと、自分のほうが溺《おぼ》れてしまいかねない。呼びかけてみたが、オルティシアは顔を上げなかった。むしろ身体を預けてくる。

「オルティシア」

「…」

そんなはずはない。ほかのフィオーレと彼は違うはず…。そう思うし、どことなく身体は緊張しているように思えるのに、寄りかかってくる悩ましい姿態を体感してしまうと、どんどん自分に都合のよい仮説が湧《わ》き上がってくる。

本当は、フィオーレというのは、皆こうなのかもしれない。内気でも怖がりでも、人肌に寄り添う習性なのかもしれない。オルティシアも、言い出せなかっただけで、こうした接触を好んでいるのかもしれない…。

そんな都合のよいことがあるだろうか…と思いながら、確かめようとオルティシアの頭に片手をやり、そっと頬をなぞって顎を取る。

無理強いしないように顔を上向かせると、ぎゅっと閉じていた瞳が開いた。

――オルティシア…。

胸元から見上げてくる瞳は、濡《ぬ》れたようにきらめいていて、真っ白な頬がほんのりと桃色に色付いている。問いかけるより前に、オルティシアが僅かに口唇を開き、ジンはつい吸い寄せられるように口付けていた。

「…ん……」

甘く、やわらかい果実のような感触。漏《も》れる微かな吐息が淫らに耳をくすぐり、ジンはつい背中を抱き寄せていた手を強めた。

本能を叩き起こしてしまうような魅惑。ほんの少し熱い呼吸を唇で感じた時、血が沸騰するような感覚になった。

頭のどこかで、オルティシアもほかのフィオーレと同じなのだと納得しかけていた。恥ずかしがり屋だが、愛の表現にはストレートなのだ。大丈夫、相手は嫌がってはいない…。

だが、次の瞬間に手のひらを刺されるような刺激が走った。悲鳴を上げたのは、オルティシアだ。

「あ……っ…」

「オルティシア！」

目を見開き、雷《いかづち》に打たれたように身体をしならせる。ビシッと鋭い音がして、オルティシアの身体は、膜の上から荊《いばら》で縛《いまし》められたように模様が浮き上がった。

「ぁ…っつ…」

――いったい何が…。

オルティシアは喉を反らして苦痛を訴えている。胴から腰、髪に至るまで、まるで棘《とげ》のある鎖が巻き付いたようにオルティシアの身体が縛られている。

ジンの手に走った痛みは、この棘だった。

人を呼んだほうがいいだろうか…、そう思いながら、痛がるオルティシアを抱き上げ、とりあえず横に寝かせようと、寝台へ連れていった。

豪華な寝台の上にそっと下ろす。その頃には、オルティシアを縛り上げていた荊は随分薄くなっていた。ジンは寝台に下ろしたまま半身を抱き寄せ、背中をさすってやる。

「大丈夫か?」

オルティシアはコクコクと頷いている。そのまましばらく抱いたまま様子を見ていたら、棘はいつの間にか消え、オルティシアはほっとしたように息を吐いた。

「人を呼ぼうか?」

首を横に振る。やがて、落ち着いたかなと思った頃に、オルティシアはぽろりと涙を零した。

怖かったのかもしれない。ジンは安心させるように頭を撫でる。

「もう大丈夫だ」

棘の消えたあたりをよく見ていると、それがもともと膜に織られた模様だったことに気付く。

——防御反応か…?

自分が口付けたから、驚いたオルティシアが反応したのではないか…ジンはそう推測した。

植物と同じだ。外敵から身を護るために棘がある。ただ、植物と違って、オルティシアの棘は自らを痛めつけてしまう。

自分が原因…そう思うと、情欲に駆られたせいでオルティシアを苦しめてしまったことが、申し訳ない気がした。

「すまなかった…驚かせてしまったな」

オルティシアは何度も首を横に振った。細い指先がジンの腕を摑《つか》んで、ぽろぽろと涙を零す。泣き顔が可哀想で、ジンは腕に抱いたままぽんぽんと背中を叩いて宥《なだ》めた。

「そんなに泣かなくていい。私が悪いのだから」

どんな理由でこの部屋まで来たのかは知らない。

けれど、身体は正直だ。オルティシアはやはり、ほかのフィオーレとは違うのだ。言葉ではなく身体が拒んだ。

「…ご…めんな…さい」

「謝らないでくれ…」

最初に心惹《ひ》かれた、夜露のように儚《はかな》げな声が、悲しそうに謝罪を繰り返す。ジンはオルティシアの小さな頭を撫で、そのままオルティシアが眠ってしまうまで寝台で腕の中に抱いていた。

翌朝、目が覚めた時オルティシアはもういなかった。寝台には、確かに人がいた証《あかし》に、ひとり分の窪《くぼ》みが跡になって残っている。ジンは、窓越しの朝陽を浴びながら、もぬけの殻になった隣を見た。

「…残念だったな」

これでもう、オルティシアは二度と自分には近づいてこないだろう。

やはり、好かれていたわけではないのだなと思うと、意外と自分ががっかりしているのに驚く。

腕は、オルティシアの程よい重みと体温を憶《おぼ》えていて、空虚な感触に寂しささえ感じる。

もっと抱きしめていたかった。

——そうか…。

あれこれ気遣って話しやすいようにしていたのも、夜の来訪を拒まなかったのも、どこかで、オルティシアを気に入っていたからなのだ。

あの人形のように美しい顔に、血の通った感情が見えた瞬間が嬉しかった。恐る恐るという感じだったが、会話ができていた時、楽しいと感じていた。

——笑った顔が、見たかったな。

本当に、残念だと思いながら、ジンは着替えて条約締結のための実務交渉に向かった。

月の都から来た使節団は総勢二十名で、そのうち四名は最高評議会所属、実務官僚は六名。残りはその部下たちだった。

テーブルを挟んで上座には領主が座り、左側に西の街の大臣や雲海局の役人が並んでいる。昨晩の宴とは打って変わって、西の街は商人らしいしたたかな交渉を持ち出してきた。商業船の入国を、他国より有利にしてくれという要求だ。

「残念ながら、全ての街に対して平等に条約を結ぶというのが、評議会の決定です」

「それを貴殿の力で融通してほしいと言っているのだ」

「議会で決まったことですから、個人ではどうにもできません」

君主の機嫌次第で政策が変わる国家と一緒にしないでほしい…と思うが、領主は協議制を理解しようとしない。

にやりと笑って卓に頬杖《ほおづえ》をついている。

「次期元首と呼び声の高い貴殿に、できないことなどないだろう。ほんのひと声、西の街の入国回数を多めに…と囁けばいいだけの話ではないか」

我が国は法治国家だ…とばっさり切れれば楽だが、ここで領主の機嫌を損ねてもよい結果にはならない。なんとしても国交の証として、西の街に在外公館の設置を呑ませなければならないのだ。

ジンは端正な笑みを領主に向けた。

「過分な評価をいただいて恐縮です。だが、おそらく貴国にそれを認めると、次々と各街の使者が私のところに相談しにきてしまうでしょうね」

どこの街も、有利になりたいのは一緒だ。袖の下がまかり通るとなれば、賄賂合戦になるだろう。

「ひとまずは、平等なスタートとさせていただきたい。もちろん、貿易高如何《いかん》によっては、いつでも見直しを検討できます。我々としても、活発に交易できる街とは、少しでも多く取引をしたいですからね。何もせずとも、都の商人たちから要望が上がってくるでしょう」

　領主は黙っている。ジンは爽やかな弁舌を振るった。居並ぶ大臣たちを前に、領主が大国に負けたと思わせてはいけない。

　気持ちよい落としどころを作り、領主に華を持たせて締結してこそ、今後も月の都が有利に動ける。

「西の街の産物は魅力的です。我々としても、閣下のような友好的な君主とは連携を密に取り、ともに発展していきたいと願っています」

　他国の手前、西の街だけを贔屓《ひいき》するわけにはいかないが、今後のことを考え、互いによく連絡を取り合えるよう、相互に在外公館を置くというのはどうだろう…と、ジンはさも領主のリクエストを受けて提案するかのように話した。

「こちらからも人を送り、西の街に滞在します。また、貴国からも役人を都に滞在させてほしい。そうすれば、閣下が何を御望みか、どれだけ交易量を増やしていけるかが、細かく詰められるでしょう」

「……悪い案ではない」

　領主はムスッとした顔だったが、提案を呑んだ。

「本当は俺が乗り込みたいぐらいだ」

「はは…ぜひお越しください。歓迎いたします」

「貴殿は口が上手いな。フィオーレたちの人気ももっともだ」

　この領主だと、公の席でも〝昨夜はどうだった〟などと感想を聞きかねない。ジンは心配したが、それ以上フィオーレの話は出なかった。

「では、実務協議に移りましょう」

「それより昼だ。面倒な話は昼食の後にやってくれ」

　領主が席を立ち、その後を大臣たちがぞろぞろとついていく。ジンたちは午後から、細かい条約の取り決めについて話し合った。

◆◆◆

　オルティシアは自室のベッドに腰かけたまま、うな垂れていた。

――どうしよう……。

ジンの部屋から、挨拶もなしに逃げ出してしまった。朝になってジンが目を覚ましたらなんと言えばいいのかと思ったら、気が動転して、部屋を出てしまったのだ。

ジンは怒っているだろうか。勝手に押しかけてきてトラブルを起こし、その上黙っていなくなるなんて、なんと失礼な奴だと思っただろう。

無茶な訪問をするのではなかった…せめて、失態をきちんと謝ってから帰るべきだった…次々と後悔ばかりが浮かんで動けない。

――今から、謝りにいくのは駄目だろうか…。

遅きに失した感はあるが、それでもこのままでいるよりよいのではないか…、そう思うもののなかなか立ち上がれない。

――なんと言って謝ろう…。

ごめんなさい、の後が続かない。

詫《わ》びるとしたら、そもそもあの押しかけ訪問から謝罪するべきなのだ。ジンの言動からすると、彼はそうした接待は望んでいなかった。自分が、勝手に閨まで行くべきだと思い込んだだけなのだ。

――だって…。

領主もそう匂わせていたし、ほかのフィオーレたちも閨に行っていたし…と言い訳を募らせてみるが、どうみても自分のフライングだ。それだけに、いたたまれない。

――私が、行きたかっただけなのだ…。

誰かのせいにして、ジンにもう一度会う口実を見つけたにすぎない。それは、琥珀の間でジンに触れた時自覚した。

もう一度、ジンに会いたかった。

そのくせ顔を見る勇気も出ず、顔を上げられなかったのだが、手を繋《つな》いでいた時の感覚が胸に甦《よみがえ》った。

大きくて温かな手が自分を包む。緊張するのに、離れていくともう一度触れたくて寂しくなる。あんな感覚は初めてだ。

「……」

ジンは、領主に命じられて嫌々来たのだと思ったらしい。このままでいたら、隣室をあてがわれて、別々に過ごすだけで終わってしまう…そう思って、後先も考えずジンの胸に飛び込んだ。

今考えると、なかったことにしたいほど恥ずかしい行動だが、抱きしめられた感触は、後悔を掻き消すほど心地よかった。

こんな風に包まれたかった…抱擁に溺れ、触れる唇にうっとりと我を忘れた。

――なのに、どうして……。

何故、防御反応が起きたのだろう。思い返すと自分で自分を責めたくなる。

反応が起きたのは、初めてだ。自分でもまさかあんなことになるとは思っていなかった。

フィオーレの〝膜〟は、元々身体を護るために造られるものだ。自分の意志で解いたりできる。

エレナが気に入った相手と抱擁していた時のように、普通は、フィオーレがその気になれば、膜は自然と薄くなり、まるで服を脱ぐように、解き去ることができる。光で織られているけれど、自分の身体から出る熱で維持しているから、身体から離れてしまうと膜はすぐに分解して消えてしまう。新たに身体を保護するには光に当たらなければならず、その間は裸だ。

つまり、フィオーレが膜をほどき、無防備に肌を晒《さら》すのは危険が伴う。自分が安全だと確信できない限り、膜をほどくことはない。

フィオーレが肌を見せるのは、信頼と愛情の証だ。

――拒んだつもりはなかったのに…。

膜はほどけるどころか、硬化して棘になってしまった。

ジンの腕の中は心地よかった。もっと触れられたいと思っていたはずなのだが、キスに驚いたのも本当だ。

接吻《くちづ》けられるとわかって、確かに身構えた。だが、それがあんな拒絶になるほどとは…。

結果的に、ジンに迷惑をかけてしまった。

――あの方には、嫌われてしまっただろうか。

一番心配なのはそれだ。謝って、嫌われずに済むならぜひそうしたい。オルティシアは随分悩んでから、ようやく立ち上がって部屋を出た。廊下では、どこへ行くか察したツィーンが眉を顰めたが、止められはしない。

――やっぱり、謝ろう。

きちんと説明できるように、口の中で何度も言葉を繰り返し、オルティシアは貴賓室のあるほうへと向かった。

衛兵に、賓客たちは会議中で部屋にはいないと告げられた。そう言われれば、交渉のために訪問しているのだから、昼間いないのは当然だ。

協議が行われている場所は教えてもらったが、さすがにそこまで出ていく勇気はない。

――でも…。

このまま帰っても、気になって何も手につかない。オルティシアは中途半端に議場と貴賓室を結ぶ回廊をうろうろしていた。すると、遠くで華やかな色の膜がひるがえり、賑やかな笑い声がいくつも聞こえてきた。

――ロゼたちだ。

彼らは、会議場から出てくる特使たちと並ぶように歩きながら、話しかけている。

「お仕事はいつ終わるの？」

「夜になったら会える？」

すっかり相手を気に入ったフィオーレたちが積極的に誘っている。交渉を担った特使たちはそれなりに仕事用の顔をしていたが、フィオーレたちを見ると様相をやわらげた。仲良く話しながら歩く者もいて、回廊は急に花が咲いたように明るくなる。

――あ…。

特使たちのちょうど真ん中にジンがいた。まだ特使同士で話し合いがあるようで、彼の周りだけ交渉の続きのように緊張感のある空気が漂っている。フィオーレたちもさすがにそこに割って入るような不作法はしなかったが、歩きながら何やら打ち合わせが続き、ジンは遠巻きに様子を見るフィオーレたちに気付いて笑みを向け、場を和ませた。

――…あ……。

ロゼたちは大喜びだ。オルティシアはそれを柱の陰から眺めて、キュッと胸を痛めた。

ジンの端正な微笑みを見ると、胸を締め付けられる。そして、それがほかのフィオーレにも向けられることに、心が痛い。

強く、精悍な顔立ちに浮かぶ甘い笑み。夜の庭であの眸を向けられた時、トクンと心臓が疼《うず》いた。

自分でもわけがわからないくらい鼓動が高鳴って、目が離せなかった。けれど、ジンの微笑みは自分にだけ向けられるものではなく、ほかの人にも平等に与えられるのだ。

それを、目の前で見せつけられるのは切ない。誰かを見つめて微笑むジンを見ているのは辛かった。

なのに、ジンから目を離せないのだ。ズキズキと痛む胸を手で押さえながら、それでも彼の姿を目で追ってしまう。

ジンは、フィオーレにも、その周囲にいる衛士たちにも、礼節正しく接していた。気品を漂わせる異国の使者を、ロゼたちは素直に慕い、かっこいいと臆せず賞賛を口にする。

ジンは僅かに苦笑して返していた。

「君たちから賛辞をもらえるのは光栄だね」

そう言いながらも足は止めない。だが、急に立ち止まってフィオーレのひとりを振り返った。

さらりとさりげなく、笑みを交えて尋ねる。

「そういえば、オルティシアはどうしているかな」

――……！

ドキッとして、身体が竦んだ。ジンから自分の名を呼ばれると、動揺して平静でいられない。

――ど、どうしよう……。

見つかってしまったら…と、オルティシアは慌てて柱の陰から身をひるがえした。何がどう…という理屈の前に、恥ずかしくて反射的に逃げてしまう。

背後からは、さあ…という声が聞こえたが、遠ざかるにつれて何を答えたかまでは聞き取れなくなる。オルティシアは頬を染めて走りながら、騒ぐ心臓を持て余した。

オルティシア…と名を呼ぶ声が耳に焼き付く。ジンの顔が脳裏にちらついて、鼓動がちっとも収まらない。

宮殿の奥の庭まで走り、十分姿を隠せたと思った途端、逃げたことを惜しいと思い始めた。

――せっかく、会えたのに…。

話しかけたかった…と思うのだが、それもすぐほかのフィオーレへの気後れでしぼむ。彼らの前で、昨晩の非礼を詫びるなど、できそうにはない。それに、ほかのフィオーレと一緒に微笑みかけられることを考えると、やはり悲しい気持ちになるのだ。

夜の庭のように、自分だけに笑みを向けてもらえるわけではない…。

がっかりしながらも、姿を見られたことに胸がドキドキして、心が忙しい。オルティシアは誰にも見られない庭の奥で、そっと膝を抱えて縮こまり、シクシク痛む心臓を押さえた。

――政治のお仕事でいらしたのだから…。

誰にでも優しいのは当たり前なのだ。自分だけが特別というわけではない。

そう言い聞かせるが、ほかのフィオーレに微笑みかける姿は、どんなに打ち消しても脳裏に浮かんでしまう。そのくせ、いつの間にか夜の庭で見つめられた時と重なって、オルティシアの胸をざわめかせる。

――どうして…。

結局オルティシアは、月の都の使者が滞在した三日間、二度とジンを訪問できず、庭園の奥に隠れるように潜んでいた。

ほかのフィオーレに囲まれるジンを見るのが辛い。かといって、彼らを押しのけて前に出る勇気はなく、詫びを言うタイミングを逃したまま、後悔と反省を繰り返して目いっぱい落ち込んだ。

陽射しの下に出ていく気にもなれない。今も、手が回らないほど太い白大理石の柱にもたれて、膝を抱えて縮こまっている。

「……」

本当はもう一度会いたい。

――どうしてなんだろう…。

言葉を交わしたのは、本当に短い時間だ。なのに、どうしてこんなにジンのことが気になってしまうのか。気が付くと、彼のことばかり考えている。

今では、謝罪がただの名目になっていることもわかっている。そもそも、部屋を訪ねたこと自体、ただ自分がジンに会いたかっただけなのだ。

――閣下の期待に応えるだなんて言い訳をして。

今までも、政治的に自分を見せびらかすために人に披露されたことはある。彼らは皆、ろくに話せない対面に残念そうな顔をして帰っていった。愛想よくできない自分に落ち込むことはあったけれど、ここまで相手の気持ちが気になることはなかった。

でも、今はジンの気持ちばかり考えてしまう。

――どうしよう…。

三日前から、何も進んでいない。

オルティシアは膝に頬を乗せ、庭を眺める。

黄緑色の草原が広がり、小鳥たちが自在に飛び回って草の間に隠れる。白い柱沿いに色とりどりの花が咲き群れ、遠くで水路を流れる水の音が聞こえた。

ツィーンも、庭に引き籠《こ》もったオルティシアを心配して、使者たちの様子を聞いてきてくれた。

見ている限り、腹を立てている様子はない…とツィーンは言う。

――閣下からも、何も言われていないと言っていたし…。

そうなのだろう、とは思う。大切なのは政治的な取り決めであって、たかが宴の接待のことなど、誰も構っていられないと思う。フィオーレのことなど気にかけることもなく、使者たちは帰るだろう。

滞在は三日だ。

――会えなくなる……。

じわりと涙が滲んでくる。我ながら、よくこんなに何度も泣けると呆れるほどだ。

陽射しは傾き始め、黄色い光が斜めに若草に射し込む。木々の間を通った光が、ドレープのように幾筋もの濃淡を織りなしていた。

――もう…出発してしまっただろうか……。

庭には誰もいない。いつもなら何人かのフィオーレがいるのに、ひと気がないのは使節団の出港を見送りに行ったからなのかもしれない。

「……」

つ…と眦《まなじり》から滴《しずく》が落ちる。ふと草を踏む音が聞こえて、そちらに目を向けるとツィーンが近づいていた。

「見送りに行かなくていいのか」

「…」

――だって…。

今さら、もう何もかも遅過ぎると思う。

寡黙な護衛が、不愛想な顔のまま言った。

「…今朝、様子を見に行った時、あの執政官にお前のことを聞かれた」

――…え……。

「身体のことを心配していた。〝元気だろうか〟と」

「……」

オルティシアは反射的に立ち上がっていた。

ジンの声と眼差《まなざ》しが胸の中に甦る。ツィーンを見ると、まるで気持ちを読んだかのように目で宮殿のほうを示した。

「出航は中庭からだ…」

オルティシアは頷くと同時に裸足《はだし》で駆け出す。

「オルティシア！」

――いなくなってしまう…。

自分の気持ちは言葉にならなかった。ただ、言葉より先に身体が動く。

モザイクタイルの外回廊を駆け、余裕で伴走し始めたツィーンに近道へ誘導してもらい、巨大集光船が停泊している宮殿の中庭に抜けた。

宮殿の前にある中庭は白い石畳で、その下はアーチ状の橋脚を持った水路がいくつもの道に分かれている。そこから眼下の街に向かって、豊富な水が流れていくのだ。宮殿から見ると地続きの地面だが、街から見るとすでにそこは地上三階に当たる。ゆったり散策できるレンガの小道と、間を埋めていた芝生は全て巨大船の底に隠れて、舳先は今にも宮殿に突き刺さってしまいそうなほど近い。そして、出航を見送るために大勢の人々が集まっていた。

ツィーンはオルティシアの前に行って、人混みを掻き分け、進む先を作ってくれる。

「悪い、道を空けてくれ」

「…ご、ごめんなさい」

息が弾む。けれどそのおかげで苦もなく勢いで声が出る。フィオーレの姿に気付いた人々は、さっと両脇に避《よ》けてくれた。〝オルティシアだ〟と驚いたような声も聞こえるが、気にしている余裕もない。

船は、飛び立つ準備ができていて、歓声の中にヒュンヒュンと駆動音が響いている。

――間に合って……。

最前列に出ると、見送りの人々と隔てるように、華やかな式典服を着た兵士が並び、その向こうに領主が、左右を取り囲むようにフィオーレたちがいた。

駆けつけたオルティシアも、見送りだと思われ、兵士はサッと左右に避けて、フィオーレたちのいる場所に入れてくれる。肩で息をしているオルティシアに、何人かのフィオーレが気付き、耳打ちされた領主がちらりとこちらを見た。

けれど、構ってはいられない。オルティシアは乗船のためにいくつも並んでいるコレッガーから、ジンの姿を探す。

コレッガーは小型の浮遊舟だ。形も大きさも様々だが、月の都のコレッガーは橇《そり》のように水平で、二、三人が乗れる程度の大きさをしていた。立って乗るものなので、手すり状の操作盤がついている。

コレッガーに乗った使節団の人々が、次々と浮き上がって母船に乗った。オルティシアはフィオーレの最後尾から目で追うが、ジンの姿を見つけられない。

「オルティシア、あそこにいる」

――…あ。

ツィーンの言葉に目を向けると、ジンは最後に浮上していた。夕暮れ色に変わった陽射しに照らされ、黒いジャケットの裾が風にひるがえっている。

手を振り、観衆に覇気のある笑みを向けているジンの姿を見つけると、涙が込み上げた。

本当に、もう会えなくなるのだ。

視界が涙で歪《ゆが》んでしまわないように、必死に眉間に力を込めた。ほんの少しでも、姿を目に焼き付けておきたい。

もっと会いたかった。もっと見ていたかった…。

「…」

自分の中の、言葉として整理できなかった気持ちが怒涛《どとう》のように押し寄せて、どんなに我慢しても泣き顔になってしまう。

――…ごめんなさい。

何回も心の中で繰り返す。こんな場所から伝わるはずがないのに、今さらながら、謝罪を言えなかった申し訳なさでいっぱいだ。

ジンは手を振りながら、その場の端から端までに視線を巡らせている。

見送りの花びらが人々の手から振りまかれ、出航を許可する鐘が光とともに塔から鳴らされた。ジンの乗ったコレッガーが甲板を越え、船体に隠れてしまいそうな時、オルティシアはジンと目が合った。

――あ…！

見間違いでも気のせいでもなく、ジンの眼ははっきりとオルティシアを捉え、そしてやわらかく微笑んだ。

全ての観衆に向けられる公式の笑みではなく、オルティシアだけに向けられたメッセージだ。

甘い荊で、身を絡めとられたような感覚だった。微笑みに釘付《くぎづ》けになって、身体が絞り上げられたように甘く痺れる。

交わした視線は一瞬だった。乗船を終えた集光船《リコストル》は舳先の宝石がサインを出してきらめき、浮上のために船底が起動し始めて、光の粉があたりに舞い上がる。

ズン、と重い振動が地面に響き、船の両脇から霧のように無数の光の粒が噴射されると、ずっしりと重々しい鋼鉄の船が浮き上がった。こんな重たいものがどうして浮くのか、間近で見ても不思議だ。

ただ、空高く突き上げるように張った巨大な白い帆が誇らしげに陽を受け、帆船はなめらかに宮殿の屋根の上よりも高く上がった。

――行ってしまう……。

船体がゆっくりと反転して向きを変え、街の端にある外壁からパパッと光の筋が走り、来た時と同様に巨大船は誘導されて街の出港口まで進んでいく。見送りの観衆は、一大イベントを歓声を上げて見守っていた。

帰ってしまうのだ。本当に、たった三日間だけの幻のような出来事になってしまった。オルティシアは祭りのような賑わいの中で、胸に広がる痛みをギュッと手で押さえた。

悲しさと焦がれる想いと、けれど最後にジンの微笑みが甦って、甘い苦しさに浸されていく。

「オルティシア…」

案じた顔のツィーンに、オルティシアは涙目で頭を下げた。

「連れてきてくれて、ありがとう…」

◆◆◆

オルティシアが領主に呼び出されたのは、月の都の使者たちが帰ってから七日経《た》った頃だった。

いつもなら〝花の間〟に領主が訪れるか、謁見の間に呼ばれる。だがこの日、ツィーンに連れられていったのは、領主の私室だった。

初めて入った領主の部屋は、豪華絢爛《けんらん》な金の装飾が、壁といわず天井といわず一面に施されていて、バルコニーからは西の街が一望できる。領主はバルコニーを臨む位置にある長椅子に座り、肘掛けにもたれて銀盆から葡萄《ぶどう》を摘んでいた。

ツィーンと並んで姿を見せると、椅子を勧められ、領主はおもむろに口を開いた。

「…俺は、今度の国交交渉で色々考えたんだ」

まず、所見から言いたいらしい。西の街が欲しいのは、月の都の技術だと話し始める。

「うちの術士たちは、古代の言葉をほとんど読めない」

奴らは口伝だからな…と馬鹿《ばか》にしたように言う。

太古の秘術のほとんどは、度重なる戦で街が壊滅した時焼かれてしまった。けれど、月の都はその秘術を堅持しているのだ。

「もちろん、そう簡単に盗めるとは思っていない。だが、お前だってあのリコストルを見ただろう？」

うちもあんな船が欲しい。もし大型のリコストルがあったら、ちまちまと物資をやり取りせずとも、遠い街とも派手に交易できるだろうと領主は言う。

「油や麻なんか、いくら売ってもたいした額にはならん」

「…」

領主は葡萄の房を銀盆に放り投げ、オルティシアに向き直る。

「それにな、奴らの反応を見て、俺はお前たちの商品価値を改めて確信した」

無論、お前たちは奴隷じゃない…と念を押す。

「お前たちを粗末に扱う奴なんかいない。そもそも、莫大《ばくだい》な対価を払って手に入れるものを、粗雑にするわけがないんだ」

オルティシアは、何故自分にこんな話をするのか、領主の意図が読めなかった。

ひょっとして、自分がその〝商品〟第一号になるのか？　とも思うが、領主は遠回りな話を続ける。

「難しいのは、誰にでも売れるというわけじゃないところだ。何しろ、お前たちがうん、と言わなければ取引自体が成立しない」

だが、フィオーレに魅了された者はいくらでも金貨を積むだろう、と言う。実際、西の街のフィオーレに焦がれた他国の王族が、財宝と引き換えに譲ってくれと持ち掛けてきたことがある。

「最新のリコストルが作れたら、この街に、ひと目フィオーレを見たいという連中を連れてくることもできる。そうしたらこの街はもっと発展するだろう。だが、そんなのはだいぶ先の話だ」

まず、目の前の課題として月の都から技術を得なければならない。

そこで…と領主は目を光らせた。

「〝月の都〟に行かないか？　オルティシア」

――――…え……….。

「我が街と月の都は条約を締結した。向こうの役人もこちらに常駐するが、こちらからも人を出す」

そこが船の就航のやり取りや、商取引の窓口となる。役所仕事だけでなく、そこを足掛かりに都の内部を知り、政権の中枢とよしみを結ぶのは必須だ。

「当然、次期元首と目されているジン・オルランドゥーニともだ」

「……」

名を告げられた途端、オルティシアは息を呑んだ。

手のひらまで脈打って、心なしか頬まで熱い。領主はにやりと不敵な笑いを浮かべる。

「在外公館にフィオーレが行ってはいけないという法はない」

なんなら俺が行きたいくらいだと言い放ち、錫杯を手にした。

「行った先では好きにしていい。同じ都だし、お前には特使官の身分を与える。相談だのご機嫌伺いだのと名目を付ければ、いくらでも執政官に会いにいけるぞ」

どうだ、行く気になったかと聞かれ、オルティシアはコクンと頷いた。

「そうかそうか…それは上々だ。俺の人選はなかなか上手い」

領主はご機嫌だ。

「あの執政官も、お前を随分気に入っていたからな」

それは本当だろうか、思わず膜を握り締めると、領主は得意気な顔をする。

「奴の部屋まで行ったんだってな。兵士から報告を受けたぞ」

お前がそこまで気に入るなんて、と言われると何故か恥ずかしかった。けれどそれ以上の追及はされない。

「奴をたらしこめなくても、お前が都で姿を見せるだけで、喧伝《けんでん》効果は十分だ」

西の街に美貌の種族有りと知られれば、好事家はそれだけで食いついてくるはずだ。元々、不特定多数に訴えるようなものでもない。フィオーレの魅力に魅せられた者だけとする、秘密の取引になる…と領主は次々に構想を語った。

「行く気になってくれたのなら人員とする。いいな」

出国の日や細かいことは追って伝えると言われ、面談は終わった。

部屋へ戻る道すがら、黙っていたツィーンが口を開いた。

「そんな安請け合いをしていいのか？」

「ツィーン…」

「知らない都に行くんだぞ。もっとよく考えろ」

領主の庇護《ひご》もない、同胞のフィオーレもいない、月の都がどんな場所だとか、本当に誰も知らないのだ。ツィーンは思い留まるように説得する。

「相手も立場がある。最高評議会の執政官なんだ、接待以上の関係になんかなるはずがない」

――……わかっている、けど……。

少し優しくされたからといって、それが愛情というわけではない。自分が、ほかのフィオーレのようにその場だけの愛から愛へと、蝶のように軽々と飛び移れる性格ではないのもわかっている。

――でも…。

会いたいのだ。ただもう一度会って声が聞きたい。思うだけで胸が締め付けられて苦しい。

「領主の言うことなんか真に受けるな。お前が大変な思いをするように仕向けられてるだけだ。結局いいようにされるだけなんだぞ」

「……」

「オルティシア…」

焦れたように怒るツィーンに、オルティシアは立ち止まって向き合った。

「…会いたい」

想いが口から零れる。

「……オルティシア」

もう一度だけでいい。ジンの姿を見たい。

「……知らないぞ……」

ツィーンは大きな溜息をつき、諦めたように黙った。


在外公館の人選が決まり、受け入れ態勢が整ったとの報《しら》せが来て、約ふた月を経てからオルティシアは月の都へと出発した。

西の街のリコストルは、街の趣向もあって白い化粧板に金泥で華奢な模様が描かれている。船底の丸いリコストルは帆船ではなく、半円のガラスの蓋が被せられたような形だ。

出航は、街の城壁の際にある定置所からになる。オルティシアはほかの役人たちとともに宮殿で領主に挨拶を済ませてきたが、いざ船に乗るとなった時、見送りにフィオーレたちが来ていることに気付いた。

いくつもの船が並ぶドックの横に、兵士たちに守られた華やかな一団がいて、定置所で働く者たちが口を開けて見惚《みと》れている。オルティシアは、はしけを渡りながら驚いて足を止めた。

フィオーレたちが手を振っている。

「いってらっしゃーい！」

「元気でね！」

全員ではない。けれど、ロゼやエレナ、ソフィオネたちがにこにこと見送ってくれていた。

――あ…。

予想外のことに胸が熱くなる。ほとんど話したことがないのに、わざわざ来てくれるとは思わなかった。

ソフィオネが、隣にいた男性に肩車してもらい、伸びあがって大きく腕を振っている。きっと、彼が雲海局の恋人なのだろう。両手を頬に添えて声援された。

「閣下に聞いたよ～！　押しかけちゃえ！」

「…！」

「頑張ってくださいね！」

ジンのことだ。てらいのない励ましに、オルティシアは目を丸くして赤面する。

「あはは、可愛い～！」

ものにしてこいだの、迫れば落ちるだの、皆場所もわきまえずあからさまに言いたい放題だ。聞いているほうが恥ずかしかったが、それでも、応援してくれるフィオーレたちに、初めて親近感が持てた。

今まで、こんな風に近しく声をかけてもらえたことがない。

「ありがとう！」

駆動音に掻き消されないように、精一杯声を張った。自分でも、こんなに大きな声を出せるとは思わなかった。

手を振り、振り返して船の中でガラス越しに見えなくなるまでフィオーレたちと別れを惜しむ。リコストルは術士たちが結界を解くと上昇を始め、ぐんぐん高度を上げていった。丸いガラスに覆われた甲板から見下ろすと、見る間に船が出たところから虹色に膜が甦り、結界が張りなおされていく。

「よかったな…」

隣で、ついてきてくれたツィーンが少し笑った。

「うん…」

在外特使は全部で十人だ。八人は実務者で、あとはオルティシアとツィーンしかいない。

「…ツィーンも、ありがとう」

「なんだ、今さら…」

「だって……」

残る選択もあったのに、自分が行くせいでツィーンまで見知らぬ都に移住することになってしまった。謝ると、ツィーンは思慮深い瞳を少し和らげる。

「俺も月の都には興味があった。ついでだ…」

契約から契約へと渡り歩くのが傭兵《ようへい》の習性だから、気にすることはない…と言われ、ふたりでみるみる小さくなっていく西の街を見下ろした。

赤茶色の屋根瓦が続く街並み、丸く街を囲む外壁。遠ざかるにつれて、街はまるで亀の甲羅のように見える。

それは砂漠にぽつんとある街だ。空から見ると、それがよくわかる。

――本当に、何もないんだ……。

黄土色の土が見える。遠目にも、その表面を霧のように砂が流れているのが模様となって見えた。目を凝らしても、どこまでも地平線が続いていて寂しくなるくらいだ。

それでも初めて飛ぶ空に目が離せずにいると、ガラスの向こうが白くなった。なんだろうと思っていると、ツィーンが教えてくれる。

「霧だ。雲の中に入ったんだ」

——これが……雲……？

もっと綿のようにもこもこしていると思ったのに、ガラスの向こうは白い霧がもやっと視界を遮っているだけだ。

「上昇し切ったら雲海が見える」

ほかの乗船者も、その瞬間は見たいらしく、皆船室には入らないでガラスで囲われた甲板にいる。

隣に、在外公館の大使に任命されたシュラットが来た。

「大変見ごたえのある景色ですが、皆さん、ある程度見たら部屋に戻ってください」

何故だろうと小首を傾《かし》げると、シュラットは丁寧に説明してくれた。

「我々の船は、月の都のリコストルのように航行しながら結界を張ることができません。だからガラスで防御するしかないのです」

ガラスは気休め程度にしかならないのだという。

「瘴気《しょうき》に当てられます。長くここにいるのは命を縮めるもとになる」

怖い忠告に目を見開くと、シュラットは笑った。大使は温厚な人柄で、誰に対しても丁寧に接してくれる。オルティシアにも、あまりかしこまらずにいてくれた。

「大丈夫ですよ。少しの時間ならどうということはありませんし、それに、フィオーレは外界に強いと言いますから」

言い伝えですけれどね、と付け加えたが、ツィーンは興味を持ったようだ。

「どうしてなのか、ご存じですか？」

「いえ、私もよくは知りません。ただ、フィオーレは〝外から来た種族〟だからだということです」

結界の外から、人のいる街にやってきた。だから瘴気に強いのだという。シュラットは穏やかにオルティシアを見る。

「面白いですね。貴方《あなた》がたはとても繊細だし、その膜は脆い身体を護るためにあると聞くのに…」

「むしろ、膜は外界の瘴気から身を護るために発達したのかもしれないな…」

ツィーンがシュラットの言葉に考え込んでいる。

しかし、オルティシアはそうなのかな…と他人ごとのように思うだけだ。自分たちのことは、よくわからない。外の世界で生まれたのだと言われても、砂漠自体初めて見たのだ。

けれど、外界に強いというのはなんだか褒《ほ》められたようで嬉しかった。自分にも、人より強い部分があるのだ。

「ああ、もうすぐ雲が切れますよ」

シュラットが言うか言わないかぐらいのところで、いきなり船は雲間を突き抜けて雲海に出た。

わあ、という歓声がほかの見物客から上がる。オルティシアも目を瞠《みは》った。

——綺麗……。

雲が、まるで金色の絹糸のように陽射しを弾いてどこまでも続く。中を通っている間は霧にしか見えなかったのに、抜けた上から見ると、やはり綿のようにやわらかく背を連ねている。

形を変え、もこもこと遠くまで続く雲は、光の加減によっては端が虹色に輝く。

——海も、こんな感じなのだろうか。

雲海も初めて見る。そして海は見たことがなかった。あの荒涼とした砂漠を越えた遥《はる》か先に〝海〟もあると聞いている。

世界は、こんなに広いのだ。西の街で、街中にすらめったに出たことのなかったオルティシアには、何もかもが規格外過ぎて圧倒されっぱなしだ。

月の都まで、この雲海を渡ってなんと十日も征くのだという。

「あちらのリコストルなら、七日で着くんですがね」

推進力の小さな船は、ゆっくりとしか進めない。大使たちはそう苦笑したがオルティシアは嬉しかった。こんな美しい世界を、十日も見ていられるのだ。

「さあ、船室に戻りましょう」

日に一度くらいなら、甲板に上がってもよいと言われ、全員が船の中に戻った。


「………」

――世界は、本当に、本当に広いんだ……。

五日後、オルティシアは初日の感想をしみじみと噛《か》み締めた。何しろ、五日間全く景色が変わらないのだ。

昼でも夜でも、瘴気の量は変わらないからと言われ、言いつけ通り甲板にはあまり出ていない。代わりに、ツィーンが操舵室《そうだ》に連れていってくれた。航海士たちは初めは緊張気味で、オルティシアも居心地が悪くて遠慮しがちだったが、ツィーンは航海術を知りたいらしく、珍しくオルティシアの様子に構わずあれこれと航海士たちに話を聞いていた。そして、何日か通っているうちに、航海士たちもオルティシアを見慣れたようだ。話しかけてくることはなかったが、最初のようなよそよそしい視線はなくなり、時々いるのを忘れている。

そこで、オルティシアも学んだことがある。

最初に緊張するのは、自分だけでなく相手も同じなのだ。いつもなら、相手の様子で自分が怯《ひる》んでしまい、そこから同じ部屋に足を踏み入れることすらしなくなってしまうのだが、何しろここは逃げ場のない狭い船の中で、自分の部屋以外の場所に行こうとすると、だいたいすでに誰かがいる。そしてツィーンが操舵室にいたがったことも手伝って、否応《いやおう》なしに気詰まりなまま同じ空間に残るしかなかった。

けれど、最初の緊張を抜けてしまえば、相手は〝慣れる〟のだ。オルティシアは航海士、術士、同行する役人たちと同じ場所に留まるたびに心の中で繰り返した。

――最初だけ…最初だけ……。

ここを乗り切れば、注目される視線は必ず薄まる…。呪文のようにそれに頼り、時が過ぎるのを待つ。

もちろん、全く視線が消えるわけではないし、ずっとじろじろ見る輩《やから》もいるのだが、最初のハードルを越えられただけでも、オルティシアには大きな一歩だった。さらに、部屋の中に閉じ籠もらず、操舵室に通うことで、彼らの会話から色々なことを学べる。

オルティシアは意識的にそうしようと決めた。

――これから、知らない都に行くのだから。

もっともっと知らない人たちに会うだろう。怖がっていては駄目だ。

――〝特使〟の役をいただいたのだもの。

動機は完全にジンに会いたいからだ。ただそれだけで承諾したけれど、実際に船に乗った今はそれだけではなくなっていた。

変わりたい。ジンに出会って一歩踏み出せたように、この渡航で、自分の殻を破りたかった。

そして、それはできるような気がするのだ。

今まで、何年も宮殿で暮らしていて、平穏な生活だったが、何も変わらなかった。それが、誰かを想って行動しただけで、こんなにも状況が変わった。

一歩踏み出すごとに、その先の扉が開いていく。まるで待ち構えていたように景色が変わっていき、自分の知らなかった世界が見えた。

そう思うと、もっと踏み出したら、もっともっと新しい世界に行けるのではないかと思う。

狭い操舵室には、両手の幅ぐらいの丸い窓があって、そこから外が見える。ここはガラス板ではなく、丸く厚い球体のガラスが嵌まっているので、景色は魚眼で小さく見えるが、瘴気を遮断できるために、ずっと外を観察できる。

オルティシアは、ツィーンが航海士と話をしている間、そっと横目でレンズの向こうを見ていた。

「……まずいな」

航海士が急にぼそっと呟いた。何がだろうとレンズに目を凝らすが、そこは穏やかなオレンジ色の雲海が広がっているだけで、特に変わった様子はない。

だが航海士の声に、測量者が計器を見て返事をする。

「そうですね。大きいのが来てますよ」

にわかに操舵室は緊張した空気になった。船長が表情を引き締めてツィーンのほうを向く。

「悪いが、部外者は船室に戻ってもらえるか」

「どうしたんだ？」

航海士が眉根を寄せた。

「磁気嵐が来るんだ……」

レンズの外は快晴だ。だが計器盤にはシリンダーの中のピンク色の液体に泡が発生している。

「こいつが反応してるってことは、近くに磁気嵐があるってことさ」

「緊急措置です。計器を切ります」

磁気嵐にぶつかると、計器類は全て駄目になる。機器類を壊されてしまわないように、あらかじめ計器を連系から遮断するのだ。


「そうなると位置の特定も揚力の同調も、自力でやらにゃいかんですからな。航海士の腕だけが頼りになるんですよ」

危ないからどいて、と言われ、ツィーンがオルティシアの肩を庇《かば》って急いで船室に戻る。

「どのくらいで収まるのか、様子を見てくる。ここにいてくれ」

オルティシアは頷いて大人しく部屋に入った。

船室は船の駆動音しかしない。最後に見たレンズの向こう側は、とても嵐が来るような景色ではなかった。

「……」

本当に磁気嵐なのだろうか、勘違いとか、進路が逸《そ》れるようなこともあるのだろうか…と思った時、船がいきなり揺れた。

「…！」

音というより、船体を叩くような強い衝撃が来る。オルティシアは思わずよろけて据え付けの机に手を突いた。何が、と考える間もなく一瞬身体が浮き、そのあと小刻みに船全体が振動した。

――これが、磁気嵐？

名前だけで、どんなものかは知らない。だが、船が壊れてしまいそうなほど、壁といわず天井といわず、ミシミシと軋《きし》んでいる。足元が右に左にと持ち上がって、どうにかなってしまいそうで怖い。

――どうしよう……。

言いつけを守ってここにいるべきだろうか。それとも、ツィーンのところまで行ったほうがいいのか。

迷いながら、それでも部屋の扉に手をかけた瞬間、いきなりドン、と大きな衝撃がきて、船体が完全に横倒しになった。

「っつ！」

客室の家具は固定されているが、花瓶や椅子は頭の上に振ってくる。

ガシャンと派手な音を立てて陶器が扉にぶつかって割れ、オルティシアも扉に倒れ込んだ。上には船室の壁が見えて、床が真横に見える。視界がおかしな感じだ。

肩の下にある扉を叩く音がする。

「オルティシア！　無事か！」

「うん…」

返事が聞こえないのか、ツィーンの緊迫した声が止まない。

「オルティシア！」

「大丈夫！」

声を張り、扉を拳《こぶし》で叩き返す。その時、船がぐぅんと逆側に揺り返し、オルティシアは床に投げ出されて横滑りに流された。

「！」

足の踏ん張りどころがない。叩きつけられるように壁にぶつかった。反対側では扉が開き、ツィーンが駆け寄ってくる。

「大丈夫か！　怪我《けが》は…」

首を横に振る。その間も、船はぐわんと左右に振れた。ツィーンは片手でベッドの縁に摑まり、オルティシアを抱え起こしながら顔をしかめる。

「積荷の結束が切れたのかもしれない」

船底の荷が崩れ、それが振り子のように船を揺らしている可能性があった。

「部屋のほうが備品があって危ない。いったん、外に出よう」

「…うん」

大きく揺れる船の中で、ツィーンはバランスを取りながら水平を保ち、扉をきちんと閉めてオルティシアを連れ、廊下に出た。両隣の部屋からも、同じように危険を感じた人々が出てきていた。

「磁気嵐だって？」

「ああ、そうらしい」

「こんな季節に……」

運が悪い、と役人のひとりが言う。

磁気嵐の多い季節というのがある。航海はそのシーズンを避けるのだが、まだひと月も先のことだ。今年は、例年より早いのかもしれない。

「いったん始まると長いからな…」

先行きを心配し、額を突き合わせていた時、下のほうから船員の声が響いた。

「誰か来てくれ！　船底に水が漏れてる！」

「なんだって！」

壁に手を突きながら、廊下に避難していた役人たちが次々と船底への狭い階段を下りる。オルティシアも勢いに押されてついていった。

ひとりくらいしか入れない、四角く床を開けた場所に下りると、すぐにザアアッという破水音が聞こえた。船員の必死な声が響く。

「水を汲《く》み上げてくれ！　荷が駄目になる！」

階段のところから見ると、船員服を着た三人のうち、ふたりが懸命に崩れた木箱を押し、もうひとりがバケツやたらいなど、排水できそうなものを持って走っていた。ブリキの貯水槽の破れ目からは、水が勢いよく噴き出し、すでに床全体に水が広がっている。

「ひどいな…」

「貯水槽にヒビが入ったんだ。積み荷が当たって…」

船員は眉間に皺《しわ》を寄せる。船があれだけ左右に揺れたのだ、船底ではかなり派手に木箱が滑っていたのだろう。揺れの勢いで貯水槽にぶつかり、破損して水が漏れたようだった。

「荷が駄目になったら取引ができない」

「水を汲み上げろ！」

「我々も手伝うぞ！」

上品な絹の衣を着た役人たちも、緊急事態に、次次と船底に下りる。

西の街の船は小型だ。弱いパワーを補うため、軀《く》体《たい》や設備はできる限り軽い素材を使う。その分衝撃には脆かった。おまけに、駆動装置に船底のほとんどを取られてしまうから積載量も少なく、積み荷の置き場所は限られてしまう。専用の倉庫もなく、給水管の近くに荷物を置かざるを得ない。


だが、ツィーンが駆け下りる役人の後ろから止めた。

「排水は意味がない。荷を甲板へ上げろ」

「し、しかし…」

振り向いた船員も狼狽《ろうばい》している。

「汲んだ水をどこへやるんだ。それより荷を上げるほうがマシだ」

バケツを握った船員が苛立《いらだ》ったように怒鳴り返す。

「んなこたわかってんだよ！　だが舟板を外せないんだ！」

大きな木箱は、甲板の床の一部を跳ね上げた状態で、巻き上げ機を使って搬入する。床板は蓋の役目をするので、再び荷揚げをする時は、やはり機械で床板を持ち上げてからでないと荷を外に出せないのだ。

「こんなに揺れてて、どうやって床を上げるんだ」

憤る船員に、ツィーンが冷静な声で言った。

「木箱ごと上げるのは無理だ。板を外して小分けの荷を順繰りに運び出せ」

どのみち木箱は荷崩れの衝撃で破損している。中の荷も、裸で積んでいるものはほとんどない。何かしらの梱包《こんぽう》がされている。

「四の五の言ってる間に荷が駄目になる。急げ！」

役人は言い分に筋の通っているほうへ、瞬時に従った。浸水に浮足立っていた船員も、我に返ったように動く。

どちらが正しいという面子《メンツ》になど構っていられなかった。とにかく、布や紙など、濡らしては駄目になる品を避難させることが大事だ。

「お前は貯水槽を塞げ！　こっちは俺がやる」

バケツを釘抜きに持ち替え、最初に通報した乗組員が木箱の板を外した。すぐさま隣で役人が手に取れる包みから引っ張り出し、隣にいる者に渡す。

隣から隣へ、階段の途中から上の床にいる者へ、荷は次々と手渡され、オルティシアも受け取った荷を外にいる乗組員に渡した。

だがすぐ次の包みが渡される。

オルティシアの隣は誰もいない。隣にいた乗組員が荷を持ったまま甲板へ走ったのだ。下から次々と出される荷物を見て、オルティシアも迷わず乗組員の後を追い、荷物を両手に抱えて走った。

甲板への階段の途中で荷物を置いて戻ってきた乗組員に出くわし、荷物を手渡す。

「お願いします」

「はいっ！」

白い上着に筒袴《つつばかま》の乗組員は、荷を手に受けると下りかけた階段を飛ぶように駆け上がる。オルティシアも走って戻った。

誰もいない廊下に、小さな入り口から荷物が放り上げるように出されている。それを拾ってまた階段へ走り、下りかけてきた乗組員に渡す。

戻って、荷物を拾って、走って渡して…その間も廊下には荷物が溜《た》まる。とにかく濡れる船底から荷物を上げてしまうのが先決なので、中の男たちは次次と荷物を押し出した。

けれど、小さな四角い入り口の周辺は、すぐに荷物の山になる。オルティシアは戻って荷物を拾いながら、少しでも入り口周辺に荷物が置けるように手で押して隙間を作った。

片手に油紙で包まれた荷を持って、もう片方の手でなんだかわからない荷物を端に押す。走って荷物を届け、また駆け戻る。

船は揺れ続けた。走りながら思わぬ方向にぐらりと傾き、必死で壁に手を突いて体勢を整える。

なりふりなど気にする余裕もない。入り口が見えなくなるほど積み上がった荷物に、荷を甲板に上げなければ…と必死だ。

もう、どうやっても荷物を押し出す場所がない…積み重なって重くなり、押しても動かない荷物と格闘していた時、乗組員が入り口から飛び出してきた。

「ここはやります！」

荷物を上に、という声に頷き、オルティシアは端から順に荷物を拾い、階段までを繋ぐ役を負った。

階段から見える甲板の向こうは真っ白だ。きっと、雲の中なのだと思う。甲板の上をひとりで担当している乗組員は、折り返すごとに息を荒らげ、首筋からぼたぼたと汗を垂らしていたが、速さは一向に衰えない。オルティシアが息を切らしているからか、かなり廊下のほうまで取りにきてくれていた。

廊下は荷物でいっぱいで、走る距離が少なくて済むのが有難いくらいだ。

僅かな距離を手渡して折り返し続けていると、積み荷の山の間からツィーンがスタッと飛び上がってきた。

「ひと通り上げた。あとはゆっくりやっても大丈夫だ」

はあはあ言っている乗組員が、膝に手をやって壁に寄りかかる。

「…もう、ここに置いとけないかな」

「馬鹿言え、船室に入れなくなるだろう。結束もできない」

荷物はオルティシアの首より高い位置で、両側の船室の扉も塞いでいる。

ツィーンが、まるで船長のように指揮した。

「予備の集光帆があるだろう、あれを被せて上から縄で固定するんだ」

船はまだ揺れている。ちゃんと梱包しないと、甲板の上でバラバラになってしまうだろう。乗組員たちも頷き、全員で甲板まで荷を上げた。

先刻ほど逼迫《ひっぱく》してはいないので、ひとりずつ荷物を持って甲板まで上がる。

――わあ……。

ガラスで覆われた外の風景は、想像以上だった。

船は雲に漬かるようにすれすれまで沈み、ガラスの周囲は霧で白い。そして天空は終わりが見えないほど高く続くオーロラが、高速で光の波を起こしていた。

暴風にはためくカーテンのようだ。

虹色の膜が、天空から垂直に下りている。ひるがえる膜は、互いに干渉し合ってそこだけスパークし、光が砕け散るように輝く。音もない嵐は、神々たちの武闘のように見える。

荷を抱えたまま目を見開いて空を見上げていると、荷物を一度に六つ抱えて運んでいたツィーンが低く言う。

「あれにぶつかったら一発で粉砕する」

息を呑んでツィーンを見つめると、寡黙な護衛は操舵室を見上げた。

「だが、今は雲の下も乱気流だ。迂闊《うかつ》に高度は下げられない。航海士も必死だ…」

浸水に対処できる人員は、自分たちしかいないのだ。船員は、零れてしまった貴重な飲み水を回収するために、荷物を乗客に任せてもう一度船底に下りていた。

オルティシアも、荷物を運んで往復しながら、美しく激しい天空の戦を見上げる。

波打つ光の膜。ぶつかり合う衝撃波は飛び火のように小さな稲妻を生み、時おりガラスの天井にぶつかる。紫や黄色の光が、球体に沿ってヒビ模様に走るのは、怖いというより神秘的だ。

――綺麗……。

揺れも、ドンと内臓に響くような衝撃も、不思議と怖くなかった。ただこの広い虚空の中で、自分たちは吹き飛ばされるてんとう虫のように小さいのだと思う。

〝外〟の世界の力強さを、身をもって感じている。

小半時以上かけて、船底の荷物は全て甲板に運ばれた。寄せ集めの小荷物は頼りなかったが、白い集光帆を上からかけ、荒縄で固定しながら船の枠にしっかりと括《くく》り付けた。応急処置だが、横転でもしない限り大丈夫だろう。

お疲れさん、と乗組員同士が慰労し合い、ようやく乗客にも謝辞が言えるほどゆとりが生まれた。

「すみませんでした。お力をお借りしてしまって」

「いや…荷が守れてよかった」

乗組員たちはぺこぺこと謝って回っている。オルティシアはそれを横目で見ながら、甲板の端に座り込んだ。

ほっとしたら、もうどうやっても立てない。人生で、こんなに走ったのは初めてだ。

「…はぁ……」

くたくたで、手は濡れた荷物やら油紙の梱包を触っていたせいで真っ黒になっている。それでも、皆と一緒に荷物を守れたという達成感と、心地よい疲れで気持ちいい。

若い乗組員がオルティシアのところへ来て、平身低頭で詫びてくる。

「本当に、申し訳ないです。ありがとうございました…あの、お着物も汚れちゃったんじゃないですか」

くたびれ過ぎていて身体に力が入らない。オルティシアは気が抜けたように頬を緩ませ、首を横に振った。

「大丈夫です。これは水も汚れも弾くので」

「…………………」

膜は、衣ではないのだと説明したつもりなのだが、乗組員は瞬きを忘れてオルティシアを見ていた。

――――…？

大丈夫だと説明したのに、乗組員は動かない。そしてまん丸に目を見開いた乗組員の顔が、林檎《りんご》のように赤く染まっていく。

「……あ……そ、……そ、それ…なら、よかったです…っ……げほっ」

吸った息にむせて、乗組員が咳《せ》き込んでいる。心配で立ち上がりかけると、男はしどろもどろに手を振って、逃げるように去っていった。

――――…あ……。

慌てさせるようなことを言ってしまったのだろうか。落ち込みかけると、後ろで見ていたツィーンまでも、驚いた顔をして近づいてきた。

ツィーンのこんな表情も、あまり見たことがない。

自分は何をやってしまったんだろう。

「………お前、笑えたんだな」

――――…え？

とても珍しいものを見るように、ツィーンがしげしげとオルティシアを眺める。

そんなに不思議な顔だったのだろうか。

腕組みをし、ツィーンがひとりで納得している。

「むやみに笑えないのは、得策なのかもしれないな」

「ツィーン？」

屈みこんで、腰帯の間から布を取り出し、油のついた手を拭いてくれる。

「お前が愛想よかったら、傾城《けいせい》のフィオーレになったかもしれん」

よい意味なのか悪い意味なのか心配しながらツィーンを見上げると、彼は不愛想な顔を少し崩して笑った。

「そういう笑顔は、あの執政官に見せてやれ」

笑ったという自覚はなかった。ただ、ジンのことを持ち出されただけで、微笑みかけてくれた姿を思い返して胸がトクトクと鳴る。

頰を染め、瞳をきらめかせたオルティシアに、ツィーンが苦笑した。

「…早く、会えるといいな」

◆◆◆

リコストルは雲の下に行路を変え、完全な手動で航海を続けていた。

雲の上はまだ磁気嵐だ。影響は地表まで続いていて、計器類が使えない。雲の中は視界が利かないので、目視では地表すれすれしか航行できなかった。

地上は危険度が高い。瘴気や呪にかかる心配もあるし、大型の生き物に見つかると、装甲板の脆い西の街の船では太刀打ちできない。

「月の街のリコストルみたいに、砲撃艦だったらいいんだけどね」

ツィーンと仲良くなった航海士が説明してくれる。目視で航海するようになってから、航海士たちは交替で甲板に出て哨戒《しょうかい》を始めた。瘴気を気にしていられないほど、大型の生き物との遭遇は怖い。

外は夜だった。厚い雲のせいで月も星も見えなかったが、濃紺の空の上には雲が絨毯のように広がり、時おりその隙間から神々しいまでのオーロラが見える。七色の影が雲間を走り、雷鳴が轟《とどろ》くさまは、何日経っても畏敬の念を起こさせた。

航海士は地図を片手に解説しながら歩いてくれる。

「特に危ないのが遺跡群のあるところだ。大型獣には絶好の棲《す》み処《か》だからね」

遥か昔、人々が捨てた都があちらこちらにある。千年ほど前は、地上は人で溢《あふ》れ、人々は街から街へと盛んに行き来していたのだそうだ。

「って言っても、俺も見てきたわけじゃないから、話でしかないけど」

ほら、あのあたり…と航海士は砂漠の向こうに黒黒と連なる遺跡群を指さした。

「航海士は遺跡群を、術士は呪にかかりやすいポイントを測って、慎重に避けていくんだ」

だから、できるなら雲海を往けるほうがずっと楽なんだ…とすっかりツィーンと馴染《なじ》んだ様子で話す。

「回り道はしてるけどね、でも、この調子ならもうそろそろ目印が見えてもいいはずなんだ」

西の街を出て、十一日が過ぎていた。

航海士は東を示して目を眇める。

「…方向としてはこっちなんだけどなあ」

どこだろう…ツィーンもオルティシアも、濃紺の何もない場所を見つめる。だが、やがて地平線に小さな光が見えたような気がした。航海士も、あれかもしれないと呟く。

「………」

雲に覆われているのに、延々と続く砂漠は空とくっきり線を引いたように色が違う。目が慣れてくると、ぼんやりと光の全貌が見えた。

「……本当に……月……？」

「いや、地図からするとあれが〝月の都《ルーシェ》〟だよ、多分」

砂漠の真ん中に、三日月が落ちたかのように輝いている。弓なりに曲線を描く月は、ところどころから黄金色の光が漏れ、全体のシルエットを窺わせた。

隣でツィーンも驚いている。なんだか、おとぎ話の挿絵のような景色だ。

「目測じゃ近そうに見えるんだけどな。でも、地図だとあと二刻かもうちょっとぐらいはかかる感じだ。夜が明ける頃にはわかると思うよ」

航海士は報告してくるから…と操舵室に戻った。オルティシアとツィーンは、夜の砂漠にぽっかりと現れた都から目が離せない。

――月の都って、名前の通りだったんだ…。

何か、比喩《ひゆ》のようなものなのかと思っていた。けれど、星のない夜の地平に現れた三日月は幻想的で、オルティシアはいつまでもそれを眺めた。

そして、半時ほど経った頃だろうか、月の姿が徐徐に大きく見えてきて、オルティシアはようやくそれがとんでもなく大きなものであることに気付いた。

これだけ前に進んでいるのに、まだ三日月の傍まで行けない。つまり、それだけ遠いということだ。比較するものがないから距離がわからないだけで、航海士が言う通り二刻以上かかるとしたら、あれは下手をすると西の街の宮殿…いや、西の街そのものより大きいかもしれない。

ツィーンも同じことを考えたようで、顎に手をやって驚きを隠せない様子だ。

「本当に…あんな構造物があるんだな……」

――…え？

ちらりとツィーンを振り仰ぐと、俺もよく知らないんだがと前置きして教えてくれる。

「聞き間違いでなければ、都はあの中にあるらしい」

オルティシアは目をぱちくりと瞬く。

「あの…中？」

「…そうらしい」

砂漠に残る遺跡のように、象徴的な何かだと思っていた。夜だから見えないだけで、あの周りには都が広がっているのだと思い込んでいたのだが、違うのか……。

少しずつ大きさが感じられる三日月を、驚いた目で見つめる。

――あの中に？　人が住めるの？

つるんと滑ってしまいそうなイメージだ。

騙されているのか、それともそれも古代の術なら可能なのだろうか…。嘘のようで、けれど周りを見渡しても、ほかにそれらしきシルエットは見えない。オルティシアは目が離せず、そのまま夜明けまで三日月の都を見ていた。

そして雲が切れ始め、眩《まばゆ》い太陽に照らされた巨大な三日月の全容を目にして息を吞む。

――すご…い……。

到着が近づき、船では鐘が鳴らされた。月の都を見ようと甲板に上がってきた役人たちも、あまりにも大きな構造物に釘付けになる。

「すげえな……」

「…浮いてるのか？　あれ」

朝陽が銀色の外観を弾いて輝き、夜に瞬いていた灯りはもう消えている。近づくにつれて、三日月型の都は地面から浮き上がっているのがわかった。

船は快晴と風が凪《な》いだことで、滑るように進んでいく。だが、見ても見ても月は大きくなり続けるだけで接岸できない。本当に、着けるのかと思うぐらいだ。

「どんだけでかいんだよ…」

「交信を開始します。舳先には行かないでください」

航海士が甲板に駆けてきて注意する。ずっと切っていた計器類を元に戻したのだ。

朝の爽やかな光が、丸いガラス屋根を照らす。数日ぶりの陽射しだ。舳先で、船が到着と開門を請うシグナルを光らせている。


——これが……月の都。

こんなすごい場所に、ジンはいるのだ。

竦みたくなるような緊張と、ついに来てしまったのだという興奮が胸の中で混ざり合う。墜落の心配までしていた役人たちも互いに肩を叩いて喜び合い、月の都の威容に感動していた。

そこからさらに半刻ほど飛び続け、船はようやく月の都の着陸所に着いた。

ガラスの天井からは、すでに月の都の銀色の外壁しか見えない。近づいてみると本当に圧倒される大きさで、オルティシアは、自分たちの大きさがてんとう虫どころか、蚤《のみ》くらいになったのではないかと思った。

迫りくる銀色のカーブを描く壁。遥か天空にある細い三日月の先端。どうやって入ればいいのかもわからず入国許可の指示を待って停泊していると、三日月の底のほうから音もなく鉄色の塊が下りてきた。

「術士だ…」

誰かの声でそちらを見ると、ちょうど人がひとり乗れるくらいの四角い舞台の上に、それぞれ護符を染め抜いた長い紫のローブを着た術士がいた。全部で九人だ。

キューブ状の浮遊物にひとりずつ乗った術士たちは、船の周りを取り囲む位置で停《と》まり、とん、と宝石が付いた錫杖《しゃくじょう》を床に打ち鳴らす。すると船はまるでシャボン玉の中に取り込まれたように、ピンク色の膜の中に入れられてしまう。だが、航海士も術士たちも感心するだけで慌ててはいない。

「すげえな。さすが月の都の術士は違う」

勝手に動かれないように、この珠《たま》の中に閉じ込められたまま入港するのだそうだ。

「あれもコレッガーなのかな」

船員も、興奮を抑えながら見ていた。誘導する術士の乗る、鏡のように磨き抜かれた箱は、タイルが四方に張られたような形をしている。こんなにコンパクトな形も、操縦用の手すりがないタイプも初めてだ。

大きいとしか言いようのない三日月の底が、溶けたように一瞬歪み、ピンク色の球に包まれた船は音もなく月の都に収容された。

オルティシアたちは、街へと入った。

◆◆◆

ルーシェ最高評議会は、三日月型の軀体の二階層めにある。面取られた八角形の巨大な列柱が整然と並ぶ回廊からは、遥か眼下に都市全体を見下ろせた。

規律と調和を象徴化した裾広がりの柱が議事堂に向かって続いていて、三階分吹き抜けになった正面入り口には楕円《だえん》形に広がった白大理石の大階段がある。議会が終了し、評議員たちが次々と階段を下りてくる。ジンは議場を出ると白手袋を外し、脇に付き添う部下に手渡した。

ついでに、議会の正装である黒い足元までのローブも金糸の装飾ごと外し、揣摩の手に預ける。ここでローブを取るのか、という顔をした部下にジンは唇の端を上げた。

「部屋に戻るのも面倒だ」

「まさか、そのまま行かれるおつもりですか」

「その〝おつもり〟だが？」

非難より驚きで黙っている揣摩に、ジンが歩きながら笑い、その後に少し苦い顔になった。

「なるだけ手早く済ませたい」

「……」

西の街の領主の、蛮勇ともいえる性情はなんとなくわかっていたものの、ここまでごり押しで来るとは思わず、ジンは内心で苦々しく思っている。

――釘を刺しておいたつもりだったのだが…。

在外公館に赴任できるのは、公職にある者のみ…と条約にはしっかり記載してある。むやみに私欲に走る商人などを入れないためだ。だが、あの領主はよりによってフィオーレを送り込んできた。それも、ご丁寧に特使という身分まで与えて。

どのフィオーレが承知したのか知らないが、目的は明らかだ。彼らは本当にフィオーレを商品にするつもりなのだろう。そんなことをさせるわけにはいかない。

受け入れ拒否を通告しに、一階層下の居留区域に向かおうとすると、同じ評議場から出てきたドルナシオン・アンカーと視線が合った。

アンカー家が率いる一族の長《おさ》だ。

「元首候補殿は、着替えもできぬほど忙しいらしい」

「これは、ドルナシオン殿下」

赤毛に燃えるような鋭い眼差し。端麗な目鼻立ちに冷ややかさが加わった容姿だ。ドルナシオンは黒地に銀色のローブを着けていて、ほかの評議員とは身分が違うことを示している。

「不調法なところをお見せしました」

「…」

ジンは丁寧に礼をとった。

月の都は、十一の氏族からなる共和制の都だ。

ひとつの氏族を束ねる家があり、氏族ごとに国を名乗る。この〝月〟は誰のものでもなく、十一の氏族全ての共有財産とみなされた。故に、各氏族ごとの自治や議会があり、それぞれの国で代表者が選出され、最高評議会が運営される。そして全ての評議員の合意のもとで、元首が就任した。氏族によっては世襲制の国もあるが、最高評議会の元首には任期があり、門地を問わない。

氏族は規模も背景も様々だ。複数の氏族が寄り合うと、どうしても人数の多いところが幅を利かせがちになるものだが、アンカー家は別だった。

彼らは、この〝月の都〟を創った一族だと言われている。そのため、王制復古して都に君臨した時代もあったが、共和制になった今は、一氏族に降りた。

わずか数百人しかいない氏族だが、今でもアンカー家だけは敬意をこめて旧王族の扱いを受け、氏族は強い権力を握っている。ジンは気難しいアンカー家の長に友好的な笑みを向けた。

「西の都の大使が到着してまいりましたので、面会に行くところです」

紅《あか》い瞳がきつい表情を見せる。

「どうせトラブルがあったのだろう。〝外〟の連中を都に入れれば、こうして厄介事が増える」

だから開国などすべきではなかったのに…と、反対を表明していたドルナシオンは苛立ちとも非難ともとれる空気を醸し出す。ジンはただ黙って軽く頭を下げてやり過ごした。

ドルナシオンは、礼儀正しく流されたことにじろりとジンをねめつけてからローブをひるがえして去っていく。隣で、揣摩がほっと息を吐いたのがわかった。

「殿下が納得いかないのは、仕方がないだろうな」

「…はい」

——我々も、進んで開国したいわけではない。

現状を頑《かたく》なに変えたがらないアンカー家の気持ち

もわかるし、どう制限しようとも、諸外国と交流を持つということは、今回のようにコントロールの利かないことが増える。

　だが、それでも議会は開国を可決したのだ。ジンは複雑な顔をする揣摩の背中を叩いた。

「今さら繰り言を聞いても仕方がない。居留地には私だけで行く。その間に君は造船の状況を見てきてくれ。評議員の報告書では役に立たない」

　造船の進捗がはかばかしくない。直《じか》に視察しなければ、書類だけ見ても理由はわからないだろう。

「は…」

　揣摩がかしこまり、ジンは覇気のある笑みを見せるとそのまま塔に向かった。

　都を一望できるバルコニーの回廊を端まで行くと、階層を縦に貫く荘厳な塔がある。幾重にも重なる円模様で飾られた石の塔の中は空洞になっていて、そこからコレッガーに乗って上下に階層を移動できた。

　ほかの居住区には階段があり、自由に行き来できるが、貴族や旧王族が住む四階層から上は、ここからしか出入りできなかった。

　塔の中は円周に沿って乳白色の床があり、床と同じ面に鉄色をした四角いコレッガーが浮かんでいる。浮遊舟は人を乗せれば上下するが、誰も乗っていない時は静かに宙に浮いたまま待機しているので、適当に空いているコレッガーに乗ればよい。

　操作盤は床にある。床と全く同じ色なので、見た目にはわからないが、踏むとそこだけ床が光るようになっている。上に行きたければ踵《かかと》に体重をかけ、下に向かう時はつま先を押す。止まりたいところで二度踏む力を加えると、途中の階でも停止できるようになっていた。

　塔の外周は大小の円を連ねた模様が縦長に続いていて、鉄格子のように外を覗《のぞ》ける。ジンは円模様越しに都を見つめながら、開国決断までの苦渋の道のりを思い返していた。

「……」

二年前の、ちょうどこの時期だ。月の都から、一隻の大型集光船《リコストル》が密出航した。評議会はすぐに追捕《ついほ》の指令を出したが、磁気嵐に巻き込まれて見失った。

嵐の季節は長い。軍船も航行できないが、船を奪った者たちにとってもそれは同じだ。評議会は彼らの行動を軽く考え、磁気嵐で難破するか、運よく生き延びても命乞いに戻ってくるだろうと構えていた。

地表に下りたところで、不毛の砂漠と危険な生き物しかいない大地で、生きていけるはずがない。

唯一、危惧したのはほかの街への亡命だった。リコストルを手土産に乗り込めば、取引は成立するだろう。当初はそれだけが心配で、秘密裏に主だった近隣の街を遠くから監視することにした。

砂漠には、いくつもの都や街が点在している。その大部分が自給自足で暮らしているので、わざわざ他国との取引はしない。何しろ船でしか行き来できないので、よほど珍しいものでない限り、自国で調達したほうが安上がりなのだ。特に、月の都は完全に他国との交渉を断っていた。月の都の術を盗もうと試みる諸外国はうるさいハエのようなもので、こちらが付き合うメリットはない。

ところが、監視を続けていた軍は、盗まれた船が他国に堂々と出入りしているのを目撃した。磁気嵐を生き延びたのだ。

彼らは海賊船を名乗り、どこの街にも亡命せず、自由と独立を謳い、雲海を航行し続けていた。

それから軍の追跡は何度も振り切られ、今のところ海賊たちの足取りは全く摑めていない。

最高評議会はこれを重く見て、海賊船の拿捕《だほ》に全力を注ぐとともに、彼らが寄港する全ての街に、寄港阻止と捕獲のための在外公館を置くという政策を決定した。

どうやら今のところどの街も彼らの出自には気付いていないようだが、他国に月の都の反乱者たちだと知られるのは避けたかった。

国内に不協和音が在ると知られれば、他国は絶好のチャンスと見て踏み込んでくるだろう。同時に、海賊船という先鞭が、都の中にいる潜在的な不満分子たちに「国外脱出」という道を示唆してしまうことも阻止したかった。

どの都もそうだが「外では生きていけない」からこそ、調和が成り立つのだ。多少の不満があっても、出て行く先がないから、辛抱強く相互で話し合いができる。嫌だからといって簡単に砂漠を越える手段ができてしまったら、人口の流動は避けられず、秩序は崩壊してしまう。

完全に閉じた世界。これこそが千年続いた月の都の平穏だったのに、たった一隻の船が全てを変えてしまった。

最高評議会は開国を選択し、官僚はあちこちの街へと飛んで異国との交渉を始めた。

こちらの都合だけで他国に人を常駐させることはできない。商人や役人を装って海賊を待ち構える代わりに、月の都にも他国の人間が入ってくる。

もう、どうやっても「完全に閉じた世界」には戻れない。

――海賊、か……。

術で守られた結界と、幾重にも閉じられたゲートを突破しなければ、船は出航できない。

それだけではない。外界で結界を張るための術士も、航海技術も、水プラントの維持も、あらゆる知識がなければあの船は動かせない。ジンは、それをやってのけた自称「海賊」たちのことは、少し評価している。

これまでの歴史で、自分たちの氏族の扱いに不満を持った輩が反乱を起こしたり、政争に発展したりしたことは幾度もある。共和制になったのも、僅か三百年ほど前のことでしかない。

それでも、誰ひとりこの「月」から出ていくことだけは考えなかった。

生きていけるとは誰も思わなかった。だから、評議会も心配しなかったのだ。けれど、海賊たちはそれをやってのけた。

その勇気と強さと、体制に反旗をひるがえした胸のすくような誇り高さは賞賛に値する。

――だからといって、私が認めるわけにはいかないがな…。

盗まれた船は、月の都が所持する船の中でも最も推進力が高い。ほかの船で追いつけるはずもなく、軍は本格的な追捕に向けて高速船を建造中だが、どんなに急いでも出動できるのは来年、それも磁気嵐が重なればもっと後になるだろう。

月の都は、規模も術の力も他国とは桁が違う。そう簡単には国が揺るがない自信はあるが、一隻の海賊船が全てを変えたように、ほんの僅かな変化が、連鎖して現状を覆す恐れもある。油断はできなかった。

――まずは、西の街だ。

三階層でコレッガーを止め、ジンは公館が立ち並ぶ区域へと向かった。

公官庁など、公共の建物が並ぶ四階層目は整然としている。大きく取られた通りの両側は芝生が幾何学模様に植えられ、石畳と美しいコントラストを描いていた。

各街の大使が駐留する区画は、敢えてそれぞれの街同士を離しており、その街を専任で担当するガイドを付けてある。月の都での暮らしをサポートすると同時に、彼らが邪《よこしま》な動きをしないよう、監視役も兼ねた。

石造りの建物が整然と並ぶ官庁街で、駐留大使を取りまとめる外事局の建物がひときわ大きい。ジンはその中の一室で、西の街の使節団と面会した。

「こちらです」

局員に案内されて木製の扉を開けると、部屋には鮮やかな衣を纏った西の街の使者たちが待っていた。だが、一番驚いたのは最後列にいたオルティシアの姿だ。

「……」

「これはこれは執政官殿、お手を煩わせます」

――どういうことだ。

使節団の中にフィオーレがいるというのは聞いていたが、それが彼だとは…。

このたびは…と長い口上を述べる大使を前に、ジンは驚いたままオルティシアを見ていた。

領主の高笑いが聞こえるようだ。

――私への戦略だったか…。

西の街に滞在した時、オルティシアがジンの部屋に泊まったことは知られているだろう。実際はどうであれ、気に入ったとみなされている。フィオーレの宣伝のためでもあるだろうが、ジンへのご機嫌取りが最大の人選だったはずだ。

そうでなければ、オルティシアを選ぶはずがない。

――こんな内気なフィオーレを…。

長旅をさせ、見知らぬ人ばかりの環境に送り込むなど、オルティシアにかかる負荷を考えなかったのかと思うと、領主への腹立たしさに眉根が寄る。

代表者の大使が、ジンの険しい顔色に気付いて慌てて説明を始めた。

「オルティシア殿も、役職を持ったれっきとした公人です。フィオーレも、我が街の大事な一員ですから…」

「承諾はできない」

「執政官殿」

「選出者の基準は、あらかじめ話し合ったはずだ」

「で、ですからオルティシア殿は公職を授かり…」

ジンは厳しい表情で大使を見た。言い逃れはなんとでもするだろうが、許す気はない。

「我が国は人身売買を認めていない。奴隷も、フィオーレの取引もだ」

「も、もちろんですとも。我々はそのようなつもりはなく…」

「ならば、フィオーレを特使にする必要はないだろう。申し訳ないが、駐留者の交替を要求する」

「執政官殿！」

オルティシアが驚愕《きょうがく》した顔をしている。可哀想だったが、今、個人的に声をかけたら領主の思う壺《つぼ》だ。

「交替が完了するまで、公館は機能できないと思っていただきたい。そういう条件で締結したはずだ」

弁明しようとする使節団に、ジンはばっさりと切り捨てて背を向けた。

オルティシアのことが心配だ。だが、こうすることで、彼は西の街に帰れるだろう。こんな異国で大変な思いをしなくて済む。

「執政官殿！」

お待ちくださいと追い縋《すが》る声をしり目に、ジンは足早に建物を出た。次の予定のことを頭の中で段取りしながらも、西の街の領主に書簡をしたためなければと考える。

「……」

きっと、オルティシアはあの押しの強い領主に言い負かされて、拒めずに渡航してきたに違いない。自分が断固拒否すれば、彼を政治的に巻き込むことは避けられるだろうが、しっかり〝オルティシアに落ち度はなかった〟と書簡で表明しておかなければ、街に戻った時にオルティシアの立場が悪くなる可能性もある。

つくづく、あの領主はなんということをしてくれたのだと思う。

――こんな出会いでなければ、声をかけられたのに…。

本当は、思ってもみなかった再会に驚いたのと同時に、歓迎したい気持ちだった。意に染まぬ旅だったかもしれないが、自分としては、できるならもう一度会いたいと思っていた。

だが、少しでも気に入った素振りをしてしまえば、彼らはなんとでも言い訳をしてオルティシアをここに置くだろう。それこそ品物のようにジンに差し出しかねない。

──オルティシアが、落ち込まないといいが…。

だが、彼宛ての書簡はきっと誰かしらの目に触れてしまうだろう。そう思うと打つ手がない。

ジンは低く溜息をつき、二階層に戻った。

部下からの報告を聞き、建設中の拿捕船に乗員する人員リストを精査し、明日の議題について資料を読み、そろそろ日付が変わるという時刻だったが、ジンはひとりで書斎にいた。

貴族たちの屋敷が並ぶ階層は、古めかしいアーチ状の柱に支えられた造りが多い。白大理石の柱と床に飴《あめ》色の艶を帯びた金の装飾が施され、窓や扉の仕切りは少なく、外光も風も心地よく入る。

なかでも、名門氏族の屋敷は街側に向かって張り出すように造られている。オルランドゥーニ家も市街地から見ると、それ自体が三階層を彩る装飾のように荘厳な佇《たたず》まいだ。

ジンの書斎は、博物館のようだった。

高い天井からは、リコストルの模型や気象計が吊り下げられ、書棚には背に箔《はく》押しされた古い書物が並び、飾り棚には標本や古地図がいくつも納められている。

ほかにも、ここ一年で異国から贈られてきた品が無造作に置かれていて、粗削りだが風土色豊かな布や工芸品もある。ジンは書類をめくる手を止めて、ぼんやりと瑞々しいオレンジ色の布を眺めた。

黄色と金色で縁に模様を描いた大判のストールだ。その果実のような色合いは、西の街での出来事を思い起こさせる。

──オルティシア……。

また、泣いていたりしないだろうか。

大人しくて内気な彼が、自責の念を持ってしまわないか、それが心配でならない。

「……」

ほかに、どういう手段もなかった。政治的にきっぱりと態度を表明しなかったら、西の街はどこまでもフィオーレを押し込んでくるだろう。それは、非合法な取引に目を瞑《つぶ》るということになってしまう。

認められない。こうするしかなかった…そう自分に言い訳しながら、オルティシアのことを割り切れない。

書類は、もうそれ以上読む気にもなれなくて開いたまま目もやらない。

あの時、オルティシアは目を見開いたまま硬直していた。遠路はるばるやってきた彼を追い返す自分は、きっと非道《ひど》い人間だと思われただろう。滞在中も、見舞いすらしなかったのだから、今度こそ冷血漢だと思われたに違いない。

——残念だな…。

抱きしめた時の感触が甦って、オルティシアの涙に濡れた顔が脳裏に浮かび、ふいに胸が疼く。その感情に、ジンは驚いた。

「……まいったな」

夜中に独り言《ひとご》ちて苦笑してしまう。誰かを想って心が疼くなど、何年ぶりだろう。

だが、悪くない。オルティシアの、白銀の睫毛に縁取られた目元を思い出して、惹かれる心にしばらく浸った。

本当はもう一度会いたい。帰国させてしまうなら、なおのことどうにか口実を付けたかった。

見送りなら、なんとかできるだろうか。

領主の策略にまんまと嵌まったことに、ジンは苦く笑った。悔しいが、あの君主の読みは当たっている。

だが、だからこそこれ以上オルティシアに想いを寄せてはいけない。これは、月の都の秩序のために仕方がないことなのだ。

今まで、どの恋愛もそうだったように、この感情も政治的安定のためには、沈めてしまうしかない。

残念だ…ともう一度思いながら、ジンは灯りを消して部屋を出た。

◆◆◆

オルティシアは、宿舎となった公館の一室にある寝台に横たわっていた。

ショック過ぎて涙も出ない。思考が停止したようだ。

「…………」

まだ建てられたばかりと思われる公館は、石造りだが壁と天井は漆喰《しっくい》で化粧されている。オルティシアに与えられた部屋は、宮殿の私室とは比べ物にならなかったが、ひとりで住むには十分な広さだ。

真新しい部屋には、寝台とテーブル、椅子がある。格子窓の向こうには、幾何学模様に整備された大路の芝生や、向かい側の建物が見えた。

それぞれの部屋から漏れる灯りが、大路を挟んでもまだ明るい。オルティシアは寝台からじっとそれを見ていた。

ジンの、眉根を寄せた不快な表情が目に焼き付いて離れない。

――……。

まったく予想していなかった。

西の街を去る時、最後に見せてくれた笑みしか頭になくて、再会できたとしたら、笑顔が見られるとしか思っていなかった。

来てはいけなかったのだ…。オルティシアは、初めて自分の政治的な立場を理解した。

《我が国は人身売買を認めていない。奴隷も、フィオーレの取引もだ…》

――私がいたら、取引が許可されたことになってしまうんだ……。

領主と月の都との利害が一致しなかった…そういう事情以上に、ジンが眉を顰めたことが心にのしかかる。

ジンに迷惑をかけた。フィオーレのくせに公職を盾《たて》に在留しようだなんて、なんとずうずうしい奴だと思われただろう。そう考えるといたたまれなくて、オルティシアは両手で顔を覆った。

――違う。そんなつもりじゃなかったのに…。ただジンにもう一度会いたかっただけだ。けれど、そんな言い訳すらする機会はなかった。

嫌われた…。嫌悪を示した表情に、ショックでその後のことをあまりよく覚えていない。

ただ、大使たちはとても困ったようだった。ジンが去った後だいぶ話し合って、結局オルティシアを送り返すことで決着がついた。公館を機能させないと言われれば、従うしかない。

入国した船は、本当は最初の荷を積んで戻る予定だったが、取引が開始できないので、オルティシアとツィーン、説明と交代要員を連れてくる人員一名だけを乗せて帰ることになる。整備が整い次第出発すると言われ、オルティシアは黙って頷いた。

「……」

今になると、ツィーンが説得してきた言葉が思い返される。彼の言う通りだった。

見送りで応援してくれたフィオーレたち。乗船した全員で力を合わせた磁気嵐からの渡航…次々と新たな経験をして、自分は変われるような気がしたのに、全部無駄にしてしまった…。

――ごめんなさい……。

会いたいなどと願うこと自体、間違っていた。ジンを不愉快にさせただけだった。

深い後悔に、オルティシアはじっと身を縮めた。


帰国は三日後だった。

大使のシュラットは、月の都の意志を覆せないかと奔走したようだが、結局は徒労に終わった。出航ゲートに向かう途中も、ツィーンが慰めてくれる。

「向こうも、政治的な立場がある。個人の気持ちとは別に、ああするしかなかったんだろう」

「……」

お前を嫌ったわけではない…と、ツィーンは何度かそう言っていた。だが、そのたびに難しい顔をしたジンの表情を思い返し、涙が込み上げた。

もう、思い出したくない。

オルティシアは黙って俯き、ツィーンもそれ以上何も言わなかった。

しかし、船底のような出航ゲートに着くと、そこは何か様子がおかしかった。一行を連れてきた役人が警備兵のところに行き、確認して戻ってくる。

「…磁気嵐が起きたようです」

駄目だ、と首を横に振る。

「今年は始まりが早い。もう今季は出航できないでしょう」

付き添いで帰国する特使が、驚いて抗議した。

「そんな…それでは、来季まで公館は稼働できないではありませんか」

「貴国の船です。出航されるのは止めませんが、磁気嵐の中を往けますか？」

「……それは」

来る時も難破すれすれだった。嵐の吹き荒れる中で航海する馬鹿者はいない。特使もがっかりしたようにうな垂れた。

嵐が幸運にも止んだら教えてくれ…と微かな期待を告げて戻ろうとする時、大きな洞窟のような出航ゲートにジンの姿が見え、特使が驚いて威儀を正した。

「こ、これは執政官殿」

「今日帰国すると聞いて来たのだが…」

穏やかで心地よい声がする。オルティシアは不規則に速まる鼓動を抱えて立ち竦んだ。

動悸《どうき》が、怖さからくるのか嬉しさからくるのかわからない。

役人はジンに磁気嵐で出航できなくなったことを伝えている。それを聞いている間も、死刑宣告を待つような気持ちだ。

不機嫌な溜息が聞こえたらどうしよう…〝コイツ

はまだしばらくここにいるのか〟と思われたら…考えるだけでいたたまれなくて、逃げ出したかった。

隠れられるわけがないのに、少しでも目に入らないように、身を小さくして俯く。

これ以上、ジンに嫌われるのだけは嫌だ。

だが、足音が近づいてくるのがわかる。オルティシアはますます肩を縮こめ、緊張のあまり目を瞑った。

「オルティシア…」

肩に置かれた手にビクッと引き攣《つ》れる。だが、次に聞こえたのは心配そうな声だった。

「…大丈夫か？」

心臓が止まりそうだ。一瞬がとても長く感じて、オルティシアは硬直したままだった。

ふっと気配が和らいだ気がして、肩に触れた手がゆっくりと腕に流れるように労《いたわ》られる。

「この前はすまなかった。君を排除したかったわけではないんだ」

――………。

黙って待ってくれている視線を感じて、恐る恐るそっと目を開ける。それでも怖くて膜を握り締めていると、ジンが屈みこむようにして目を合わせてくれた。

だが、目線が合うとジンが驚いた顔をしている。

「大丈夫か？」

――…え？

尋ね返そうとするより前に、ジンは後ろにいたツィーンのほうを向いた。

「こんな状態で渡航などできないだろう。何故…」

「そういうご命令でしたので…」

「…」

ツィーンの声が冷たい。ジンは黙った。

――…何？

ジンは何に怒っているのだろう。みるみる表情が険しくなって、オルティシアはまた心臓が縮みそうなほど緊張する。

――どうしよう……。

状況が読めず、身の置き所がないまま竦んでいると、ジンが目を伏せて息を吐いた。そして次の瞬間に、オルティシアはジンに抱き上げられていた。

「！」

びっくりし過ぎて動けない。ジンはオルティシアではなく公館付の役人のほうに言った。

「医療措置が必要だ。私が運ぶ」

役人も驚いている。だが、ジンはすたすたと歩き始め、役人は慌ててコレッガーを用意しに走っていった。

後ろからはツィーンがついてきている。ジンは歩きながらツィーンに言った。

「確かに、帰国命令を出したのだから当然と言えば当然だが、こんなに具合が悪いのなら、申し出があって然《しか》るべきではないか？」

やや憤りを含んだ声音に、ツィーンは怖気《おじけ》る様子もなく答える。

「申し訳ございません。そこまでご配慮いただけるとは思わず…」

「……」

付き添いで帰国する特使は、どうしたものかと迷いながら追ってきたが、それはジンが追い返してしまった。

「ひとまず医師に診せる。フィオーレについても知識がある者に任せるから、あとで護衛の彼に詳細を聞いてくれ。ぞろぞろ移動したくない」

「は、はい。かしこまりました……」

「揣摩、あとは任せた」

「は…」

ジンの部下がきびきびと采配を始める。

「再出港の日程について打ち合わせましょう。乗船員たちの逗留《とうりゅう》先についても確認しなければなりません。恐れ入りますが、私とご同行いただけますでしょうか」

「あ、はい…」

コレッガーが来て、三人になると、ようやくジンの周りを取り巻いていた空気はやわらかくなった。

「すまなかった。こんなに弱っているとは思っていなかったんだ」

硬直したまま恐る恐る見上げると、案じるような瞳が、オルティシアを捉える。

背中を抱える腕が、ぎゅっと力を込めた気がした。

「知り合いの研究者が、医師も兼ねている。彼ならフィオーレのことも多少わかっているはずだ」

その後も、自分が連れていかれる先が学術機関が集められている五階層目であることや、ツィーンも出入りできること、期間は気にせず、体調が戻るまでゆっくり養生するようにと、穏やかに話してくれた。

大使たちを相手に、口を挟むこともできないほど厳しい物言いをした声とは、全く違う。

「本格的な磁気嵐の季節に入ったのなら、三か月は出国できないだろう。帰らせてやれないのは申し訳ないが、できるだけ負担のない環境に整える」

声もなく見つめながら、オルティシアはジンの言葉の端々から、帰国を命じたのはやはり自分を慮《おもんぱか》ってのことなのだとわかってほっとした。

もしかしたら、また領主に言われて嫌々来たのだと思ったのかもしれない。そうではないのだと言いたかったけれど、今は何よりも、険しい目を向けられなかった安堵《あんど》でいっぱいだった。

嫌われてなかった。嫌な顔をされなかった。それだけで緊張していた身体の力が抜ける。そして、抱き上げられている感触にドキドキして、なんだか具合が悪いと言われても実感がない。

――そんなに、どこか悪いのかな…。

けれど、ジンが心配してくれているので、それについても何も言わなかった。


塔から上がった五階層目は、とてもすっきりした場所だった。外側からはあまり窓や扉のない白い建物が続いていて、中に入ると同じように白くて無機質な扉が続く。随分歩くので、オルティシアはもうそろそろ自分で歩いたほうがいいのではないかとぞもぞもした。だが、言い出す前にジンが笑う。

「君は随分軽いな。フィオーレというのは皆そうなのか？」

最後は後ろのツィーンに聞いている。ツィーンは言葉少なく答えた。

「人よりは軽いそうですが、今の状態はオルティシアが弱っているからではないかと思います」

ツィーンから見ても、自分の体調はよくないらしい。そういえば、いつになく何度も食事を勧められた。だが、自分がちゃんと食べたかどうかは曖昧《あいまい》だ。落ち込んでいて、あまり自分の振舞いを覚えていない。

ジンは白い扉のひとつの前で立ち止まり、ツィーンが代わりに扉を叩く。出てきたのは白く長い上着を着た優しそうな男性だ。

「ジン、どうしたんだ……って、フィオーレ？」

亜麻色の髪と、同色のやわらかい瞳をした研究者はエミットと言った。エミットは突然の来訪にも拘《かかわ》らず、快く受け入れてくれる。

「施療院ではないからね、寝かせるところはないんだけど、とりあえずここに横になるといい」

長椅子にそっと下ろされ、オルティシアは部屋を見回した。

部屋は中庭に面している。

腰高の窓はアーチ状になっていて、ガラスも何も嵌められていないので、中庭からの風が通り抜けていく。部屋の中も真っ白で、机も椅子も白かった。壁いっぱいに本棚があるが、それも色が揃っている。

「…」

ジンとエミットは仲が良いらしかった。ジンは執政官や外交特使相手のような公的な顔ではなく、気さくな態度で話している。エミットは説明を聞きながら手際よく茶を淹《い》れてくれた。

「異国のフィオーレかあ。嬉しいな、こんな機会でもないとお目にかかれないからね」

「研究対象にはしないでくれ。あくまでも診療を頼みたいんだ」

「わかってるよ」

ジンが念を押すとエミットは笑って承知した。

よい香りのする茶を白い陶器の椀《わん》に注ぎ、盆に載せてオルティシアの傍に来る。エミットは起き上がりかけたオルティシアを止めて、傍らに膝を突いて寄り添った。

「落ち着いてから飲むといいよ。改めて、どうぞよろしく…オルティシア。苦しいところとか、痛みはある？」

首を横に振ると、額に手を置かれる。

「熱はなさそうだね」

診立てを待っているジンに、エミットが振り返って説明した。

「多分、ただの衰弱だと思うけど」

精神的な負担が大きかったのではないか…と問うジンに、エミットが考え込む。

「うーん。それもあるだろうけど…それだけでこんなに膜の色が濁るかな」

エミットはツィーンに目をやる。

「君は同行者？」

「はい」

何か、思いつく原因があるかと問い、ツィーンは部屋に閉じ籠もっていたと答えた。

「公館は四階層の奥か…陽が来ないね。それかな」

「どういうことなんだ？」

ジンの質問に答えながら、エミットは少しオルティシアの膜の裾を摘んだ。

「フィオーレの祖先は植物だからね。いくら食事が整っていても、陽射しがないと駄目なんだ」

ほら、膜の色がこんなに悪い…と裾を見せた。確かに、自分で見ても屈折率が下がったと思う。何もしなくてもきらきらとしていた膜は輝きを失い、曇っている。ツィーンが代わりに答えた。

「おそらくそうだと思います。ここに来る前も少し閉じ籠もり気味だったし、航海中も悪天候だったので」

「なるほど…。オルティシア、君が嫌でなければ、しばらくここにいるといい。ここの中庭は誰も勝手に入ってこられないし安全だ」

どう？　と聞かれてオルティシアは頷いた。

目をやると、白い柱と壁に囲まれた中庭には、白《しら》樺《かば》の木が一本あって、芝生の端には細長い花壇がある。淡い黄色の花が咲いていて、心地よく微風に揺れていた。

お日様の下に行きたい…。そういえば、久しく忘れていた衝動に気付く。

ツィーンが医師に頭を下げた。

「お言葉に甘えられると助かります」

「じゃ、決まりだ」

引き受けてくれたエミットに、ジンも礼を言い、長椅子の傍で片膝を突く。

「ここでゆっくり養生するといい。私も、また時間を見つけて訪ねる」

――お礼を言わなければ……。

だが言葉にする前に、ジンは立ち上がってしまい、ツィーンに今後のことを伝えていた。

どんな風に呼び止めればいいのかわからず、声がかけられない。戸惑いながら唇を開きかけた時、ジンはもう出口にいた。

「慌てなくていい。また今度、ゆっくり話そう」

「…ぁ」

笑みとともに、パタンと扉が軽い音を立てた。

◆◆◆

ジンは評議場を出ると、部下にローブ一式を渡して後のことを任せた。行先は告げなかったが、揣摩は何も聞かない。

オルティシアを友人に預けてから十日が経った。あれからエミットは毎日報告を届けてくれる。オルティシアの体調はだいぶよくなったようだ。エミットは穏やかな人柄だから、オルティシアも緊張せずにいられるのだろう。

出航ゲートでオルティシアを見た時は、面変わりした姿に驚いた。

悲しんでいるかもしれない、とは考えたが、あそこまで衰弱しているとは思っておらず、ジンはエミットの元に預ける判断をした。

これを、大使たちがどう受け取るかを考えなかったわけではない。役人を通して移送することもできないことはなかった。だがあの時は立場を悪くしてでも、自分でオルティシアを運びたかった。

――彼を苦しめてしまった…。

自分のせいでオルティシアが辛い思いをしたのなら、多少不利な状況になってでも、彼に行動で示したかった。

月の都へ送りたがる領主と、拒みたいこちらの意向に挟まれて、彼はどうしていいかわからなかっただろう。身を竦ませている姿を見たら、そのまま返すなどとてもできないと思った。

そしてそれ以上に、自分の感情に勝てなかった。

――色恋には、振り回されない自信があったのだが…。

政治的に考えれば、多少未練があってもここは理性で振り切らなければならない相手だ。それはわかっていたのに、あの時、リスクを冒す覚悟をしてしまった。

「…我ながら」

愚かな…という言葉を飲み込む。彼を愛した自分を、否定したくない。

もちろん、やめたほうがよいのはわかっている。それでもジンは、オルティシアを月の都に留めておく方法を探し始めていた。

都に、オルティシアを滞在させることはできる。人名台帳にきちんと登録すれば正式な移住者だ。西の街の人間でなければ、ここにいても政治的な意味は薄まる。

それでも、自分がオルティシアを引き取りたいのだし、オルティシアの姿は、フィオーレの美しさを人々に知らしめるだろう。どの街から来たのかも、隠せるわけではない。

結局は領主の目論見《もくろみ》通りになるが、取引や賄賂ではなく、オルティシアの意志で月の都の住人になるのなら、問題は減る。

――ただ、本当に〝本人の意志〟であれば、だ。

命じられて閨まで訪れるほどだ、オルティシアは本当に逆らえないタイプなのだろう。今回のことも本人の意志とはとても思えない。

だから、法律上の手続きをオルティシアに言うのに迷いがある。

「……」

彼の気持ちがわからない。

ここで暮らしたらどうか…と言ったら、嫌とは言わないかもしれない。告白しても、受け入れてくれるだろう。元々領主の意向なのだから、本人の気持ちとは関係なく承諾してしまう気がする。けれど、オルティシアの本心はどうなのだろう？　嫌われてはいないと思うが、好かれているような感じはしない。

それに、この街は西の街以上にフィオーレが少ないのだ。果たして彼がそんな場所で暮らせるだろうか。

考えれば考えるほど迷いが出て、答えに確証が持てなかった。

――本当に彼のことを考えるなら、やはり住み慣れた街のほうがいいのだろうか。

結論を出せないまま、ジンはエミットの元を訪ねた。白い扉を叩くと柔和な顔が覗いて、中に招かれる。

「やあ。オルティシアならお昼寝中だよ」

中庭を見ると、緑の芝生の上で、白銀の膜が木漏れ日を受けてきらめいている。ジンはふわりと舞い上がる美しい膜を見て、心の中でほっとした。

どうやら、容体はよくなったらしい。

白樺の木にもたれて眠っているオルティシアは、まるで人形のようだ。

透き通るような髪、ほんのり色付いた唇。頬に落ちる長い睫毛の影。膝に置かれた白い手も、幹に寄りかかって晒されたうなじもなめらかで白い。

――触れると、あんなに温かいのに…。

腕が幻の感触を思い返して、一瞬胸が熱くなる。

ジンは微苦笑してエミットの淹れた茶に視線を戻した。勧められるままに椅子にかけ、部屋の隅でじっとしているツィーンに声をかける。

「そういえば、君のことをきちんと聞いたことがないな…」

オルティシアの護衛なのだろうとは推測できたが、改めて尋ねる。物静かだが隙《すき》のないツィーンは、不愛想に答えた。

「先代の領主に雇われました。〝最高傑作〟を盗まれたら大変だからと…」

椀に注いだ茶を渡しながら、エミットが興味深そうな顔をする。

「確かに、オルティシアのようなフィオーレは僕も初めて見たよ…」

あんなに綺麗な膜があるんだね、と言うと、剣を片腕に持ち、壁際に胡坐《あぐら》を掻いて座っているツィーンは、庭で眠るフィオーレを見た。

「……オルティシアは、暗闇に閉じ込められて育ったんです」

「え…」

「〝膜〟は、光に当たることで織ることができる。その時に固有の色と模様が決まります」

ツィーンの黒い瞳は静かにオルティシアを映している。

「膜の輝きを上げたいなら、なるだけ膜が薄くなるようにすればいい。極論するなら、光に当てなければいいんです」

前領主の品種改良はそうやって行われたのだという。何人ものフィオーレの幼生を、陽の射さない部屋に閉じ込めて育てた。

「闇で育てれば膜は薄くしかできない。だが、全く膜ができなければ、フィオーレは外で生きられないまま終わってしまう」

耐えられるギリギリまで暗室で育て、薄い膜ができたところで外に出す。前領主は相当な数のフィオーレでこれを試したらしかった。

西の街の領主は、〝細かな工夫をしないと育たない〟と言っていた。それは、こういう意味だったのだ。

ツィーンはジンに向きなおる。

「育ったのは、オルティシアだけです」

「……」

「彼の持つ膜はほかのどのフィオーレより美しく屈折率が高い。だが、その代償にオルティシアの膜は色を失いました…」

ジンは言葉が出なかった。

夜の庭で、オルティシアに似た花はないのかと尋ねた時、彼は俯いて〝ない〟と答えた。

——そんな理由が……。

「貴方だけでなく、皆がオルティシアをか弱い存在だと言いますが……」

ツィーンは真っ直《ます》ぐジンに向けて言った。

「俺はそうは思っていません。あの環境で、オルティシアだけが生き残ったんです」

太陽の光のない部屋に耐え、オルティシアは自分の力で膜を纏って成人した。

「本当のオルティシアは強いんです。そうでなければ、片思いの相手のために、砂漠を越えてまで会いに行こうとは思わない」

「え…？」

思わず聞き返す。ツィーンは不愛想な顔をしたままだ。

「…俺が言いたいのは、それだけです」

――オルティシアが？

ジンは、木漏れ日の中で眠るオルティシアを見つめた。

《片思いの相手のために…》

ジンの頭の中で、ツィーンの言葉が繰り返される。

――オルティシアが…？

あの夜の訪問も、今度の渡航も、全てオルティシアの意志だったというのだろうか。

「……」

にわかには信じられない話だった。自分と一緒にいた時も、オルティシアは嬉しそうな顔はしなかったし、いつも緊張していた。

――だが、彼はもともと人見知りなのだ…。

むしろ、緊張を押して行動してくれていたという可能性もある。そう考えると、一生懸命話す口実を見つけて夜の庭に出た時のことを思い出す。

――本当に、そうなのだろうか…。

本当に、領主に言われたからではなく、自分を好んでくれたのだとしたら、あれだけ内気なオルティシアが自分の部屋を訪れるだけでも、相当勇気が要《い》ったのではないかと思う。

あの時も、あの行動も…と思うと、胸が熱くなる。

同時に、ジンは指摘された通り、自分がオルティシアに対して決めつけがあったのだとも悟る。

脆い存在だと思っていた。自分から何かができるような行動力はないと思い込んでいた。

けれど、本当に彼は砂漠を渡ってここに来ている。

「……」

オルティシアのプラチナの髪が、木漏れ日にきらきらと揺れていた。

本当に綺麗だ。そして、言われてみて初めてわかったが、部屋の中にいるより、陽射しの下のほうが、フィオーレは美しいのだ。

摘まれた花より、野に揺れて咲いているほうが生き生きとしているように、自由に、生きたい場所にいるほうがオルティシアはきっと幸せだと思う。

――もっと、彼を知っていこう。

先入観を捨て、ありのままのオルティシアを見なければならない。

ジンは席を立ち、中庭に出た。

◆◆◆

木漏れ日の下でそよぐ風に吹かれて眠っていると、ふいに人の気配がした。目を開けると、ジンが立っている。

「！」

「ああ、すまない。起こしてしまったかな」

「……ぃ……」

いいえ、と声を詰まらせながらオルティシアは首を横に振った。予想外のことで、返事ができない。

だが、ジンは優美な笑みを湛えたままオルティシアの頬に触れた。

「身体の具合は、よくなった？」

――わ……。

手のひらに包まれた頬が、速まる鼓動とともに赤みを増す。ドキドキし過ぎて、心臓が止まりそうだ。

オルティシアは声にならないまま、ジンの手の中で何度も頷いた。

「そうか…よかった」

骨太の長い指が、頬を撫でる。オルティシアはその感触に、さらに耳元まで薔薇色に染めた。気恥ずかしさと緊張で何も言えないのに、心地よくてされるがままに目を閉じている。

ジンに会える。それだけでも嬉しいのに、こんな風に接近されてしまうと、どうしていいかわからない。うっとりと感触に浸っていると、ジンの穏やかな声が低く聞こえた。

「体調が戻ったようなら、明日は外に出てみないか？　まだ、都の中を見たことはないだろう」

――え…。

オルティシアは驚いて目を見開いた。その表情がおかしかったのか、ジンが目元を和ませた。

「都を案内したいんだ」

ジンと外出する…。想像もしていなかったことに、驚いたまま返事ができずにいると、嫌？　と気遣われ、オルティシアは慌てて首を横に振った。

――全然、嫌ではないです。

むしろ、嬉しくてなんと言っていいかわからないのだ。言葉にならない分、せめて気持ちだけは伝わるようにと、一生懸命ぶんぶんと頭を振ったら、ジンは面白そうに笑ってくれた。

「では決まりだ。明日、昼には迎えにくる」

まだ陽射しがあるうちはゆっくり休んでおいで…と言ってジンが立ち去りかける。

――あ、お礼を……。

間に合わなくなりそうな背中に、オルティシアはようやく声をかけることができた。

「あ…ありがとう……ございます」

立ち上がりかけたオルティシアの膜が風に舞い上がって、水中にいるかのようにたゆたっている。ジンはそれを少し眩《まぶ》しそうに見てから手を振った。

「いや、私も君をエスコートできて嬉しいよ」

嬉しいよ…という言葉が、胸の中にこだまする。

オルティシアは部屋に戻っていく後ろ姿を見つめたまま、ずっとジンの声を耳の奥で繰り返していた。

――ジン…さん……。

ざわざわと白樺の若葉とオルティシアの髪が風に揺れた。


翌朝も快晴だった。

磁気嵐は相変わらず発生しているそうなのだが、都の上空は雲もなく、うららかな陽射しが降り注ぐ。

ジンは約束通り研究室の中庭に迎えにきてくれた。

手に鮮やかなオレンジ色の布を持っている。傍に来ると微笑んで布を広げ、ふわりと頭からかけてくれた。

「これなら、あまり姿が目立たない」

似合う、と見つめられて胸が高鳴った。

本当は、なんだか布が頬に触れるとチクチクする。けれどジンが褒めてくれたので、オルティシアは嬉しくてそのまま被った。

「領主殿の献上品だ。君の国では麻の栽培が盛んだからね」

コクコクと頷く。染められた模様は、西の街独特の柄だ。西の街の人々の衣服はほとんどが麻だが、貴族階級は高級品の絹を使うので、オルティシアも麻の製品は初めてだ。歩きながら、ジンが糸の話をしてくれた。

「都でも、麻を栽培している地域はあるが、ほとんどが絹だ。地面には限りがあるから」

そういって、最初に連れ出されたのはバルコニーだ。

――わあ……。

オルティシアは思わず手すりから後じさった。落ちてしまいそうだ。ジンがそっと背中を支えるように隣で腕を回してくれる。

眼前に広がったのは、ぐわんと湾曲して向こう側が迫《せ》り上がった不思議な風景だった。まるで地面がめくれ上がったように、遥か遠くの景色が持ち上がっている。

――三日月型だから、なんだ…。

中から見た月の都は、巨大なゆりかごのようだ。内側は曲面になっていて、両側も、途中からは銀色の面に変わっているが、地面が立ち上がっている。どうしても不思議でジンに尋ねようと思うと、ジンのほうから説明してくれた。

「西の都も、山の斜面に宮殿があるだろう、あれと同じだ」

――そうか……。

山と山に挟まれた盆地のようなものだと思えば、わからなくもない。オルティシアは頷きながら、しばらくこの異国の風景に見入っていた。

バルコニーの下には、街が広がっている。赤茶色の屋根はどことなく西の街に似ていたが、石畳の両側に整然と並ぶ様子はやはりどこか異国風だ。

街の中にはところどころ尖塔《せんとう》型の建物がある。さらに密集した市街地の向こうにはなだらかな耕作地が広がり、三日月型の先端部分に近くなるほど、森林が多くなった。

奇観はそれだけではない。耕作地のあたりから、中空に銀色の物体が浮かんでいる。

――なんだろう?

頭の部分が平らで、下に向かって細く延びている、きのこのような形だ。じっと見ていると、円盤状の側面に印があって、ゆっくりと旋回しながら高度を上げたり下げたりしているのがわかる。

オルティシアは指さしてジンに問いかける。

「あれは、なんですか?」

「ああ、培養曹だ」

あの中に、色々な菌類が飼われていて、それが光に当たって増えるのだという。

「絹も、あれで生産している」

「え?」

絹は、蚕《かいこ》が吐き出す糸から作られる。西の街でも、絹地になる前の美しい繭《まゆ》の細工をもらったことがあった。桑の葉を食べさせて育てるのではないかと首を傾げると、ジンが笑う。

「古来の養蚕方法はそうだ。だが、月の都は地面が限られているから、桑の葉と蚕を育てる場所がない」

だから、繭糸と同じ成分を吐き出す菌を育てるのだという。限られた陽射しを上手く使うために、培養曹はゆっくりと浮上と降下を繰り返し、定期的に取口装置に着地する。

「水の量も限られている。あの滝の上にあるのは、空気中から水を吸い寄せて集める石だ」

向かい側の迫り上がった中腹ぐらいのところから、水が放出されている。滝は川になり、大きなゆりかごの中心をゆったりとした川幅で流れていた。

「この地域はもともと降雨量が少ない。それに、たったこれだけの面積では、雨に頼ってはいられないんだ」

西の街の十倍以上の面積を前に、〝たったこれだけ〟と言われてもぴんとは来ないが、密集する家屋の数からして、人口もその分多いのだろう。それでも、何もかもを天候任せでなく自分たちで賄えてしまうのはすごいと思った。

――――古代の術があるって、こんなに違うんだ。

領主が術を盗みたいと言ったのがわかる気がした。

西の街の降水量も決して多くはない。水は大切なもので、日照りの年は難儀する。

「今は、磁気嵐も止む季節があるから航行できるが、数百年昔は、まったく外には出られなかったそうだ」

瘴気ももっと強く、勇気をもって外に出た者たちは皆呪いにかかって倒れた。

互いの国に行き来がないのは、こうした歴史があるからだ。

「だから、全てをこの中で循環できるようになっている」

三日月の両端から、術士が結界を張る。向かい側の先端は、銀地に白く流麗な護符が浮かんでいて、そこは術士の住む塔なのだと教えてくれた。

「そろそろ、街に下りてみようか」

「はい」

こくんと頷き、バルコニー沿いに端まで歩く。ずっと並んで歩けるのが、嬉しいけれどそわそわする。

「……」

すぐ隣にジンがいる。もっと近づきたいような、緊張しているから離れたいような、落ち着かない感じだ。

夜の庭の時のように、手を繋げたらいいなと思うけれど、それを口に出すことはとてもできない。

名前を呼べないからだ。

本当は名を呼んでみたい。けれど、勇気が出なくてずっと迷っている。

――どう、呼んだらいいんだろう。

勝手に心の中で、さん付けで呼んでみたが、仮にも評議会の方にそれは失礼ではないかと思う。けれど、役職名では何かおかしい気もする。

ぐるぐる考えは浮かぶが、そもそも名前を口にすること自体が気恥ずかしい。結局目が合ったけれど、ドキドキして逸らしてしまった。

「…？」

どうした？　という顔に、急いで首を横に振る。ジンは面白そうな表情をしたが、オルティシアは不安ばかりが胸に広がった。

変に思われなかっただろうか。それに、こういう時はどう歩くのが正解なのだろう。

領主だと、後ろについていけばいい。同じフィオーレたちと行動する時は、だいたい先頭に出された。ツィーンはいつも自分の後ろについていてくれる。

心細くなって振り向くが、今日はツィーンはいないのだ。ジンが〝安全は必ず保証する〟と言って、ふたりきりで行くことになったからだ。

大きな塔の中に入るとそこは空洞で、最初に入港する時、術士たちが乗っていたような四角いコレッガーがいくつか浮かんでいた。ジンはごく当たり前のように踏み出したが、オルティシアは円周沿いの床のところで足が竦む。

――ここを跨《また》ぐの………？

「大丈夫だ。危険はないから」

――でも…。

ジンが手を伸ばしてくれるが、柵も何もない四角い場所に飛び移るのは勇気が要る。その下はどこまでも真っ暗な空間が見えて、足を滑らせたら真っ逆さまに落ちてしまいそうだ。

「おいで…」

おろおろと躊躇《ためら》っていると、最後はおかしそうに笑ったジンに、掬《すく》い取られるように胴を抱えられた。

「ぁ…」

「ほら、大丈夫だろう?」

床はそれなりに広い。ふたり乗っても十分余裕はあるのだが、これでそのまま降下するのだと思ったら、やはり怖くてジンのジャケットをしがみつくように握る。ジンが笑いながら背中を抱いて宥めてくれた。

腕の中で、ようやく安心できる程度だ。

「風も来ない。触れてごらん」

「…?」

こわごわと顔を上げると、ジンが何もない空間に手を伸ばしていた。促されて手を伸ばすと、何も視《み》えないのに弾き返されるような感覚がある。

「人が乗ると、四隅からこの障壁が出る。動いている間は人が落ちないように配慮されているんだ」

確かに、降下しているのに風も起きない。

「まあ、私としては役得だから嬉しいけれどね」

「!」

今頃になって、しがみついた恥ずかしさに頬が熱くなる。慌てて手を離したが、ジンは着地まで抱き寄せていてくれた。

「慣れるまでは、こうして乗ろう」

慣れないほうが嬉しいかな、とからかうように言う。けれど、ほとんど意味は吟味できなかった。

抱きかかえられる感触にうっとりしてしまって、ドキドキするのに、離れられない。着地してから床に下りる時も半ば抱き上げるようにして移動させてもらったが、されるがままだ。

むしろ、コレッガーを下りて、腕が離れてしまうのが残念でならない。

——ずっと乗っていられたらいいのに…。

心がふわふわする。ジンが甘やかな笑みで先を促した。

「さあ、街を案内しようか」

降り立った地面は、見上げるほど向こう端が迫り上がっていて、上から見ていた時よりもずっと遠くにある。

人も公官庁街より多くて、ちらちらと視線は感じたけれど、特に近寄られるほどではない。周囲に気を配るジンに守られて、オルティシアは歩きながら安心して街と人々を観察することができた。

人々の服装も、画一的ではない。

大部分の人たちはジンの服装に似ている。ジャケットと、脚の形に沿うパンツだ。女性も、襟元まで覆われたくるぶし丈のワンピースが多く、ウエストが品よく絞られている。けれど、時々西の街で見かけるような長衣に帯を締めた男性や、ジンに借りたヴェールのような鮮やかな布を頭から被った人々もいる。オルティシアは目で追い、あの人たちは…と尋ねた。

「ああ、色々な氏族がいるからね。服装は地域によって様々だ」

十一の氏族による共和制であることを教えてもらう。住むエリアも異なるらしい。

ジンは苦笑する。

「本当は、そんなに凝り固まるほどそれぞれの氏族に違いはないいんだよ」

長い年月の間に、氏族間は血が交じり合っている。主張するほど固有の文化はないはずなのだが、互いが譲らない。

「むしろ、狭い都だからこそ、自分たちのルーツを求めてしまうのかな…」

そう言ったジンの表情は少し複雑そうだった。見上げると、ジンが払拭するように笑う。

「君の同族も暮らしている。本当に僅かだが」

エミットもそう言っていた。何人かのフィオーレを診たことがあるそうだ。

「…どこに、住んでいるのでしょう」

なんとなく、質問というのは会話がしやすい。そう真剣に知りたいわけではなかったけれど、聞いてみるとジンはうーん、と考え込む。

「フィオーレだけで独立している居住区はないんだ」

敢えて言えば貴族の館で暮らしていることが多いという。

「ただ、市街地でも見ることがあると言われている。何しろ、君たちの姿は特徴的だからね」

大きなスカーフから覗く裾はきらりと陽を弾いて、それは行き交う女性の目を引いた。ジンは少し難しい顔をした。

「評議会が全てを管理しているわけではないんだ。本当は…あまりいいことではないんだが、治安が安定していない氏族の国もある。そのあたりにいる可能性もないわけではないんだが、君の護衛との約束もある。そこまで行くのはやめておこう」

「はい…」

整然と、全てに目が行き届いているように見えるのに、執政官が表情を曇らせるほどの場所があるというのが、オルティシアにはかえって驚きだったが、そのままジンの案内に従って市街地を回った。


そして夕暮れが銀色の月の軀体を照らす頃、コレッガーでツィーンの待つ研究室に戻った。


「ジン、何をやったんだ」

「え？」

帰るなりエミットに叱られ、上着を脱ぎかけていたジンが不思議そうな顔で振り向く。エミットはオルティシアの頭から、華やかなオレンジ色の布を摘んで顔をしかめた。

「…麻か」

なんだ？　とジンが近づいてきて、エミットはオルティシアの頰に指で触れた。

「フィオーレに植物の布は駄目なんだよ。ほら、頰が傷だらけだ」

——え…？

オルティシアも驚いて自分の手で触れる。確かに、被っている間中チクチクしてはいた。

差し出された手鏡で見てみると、両頬が細かい擦り傷で赤くなっている。

「手もだ。オルティシア、痛かったんじゃない？」

「え……い、え……」

指先も赤い。チクチクするのは、布のけばだと思っていた。だが、エミットは軟膏《なんこう》を塗ってくれながら違うのだと教えてくれる。

「生きてる花や草は大丈夫だけどね。乾燥させたり糸にしたやつは、モノによって肌が傷つくことがあるんだ」

いわゆる〝かぶれる〟ということらしい。相性の合わない植物というのがあって、特に麻は駄目なフィオーレが多いのだという。

ジンが申し訳なさそうな顔をした。

「すまない…知らなかったんだ」

むしろ、西の街の品だから似合うだろうと思っていた…と平謝りだった。研究室で待っていたツィーンも、知らなかったと唸《うな》る。

「フィオーレの住まいは、絹しか使っていないから、かぶれた状態を見たことがなかった」

「そうだろうね、領主様のところなら…」

痛そうだ、と三人に同情され、オルティシアは一生懸命首を横に振る。

「い、痛くはないです。大丈夫です」

ジンのせいではない。自分のことなのに、知らなかったのが悪いのだ。

「まあ、しばらくすれば治るだろうけど、痛かったら言うんだよ。絹の包帯を作るから」

「絹ならいいのか…」

聞いたのはジンだ。エミットは悪戯《いたずら》っぽく笑う。

「まあね、あと近いのは人肌かな。どちらも植物じゃないからさ、いい包帯代わりだよ」

ほら、と両頬を手で包まれると、確かにヒリヒリした感覚が和らぐ。それを見ていたジンが急にツィーンのほうを向いた。

「こんな傷を負わせてしまったのは私の責任だ。今夜は私の館に泊めたいのだが」

——え…。

エミットに両手で頰を挟まれながら、オルティシアは驚いて息を呑む。エミットは、おやまあ…という顔をした。

「公館の寝具が絹かどうかまで、私は把握していないんだ」

「…俺に言われても答えようがありません」

ツィーンはオルティシアを見る。全員の視線が自分の答えを待っていて、オルティシアは声にならなかった。ただ、すぐに答えないとこの話が流れてしまいそうで、勢いで頷く。

「では、今日はぜひ我が家に泊まってほしい」

頰が熱を持つ。オルティシアは何度も頷いた。

公館の大使たちには、ツィーンが伝えてくれることになったが、ツィーンは配慮してエミットに提案してくれる。

「色々、面倒な憶測が出かねない。できればここで養生していることにしたほうがいいと思います…」

「僕のほうはどうとでも…。でもそれなら、君もここに宿泊しといたほうがいいんじゃない？」

「…そうさせていただけると助かります」

気遣ってくれるツィーンにありがたいと思いつつ、自分がジンのところに行くことは、やはり政治的な影響を避けられないのだと改めて思い知り、オルティシアは複雑な気持ちになった。

行ってはいけないのではないだろうか。

——皆に、迷惑をかけては……。

今さらながら、辞退すべきだったのかもしれないと悩むと、ツィーンがオルティシアと向き合った。

「自分の気持ち以外は考えなくていい」

「ツィーン…」

「領主とか、誰かの事情で自分の意志を曲げる必要はないんだ」

いつも、黙って見守ってくれているツィーンが僅かに笑った。

「そうやって、この都まで来ただろう？」

ツィーンは、ジンによろしくお願いします、と一礼して送り出してくれた。

研究室の白い扉が閉まる。オルティシアはジンに連れられてさらに二階層上に行った。バルコニーから見える外はもう夜で、市街地の明かりに負けないほど、夜空には満月が輝いている。

「……」

ドキドキして、心臓が壊れそうだ。これから、ジンの館に行く…俯いて騒ぐ鼓動を抑えていたら、すっと手を差し伸べられた。

「そんなに怖がらなくても大丈夫だよ」

見上げると、ジンが微笑む。

「行く場所は屋敷ではないから」

「え…」

「人の目もないし、許可のない者は立ち入れない。君を脅かすものはないから、安心するといい」

コレッガーに乗せてもらいながら、腕に抱えられる。

「最上階に庭園があるんだ」

人が楽しむためのものではなく、古い種類の草花を保存するための園なのだという。

「これは我が家の管理領分なんだ」

対岸の術士の階層はアンカー家が支配している。同様に、森林地帯などにも、それぞれ管理している氏族があるのだそうだ。

「君が、気に入ってくれるといいのだが…」

塔は、一階層を越えるごとに幅が狭くなり、二階層からは通り過ぎる壁面が次々に光った。それがジンの首元にある小さな襟章のようなものに反射している。襟章を反射すると壁の光が色を変えるので、これが上昇許可になっているのかもしれない。

最上階に着くと、コレッガーが床にぴったり嵌まる程度になった。出た場所には警備する兵士もいない。

「さあ、ここだよ」

――あ…。

下りた途端、さあっと風が吹いた。

目の前は一面の草花で、視線の先には月の都の銀色の軀体が露《あら》わになっている。風が吹き抜けた先には、雲のたなびく夜空が見える。

紫色のムスカリや、キンポウゲの花々が揺れ、天井へかかる支柱には野薔薇が可憐なピンクや白の花をつけて上まで絡む。オルティシアは惹きつけられるように秘密の花園に向かって二、三歩駆け出した。

「気に入った？」

「はい…」

問いかけに頬を緩ませて振り返ると、ジンの驚いた顔に出会う。

――あれ…？

《そういう笑顔は、あの執政官に見せてやれ》

自分は、今笑っているのだろうか。

わからないけれど、幸せで口元がほころんでいるのがわかる。

「……驚いたな」

ジンが苦笑したような、甘さを宿した眼差しで近づいてくる。

「ずっと、君が微笑むところを見たいと思っていた」

ゆっくりと肩を取られ、大きな手が背中に回って、腰を引き寄せられた。

――…ぁ……。

抱きしめられると、心が砂糖菓子のようにしゅわしゅわと溶けてしまいそうだ。引き寄せられるままに身体を預けると、耳元でジンが低く囁いた。

「君が好きだ」

――え…？

考えも及ばなかった言葉だ。今、なんと言われたのだろう。

――〝好き〟って…。

確かにそう聞こえた気がする。でも、それは幻聴のように実感がない。

パッと飛《と》び退《しさ》るように身体を離すと、ジンの顔が覗き込んでくる。

「……」

「聞こえなかった？」

「…え、い……え………」

オルティシアはぱちくりと開けたままの瞳で、ジンと見つめ合ってしまった。ジンは、微笑みながら面白そうな顔をしている。

――ほんとに、〝好き〟って言った……？

すき、すき…と頭の中で単語が繰り返されるが、確証が持てない。オルティシアは忘れていた瞬きを繰り返したまま絶句していた。

「もう一回言おうか？」

「あ…え……え…っ」

思考がクルクル回って返事がおかしくなる。ジンはそれを見守るようにクスクスと笑い、とんとん、と背中を宥めてくれた。

「君のことが好きだと言ったんだよ」

――あ……。

抱き寄せられた背中の手のひらの感触が温かくて、ドキドキと跳ね回っていた鼓動がゆっくりと溶かされていく。じわじわとジンの言葉の意味が重みを増していった。

――本当に……ジンさんが………。

オルティシアを抱きしめたまま、ジンが告白する。

「政治的には、難しい判断になる。だが、君がもしここで暮らしてもいいと心から思えるなら、移住を考えてもらえないだろうか」

「……」

「私は、君と一緒にいたい」

――ジンさん……。

〝好き〟という言葉が、甘く胸に満ちてくる。

ジンが自分をどんな風に思ってくれているかなど、考えもつかなかった。ただ、会いたい気持ちでいっぱいで、嫌われないかだけが心配だった。

――〝好き〟。

逆にジンの言葉で、オルティシアは自分が抱えて

いた気持ちがなんだったのかを、初めて理解した。

――私は、ジンさんのことが好きだったんだ…。

宮殿のフィオーレたちが、いつも頬を紅潮させて口にしている言葉が、どんな気持ちを指すのか、オルティシアにはずっとわからないでいた。

彼らが恋の話で口にする好き・嫌いは、嗜好《しこう》とどう違うのだろうと思っていた。好きだというのなら、花や食べ物も好きだし、好悪の判断でいえば、領主のことも嫌いではないから好きだということになる。

何故、誰かひとりの名をそんなに熱く呟くのか、相手の気持ちを推し量って一喜一憂するフィオーレたちを、不思議な気持ちで眺めていたのだ。

だが、恋の〝好き〟は、こんなに違う。

――こういうのを、恋っていうんだ……。

ジンの名を想うだけで胸が締め付けられた。見つめられただけで心が舞い上がり、嫌われたかもしれないと思うと、辛くて泣きたくなった。オルティシアは、自分を振り回していた感情にようやく名前がついて、砂漠を越えてきた行動の原動力を自覚した。

――すき…。

そっと腕が緩められ、ゆっくりと向き合う。オルティシアは唇を開いた。

ドキドキして心臓が破裂しそうだけれど、自分も言いたい。

「どうかな？」

頑張れ、と心の中で、色々な人の声がした。

「………すき、です」

口にした途端、手が震える。こんなに、何かを伝えるのに緊張したことはない。

「オルティシア」

「貴方が……好きで……だから、どうしても…ここに来たくて」

領主のためでもないし、誰の命令でもなく、自分の意志で来た。そう告げるとジンが頬を擦り寄せるようにして抱きしめてくれた。

「ありがとう」

ジンの頬が触れた場所が、じんわりと気持ちいい。密着する体温に蕩《とろ》けてしまいそうだ。幸せで、まるで陽だまりの中で咲く花になったような気持ちがする。

「こんな怪我をさせてしまったのは申し訳なかったが、本当は、いい口実をもらえたと喜んだんだ…」

頬が触れ合ったまま、反対側の頬をジンの大きな手が包む。

「エミットがこうしていた時…」

――あ…。

「本当は妬《や》いていた」

オルティシアは、ジンを見上げて瞬いた。

「君を手当てするなら、私がやりたい」

どう答えていいかわからなかったが、ジンも何も言わなかった。

「…」

「……」

静かな夜気に、さわさわと花が揺れる。やがてオルティシアの頬を包んでいた手が髪を梳《す》くように背中に下がり、抱き寄せられながら、少しずつ唇が近づいた。

――……わ……。

微かな呼吸が頬を掠《かす》める。

――キス…？

このまま唇が触れるのだろうか…。

――来る…っ。

期待と緊張が同時に襲ってきて、オルティシアはぎゅっと目を瞑り、息を詰めたが、次の瞬間にジンがひっそりと苦笑した。

「駄目だな。また君を驚かせてしまいそうだ」

触れそうで触れない距離で、ジンの唇が遠ざかっていく。

――…あ……。

残念なような、気が抜けたような、まとまりのつかない緊張が潮のように引き、甘いときめきだけが胸の底で溶け残った。

「簡易だが、眠るくらいはできる場所がある」

ジンは腕を緩め、庭園の中を案内してくれた。見渡せる程度の広さの庭園は、ところどころに花溜まりがあって、薄紅色や淡い黄色、橙や白い花が咲き群れている。

風は吹いているけれど、夜風が寒いというほどではなく、銀色の軀体に月の光が照り返ってとても綺麗だ。

さらに進むと、支柱が数本立ち並んでいるところがあって、蔦同士が絡まり、巻き付くように可憐な薔薇が咲いている。その根元には籐《とう》でできた卵のような形の椅子や長椅子が設《しつら》えてあった。張ってある布やクッション類は、全て絹だ。

「君が気に入ってくれたなら、きちんとした部屋も作ろう」

ここは好きになれそうかと聞かれて、頷く。

「西の街には帰れなくなる、それは大丈夫？」

「はい…」

ジンに会えるなら、どこでもいい。西の街を離れる決心は、出発前にとっくにできていたのだから。

むしろ気がかりだったのは、政治的に自分がいることは問題ないのだろうかということだった。そちらのほうを心配すると、ジンが思案しながら答えた。

「簡単にいかないのは確かだ。だが、できないことはない。それに、難しくても私は君にいてほしいと思っている」

ジンが望んでくれている…どんなに難しい事情があっても、ジンの言葉がオルティシアを幸せにした。

――好き…。

気付いたばかりの自分の気持ちと、ジンの言葉で胸の中は溢れそうだ。けれどいつまでも心が甘く疼いている。どう言葉にすればいいのかわからず、オルティシアはありがとうございます…と、夜風に紛れてしまうほど微かな声で言った。

◆◆◆

ジンは、私人として西の街の領主に書簡をしたため、大使と面会した。

オルティシアの気持ちが確かなら、躊躇う必要はない。自国では移住者としての手続きを進め、西の街には、彼が月の都の一員になることを伝えた。

これから先も、月の都はフィオーレの移住は正式に認める。ただ、売買は認めない。

はっきり伝え、大使は了承したが、おそらく建前だけだろうと思う。

――そんなに、都合よくはいかないだろうな…。

数百年前のフィオーレ解放の時も同じだったのだろう。法で所有を禁じても、手放さない者たちが多かったという。同じように、西の街は好事家たちにフィオーレを見せつけるだろう。彼らが大枚をはたいて取引をする可能性は消せない。

だが、どんな場合でもフィオーレに無理強いができないことはわかった。

エミットの見解も同じだった。彼らは感情に正直で、心に負荷をかけるとオルティシアがそうだったように、すぐに身体も弱ってしまう。

どのフィオーレも、相手を気に入らない限りこの都に来ることはないだろう。つまり、金銭の授受があろうがなかろうが、フィオーレ自身の意志でしか移住はないのだ。彼らが不法に虐げられる可能性はかなり低い。

だが西の街はそれでもきっと斡旋《あっせん》してくる。そうした売買の摘発や根絶はこの先の課題になるが、オルティシアの移住は決してデメリットだけではないと思った。

オルティシアは、フィオーレとしては月の都の台帳登録第一号になる。今まで形だけで実績のなかった「市民権を持つフィオーレ」が正式に誕生するのだ。これが、都の中に潜在しているフィオーレたちにも、よい先例になればいいと思う。

「〝閉じた世界〟か……」

ここ二年、ずっと閉じた世界にほころびが生まれたことを苦々しく思っていた。

一隻の船のせいで、開国せざるを得なかった。開国のせいで、人の流入を避けられなくなった…。まるで安定した千年の歴史が壊れていくようで、評議会は無意識に苛立っていた。

だが、ジンはそうではないのかもしれないと思い始めている。

たった一頭の蝶の羽ばたきが、小さな風を生んで次々と空気の流れを変える運動法則のように、閉じた世界の殻を割るきっかけが、この都には必要だったのかもしれない。

実際、オルティシアというひとりのフィオーレが来たことで、都の仕組みは変わらざるを得ないだろう。

今まで、移住やフィオーレのような少数氏族の市民権は、法律で権利が明記されていただけなのだ。だから、本当に適用するとなると、書式から整えなければならない。

ジン自身も、それまで十一氏族から漏れている少数氏族については、わかってはいたが踏み込んではこなかった。暮らせないほどの貧困はなかったし、各氏族の内情に、評議会は踏み込まないのが原則だ。

今まではそれで上手く回ってきた。けれど、開国に伴って否応なしに人の出入りが増える。今後はこの問題をうやむやにしてはおけなくなるだろう。

オルティシアの移住は、いい機会なのだ。

それに、彼のためにあれこれ考えて手を打っていくのが楽しかった。

今日はオルティシアのために大型の本を持って訪ねた。何が欲しいか聞いたら、オルティシアはかなり迷ってようやく本が読みたいと口にしたのだ。

最上階でコレッガーから下りると、オルティシアが白銀の膜をふわりとひるがえして駆けてきてくれる。

けれど、かなり手前で立ち止まってしまう。ジンはくすりと笑った。

「…？」

驚かさない程度に近づき、そっと背中を抱き寄せると、繊細な睫毛がびくりと瞬く。やはり、ほかのフィオーレのような熱いお出迎えは無理なようだ。

「遅くなってすまなかったね」

いえ…とオルティシアは首を振った。見つめてくる瞳は潤んできらきらしているし、花の蕾のように頬が色付く。嬉しいと思ってもらえているのは、ちゃんとわかる。

彼は、彼なりに一生懸命近づこうとはしてくれているのだ。

「お望みの本を持ってきたよ。一緒に見ようか」

花々の咲く夜の庭をふたりで歩く。庭園の中は、オルティシアが暮らしやすいように、彼のいない日中、使用人たちに整えさせてある。

蔓性の植物のためにいくつも支柱が建てられていて、天井まで濃いピンクや白のオールドローズが咲いている。その根元に置かれたソファに座ると、オルティシアは少し躊躇って拳二つ分空けて隣に来た。

そのくせ、綺麗な瞳は恥ずかしそうにジンを見つめたままだ。

「困った人だね」

「……」

近づきたいのに、周囲をうろうろする子猫のようだ。ジンは苦笑して腕を伸ばした。

「おいで」

真っ白な肌がみるみる染まるさまは、美しいというより可愛らしかった。恐る恐る…という様子で手を伸ばしてきたオルティシアに、ジンはぐっと腰から抱いて引き寄せる。オルティシアは息を詰めて目を瞑った。

「…嫌？」

胸の中で、銀色の髪が横に揺れる。オルティシアのトクトクと速い鼓動が伝わってきて、それがなんとも心地よい。ジンは安心させるように背を撫でた。

もしかしたら、恋も初めてなのかもしれない。目で追ってくるのに触れることを怖がる彼に、愛《いと》おしさが湧く。

「……ごめんなさい」

「…？」

なんだろうと思ったら、自分の言った戯言《ざれごと》を気にしていたらしい。困らせたと本気で心配している。

ぎゅっと不安そうに腕を握ってきて、ジンは赤ん坊を抱いたような気持ちで頭を撫でた。

「大丈夫だ。私は楽しいよ」

本当？　というようにオルティシアが見上げてくる。疑うことを知らない無垢《むく》な眼差しに、自然に笑みが零れる。

「こうして会えるだけでも幸せだ」

これは本心だ。ひそやかに寄り添うだけのこのひと時が、思った以上に心を満たしていた。

体温を感じて、腕の中に心地よい重みを感じる。何があるわけでもなく、言葉すら稀《まれ》なほどの時間が、一日の中で大きな比重を占めた。

本当に不思議だと思う。

「君は？」

楽しい？　と尋ねるとこくんと頷き、あとから小さな声がする。

「…楽しいです」

心のうちを言葉にするのは、彼にとっては大変な勇気を必要とするらしい。恥ずかしそうに目を逸らして瞬くオルティシアに、ジンは微笑み返した。

「それはよかった」

「……」

薔薇色の頬をして、オルティシアははにかみがちに微笑む。この、甘く蕩けそうな笑みは相当な破壊力があって、ジンは内心で苦笑した。

――これは、だいぶ理性を試されるな…。

本当はこのままオルティシアを口説いてしまいたいが、キスだけで起きた防御反応のこともある。彼を驚かせるような真似はできなかった。

仕方がない、と思う。こんな内気なフィオーレを気に入ってしまったのは自分なのだから…。ジンは、疼いた心から離れるために、本を開いた。

「図が多い本を選んだんだが、どうかな…」

オルティシアが興味深そうに手を伸ばしてページをめくった。

書物は〝月〟の構造を図解していた。この都で暮らしていくのなら、知っておくのは悪くない。勉強になるかな…というぐらいの軽い気持ちだったが、オルティシアは思ったより真剣に見ている。

「…あの…これは……なんて読むのでしょう」

「ああ、専用通路だ。港から直接上階層に上がれる」

オルティシアは頷くと港からのルートを辿《たど》った。

自分たちが移動してきた道を確認しているらしい。

都は、高く迫り上がった両端に、政治や学究施設などを集中させてある。評議会がある上側が政治を、術士の塔がある下側が古代の術を扱っている。オルティシアはそれを熱心に読んでいて、ジンは少し意外な気がした。

――もっと、ふんわりしたものを好むのかと思ったのに…。

昨夜持ってきた草花の本より興味があるらしい。

「面白い？」

どこに興味を持ったのだろうと思って尋ねると、オルティシアは随分迷ってから口を開いた。

「船で、航海士の方が地図を持っていて…」

遺跡群や、大型生物の挿絵まで入っていて、とても面白そうだったのだという。

自分以外のことは、だいぶ話せる。どこか可憐さのある声音で語るオルティシアは魅力的だ。

「でも、ちらりとしか見えなかったので…」

「見たいと言えば、見せてくれたんじゃないか？」

困ったようにオルティシアの瞳が揺れて、ただでさえ小さな声がもっと小さくなった。

「……はい」

そんな些細《ささい》なことさえ、言えなかったのだ。こういう姿を見ていると、彼が今まで、色々な言葉を言い出せずにいたのだというのが、よくわかる。

――最初に見た時は、もっと気位が高そうに見えたのにな…。

氷の彫刻のような美貌と面差しで、こんなに気弱だとは、誰も思わないだろう。彼が一言望みを口にしたら、皆躍起になって叶《かな》えようとするだろうに…。

そういう意味では、まさにフィオーレとして最高の魅力を備えているのに、彼は自身の資質にはまったく気付いていないのだ。もったいないと思うけれど、幸運だとも思っている。彼がもしほかのフィオーレと同じように育っていたら、もしかして見向きもされなかったかもしれない。

――そんな気の強いオルティシアも見てみたいが…。

高貴な輝きにふさわしい、高慢なほどの強さを纏ったら…、思わず空想してしまうと、オルティシアが小首を傾げて見上げていた。

「……？」

黙ったジンを不思議に思ったらしい。ジンは笑って頭を撫でた。

「なんでもないよ。明日は、どんな本が読みたい？」

オルティシアは考え考え、なんでもよいと小さく答えた。

◆◆◆

――今日は、まだかな…。

月は高く上がって、光が夜の花園に差し込む。オルティシアは風に吹かれながらドキドキしつつ、花溜まりの中を歩いた。

昼間はエミットの研究所にいる。そして夕方になるとツィーンに伴われて最上階の庭園まで戻り、ジンの訪れを待った。

「……」

ジンは夜ごと来てくれる。来てくれるのがこんなに待ち遠しいのに、いざ目の前にすると、思うことの百分の一も言葉にならない。ジンが帰った後はほとんど毎日ひとりで反省会だ。

――どうしてなんだろう…。

ほかの人とはだいぶ話せるようになった。長く一緒にいるツィーンとなら、何も緊張せず話せるのに、ジンを前にすると急に緊張がぶり返す。

どう思われるだろうかと心配ばかりして、悩んだりうきうきしたり、心が忙しい。オルティシアは乱高下する感情を抑えるように、ふう、と息を吐いた。

――でも、もうすぐ来るかも…。

いつもより来る時間が遅いだけで、さっきから何度も移動塔と花園を行ったり来たりしていた。

まだかな…とぽっかり空いた空間を覗き見しては、何かが上がってきそうで慌てて戻る。

いかにも待ち構えたように入り口にいるのは鬱陶しいだろうか。それとも、あまり遠くにいてお出迎えが間に合わないほうが失礼だろうか。

ちょっと離れてみてはそわそわして戻り、やっぱりこのくらい近いほうがいいだろうか…とか、ひとりでクルクル悩んでいる。

――本当は、どうするのが礼儀なのかな。

誰かが訪れてくれるというのは、初めての経験だ。宮殿では、用があれば領主が呼びつけた。

――人がいるだけで緊張していたのに…。

フィオーレたちのいる花の間に行くのも苦手だった。まして差し向かいで話すなど、短時間でもどうしていいかわからない。一刻も早く庭園に帰りたくて、ひと目がなくなるとほっとしていたのに、今は、ジンが来てくれると思うだけで嬉しくて胸がいっぱいになる。

――早く会えないかな…。

待っている間の時間はとてもゆっくり過ぎる。

月明かりだけでなく、草むらのそこかしこにほんのりと光る灯りが置かれていた。丸い擦りガラスの中に、昼の太陽光を集めて光る石が入っている。

だから、本を読もうと思えば夜じゅうでも見えるほどなのだが、落ち着かなくてページをめくる気になれない。

「……」

時間が経つにつれて、浮かれた気持ちに、少しずつ不安が滲んでくる。

もしかして今日は、来ないのだろうか。

――お忙しい方なのだし…。

きっと色々な人が、ジンを待っているのだろう。そう思うと、自分のことなど忘れられてしまうのではないかと思って悲しくなる。

――そんなはずない。

自分に言い聞かせるけれど、不安を覆す材料が見つからない。そのうち、逆に悪い理由ばかり見つけてしまった。

もしかして、本当はここに来るのは面倒なのではないか。自分と話をするのは、つまらないのではないか…。

――私は、楽しい話ができないし…。

いつも頷くだけで、気の利いた会話ができない。

「……」

ほかのフィオーレのように、歌ったり踊ったりできたら、人を楽しませることができるのに…。そう思うとどんどん自信がなくなってきて、泣きそうになっていたら、後ろから声がした。

「すまない、遅くなったね」

――ジンさん…。

半べそのまま振り返ると、入り口にジンの姿がある。金の飾りがついた黒のジャケット姿で、きっと評議会からそのまま来てくれたのだと思う。

「…どうした？」

ジンが少し驚いた顔をしている。

「…あ…あの……」

盛り上がった涙を誤魔化《ごまか》しようがなくて戸惑っていると、ジンがふと笑って近づき、頭を撫でてくれた。

「心配させてしまったかな」

「い、え…」

ふわりと頭を両手で包まれる。

「悪かったね。打ち合わせが長引いてしまったんだ」

ジンの言葉で、すっと心が落ち着いた。

——嫌われたわけではないんだ…。

本当に忙しいだけだった。自分で言い聞かせた時はまったく効き目がなかったのに、ジンの口から言われると、悩んでいたのがおかしなくらい些細なことに思えるから不思議だ。

ジンに促されて、花々の間を歩き出す。

「私の来られる時間は、かなり遅いことが多いんだ」

もし、ひとりで過ごすのが寂しいようなら、屋敷に住むかと聞かれて、オルティシアは考え込んだ。

ジンがいるならともかく、見知らぬ大勢の使用人たちに囲まれてひとりでいるなど、緊張して耐えられそうにない。

「…あの…寂しくはないです」

きっと、衆目を避けたくてここに逃げ帰ってしまうだろう。

「…そう」

ジンの声が少し残念そうで、それを聞いてからオルティシアははっとした。

——ジンさんに会えないのは寂しいのだけど…。

それも平気だと思われただろうか。慌ててジンを見上げたが、彼はもう違う話をしている。

——どうしよう…。

今頃否定しても、遅い気がした。

おそらくジンは、そんな小さなことは気にしていないのだろう。けれどオルティシアはいつまでも気にしてどうやって言えばいいのか考え込む。

会話の流れを遮って、いきなり言ったら唐突だろうか。こんなことにこだわって、重いと思われるだろうか…。

「疲れているだろう？　こんな遅い時間で、すまなかったね」

ジンが笑顔でソファから立ち上がった。

――…あ。

また明日来るよ…と言われて後悔する。

――疲れてなんか、いないのに…。

楽しくないように見えただろうか。考え込んだせいで、気遣われてしまった。

「あ、あの、疲れてはいないです」

もっと話がしたい。顔を見ていたいのに…。

けれど、引き留める言葉は思いつかず、入り口に向かうジンについていくしかない。

――来たばかりなのに…。

だが、帰るというジンに我儘《わがまま》を言うのも気が引けた。

――ジンさんは疲れているかもしれない。

だとしたら、困らせては駄目だ。オルティシアは心の中で諦め、コレッガーに乗るジンを見送った。

ジンが去り際に笑みを向けてくれる。

「こんな遅い時間で迷惑かと思ったんだが、顔が見たくてね」

――あ…。

会えてよかった。また明日…という言葉と同時にコレッガーが下降した。オルティシアは最後まで挨拶をし損ねた。

「……」

嬉しいのと失敗の落ち込みで、ぎゅっと手を握り合わせた。

――そういう風に、言えばよかったんだ…。

ジンに言われて、自分の気持ちを言葉にするとどういう言い方になるのか初めてわかる。

反省ばかりが後から押し寄せたが、耳に残ったジンの声が、自分を幸せにした。

《また、明日……》

「……」

せめて明日は言える自分になろう、とオルティシアは胸の中で誓った。

翌々日のことだった。エミットのところから帰ってくると、花園の一角に見たことのないものができていた。

――四阿？

白大理石の柱が四隅を支えているが、両側は白い紗《しゃ》の布が垂れていて、寝室のようにも見える。様子を窺っていると揃いの服を着た女性たちとともに、ジンの姿が見えた。

「やあ、お帰り」

――ジンさん…。

女性たちはオルティシアを見ると目を瞠ったが、丁寧に頭を下げて入れ違いに帰っていく。近づいていくと、ジンが説明してくれた。

「壁や屋根で囲ってしまうのは、君が嫌だろうと思ってね」

どうだろう、と言って見せてくれた場所は、布で三方を囲んだだけの部屋だ。

なめらかな白大理石の床。心地よく眠れそうなベッドと、テーブルやソファが置かれている。優美な丸いテーブルには、果物と茶器が置かれていた。

「あの、ありがとうございます」

「気に入ってもらえた？」

「…は、はい」

お礼以外の言葉をどう言っていいかわからない。でも、わざわざ自分のためにこんなに手間をかけてくれることに、本当はもっと色々と感謝を伝えたい。

――言わなきゃ…でも、なんて？

心の中だけで焦る。開きかけた口は言葉を紡げず、中途半端に止まってしまう。

――どうしよう。

また失敗してしまうのかもしれない…。焦って眉根を寄せそうになった時、ふいにジンに抱き寄せられた。

――……！

ぽんぽん、と背中を叩いて宥められる。

「そんなに慌てなくて大丈夫」

――ジンさん…。

背中を抱えられたまま、ジンがベッドに腰かけ、オルティシアもそのまま胸の中に倒れ込むように向き合う。

――……わ……。

「落ち着いて、ゆっくり息を吸ってごらん」

ジンの声は穏やかだ。

言われた通りに呼吸を深くする。

「そう、ゆっくり息を吐いて、落ち着けばなんでもないことなんだよ」

とん、とん、と背中を穏やかな手が撫でる。硬くなっていた身体が、だんだん心地よさで緩んでいった。

「ほら…いつもそうだろう？　緊張するのは最初だけだ」

髪を撫でられ、やわらかく頬に手が添えられて顔を上向かされた。

「緊張が解けたら、なんでも話せるようになる」

抱かれたまま、ジンを見上げる。

「それにね、君が笑わなくても、何も言わなくても、私は嫌いにはならないよ」

――…あ。

だから安心して、ゆったりしておいで…と言われて、心の中がすっと落ち着く。

――本当だ……。

好きな人の言葉は魔法のようだ。強張っていた気持ちが緩むと、言葉は素直に唇から漏れた。

「……ありがとうのほかに、もっと何か言えないかと思って…」

「笑ってくれるだけで十分だよ」

ジンの体温が心地よい。うっとりと頬を寄せて寄りかかり、オルティシアは言葉につられるように微笑んだ。

話せなくても、楽しませてあげられなくても、嫌われたりしないのだと思うと、心の中が穏やかになっていく。

「うん…いいご褒美をもらったな」

ジンが満足そうに笑っていて、なんだか褒められたようで嬉しい。

「…………よかった……」

いつまでも、この感触を味わっていられるのだ。

幸福感で頬が緩む。何をしても、決して落胆されることはないのだと思うと、安心感が広がって、オルティシアはうっとりと目を閉じた。

——……？

ふいに瑞々しい香りがした。

なんだろうと思って目を開けると、鼻先に緑色の葡萄の房が揺れている。その向こうでジンが笑っていた。

「葡萄は好き？」

美味《おい》しいよ…と一粒口元に持ってこられる。楽しそうなジンの顔に、オルティシアもされるがままに唇を開いた。

指が唇に触れそうで、ドキドキする。

ジンは普通の顔をしているのに、されていることが妙になまめかしく感じて、目を瞑ってしまう。

芳醇な香りと、したたる果実の甘味が口に広がった。

「どう？」

「…美味しい、です」

声が上擦る。恥ずかしくてジンの顔が見られない…そう思ったら、ジンが抱えていた手を離しオルティシアの目元を覆った。

——……？

「見えないほうが、香りが引き立つそうだ」

本当かな、試してみる？　と悪戯のように声音が笑みを含んでいる。

「…うん」

瞼に触れる指の感触にとろりと心が掻きまわされる。そして、つややかで張りのある葡萄の粒とは違う感触が唇に触れた。その弾力に、吐息が甘く抜ける。

「……防御反応は起きなかったね」

「……ぇ…」

指が離れ、目を開けた先では黒い理知的な瞳がオルティシアを捉えている。

——キス……？

「やはり、驚かなければ大丈夫なんだな」

——…あ…。

感触を思い出して頰が熱くなる。けれど、膜はきらきらと光を反射したままだった。

嫌だった？　と聞かれて首を横に振る。

「よかった」

ちゅ、と音を立てて額に唇が落ちた。オルティシアはその悩ましい感触に目を開けていられなかった。

毎日が、夢のように過ぎる。


磁気嵐は止まない。

密《ひそ》かな夜のひと時は、誰にも見られることがない。吹き抜ける風と花々に囲まれ、オルティシアはジンとふたりでいつまでも本を眺めて過ごした。

「これは…なんと読むのですか？」

「リギタス…古代の遺跡群だよ。だいたい、ここからはリコストルで半日ほどの距離だ」

ジンは縮尺度を指しながら、リコストルの船足の速さを説明してくれる。オルティシアはその心地よい声音に耳を傾け、内容を忘れてしまいそうなほどときめいていた。

話す内容が、なんでもよくなってしまう。ただ一緒にいて、声を聞けるだけで胸がいっぱいになってしまった。

ジンは毎日自分のために何かを持ってきてくれる。地図が面白かったと言ったら、軍が持っているという特別な世界地図まで見せてくれた。

航海士が持っていた地図より、ずっときっちりと線が引かれ、ものものしい図面だったが、全ての街とそれぞれの正確な距離が示されていて、それはオルティシアの興味をそそった。

時々、やわらかくジンの手が髪や肩に触れる。その感触に胸が高鳴って身体の中が熱く疼く。

——……。

ジンに抱きしめてもらうのが好きだ。本当は、もっとずっと、本を読んでいる間もそうされたいくらい気持ちいい。だいぶ色々と話せるようになったけれど、さすがに恥ずかしくてそれは言えなかった。

——宮殿の皆は、平気で言っていたけど…。

もう一度キスしたい…なまめかしい唇の感触を想うたびに、甘苦しさが甦る。けれど、それを口に出すことは躊躇う。

キスが駄目でも、せめて手に触れるのはできないだろうか…。ジンの指が本をめくっていて、オルティシアは思い切ってそっと手を伸ばしかけた。

「すまない、まだ読んでいた?」

「…あ、いえ」

慌てて手を引っ込める。気遣ってくれるジンに、オルティシアは内心を隠しながら無理に笑う。

「…?」

「なんでもないです」

微笑み返すとジンが笑ってくれる。その微笑みが少し近づく。

——もしかして、キス…?

唇が触れるのだろうか…期待と緊張が入り混じって、反射的に息を詰めてしまう。けれどジンはそのまま髪を撫で、また本に戻ってしまった。

——……。

がっかりしたような、残念なような気持ちなのに、どこかでほっとする。

その不可解な安堵を、オルティシアは心の中で反《はん》芻《すう》する。

何故だろう。もう一度、キスしたいと思ったのに。

——キスとか、それ以上……とか……。

頬や手や、僅かに肌が触れる時、身体の芯をざわめかせる快感がある。

心のどこかはちゃんとそれを望んでいる。けれど、いざそれが目の前に来ると、構えてしまう。

「……」

緊張しているだけだろうか。ジンが言ったように、慣れさえすれば消えるものなのだろうか。

唇が触れても、防御反応は起きなくなった。そんな風に少しずつ前に進んでいったら、本当の意味で抱き合うことはできるだろうか。

――でも…。

ふと不安になる。

――……〝膜〟が消えないのに…?

服のように纏うこの膜が消えない限り、肌を合わせることはできない。

慣れたらできるのだとしても、肌を晒せないのに、どうやって肌が触れることに慣れるのか?

オルティシアは考え込んだ。実は、いったいどうやってこの膜を消せるのかがわからない。

――やったこと…ない……。

膜が脱げることは、ほかのフィオーレたちが話しているのを聞いているし、人からもフィオーレとはそういうもの…と言われていたからわかっていたつもりだった。けれど、実際にどうやるのかは、感覚的には知らなかった。

――もし、膜が消えなかったら……?

ジンに抱きしめてもらった時にほんのりと膜が薄くなったことがある。けれど、それは決して消えることはなかった。

――……。

自分にはまだ足りないものがある。だからできないのだ。

がむしゃらに突き進んでもできないことは、防御反応でわかっている。だとしたら、膜を解くために必要なのは、勇気だろうか、努力だろうか。

――…なんの努力? どんな勇気?

怖さを勇気で乗り切れば進めるというのなら、最初にジンの部屋を訪ねた夜に、膜は離れたはずだ。

——でも、できなかった…。

怖さを克服できるのが慣れだというのなら、〝慣れ〟るためにどんな努力をすればいいだろう。

オルティシアはじっと白銀にきらめく膜を見つめた。どの方向に努力を傾ければいいのかわからない。

もしかして、自分にはできないのではないか……。そう思い始めると、自信がなくなってきて、行き詰まった気持ちになる。

このままジンの傍にいれば、少しずつ触れ合う時間は積み重なっていくだろう。

でも、いつまでも慣れなかったら？　キスの時のように解決できなかったら？

抱き合っても、自分だけが膜を纏う。それは、フィオーレとして相手を拒否していることになる。

——……。

ジンはどう思うだろう。それでも、笑って待つよと言ってくれるだろうか。

——でも、待ってもらっても駄目だったら…？

そうしたら、自分はいつまでもこの庭の花々と一緒だ。ただ眺めて愛でられるだけの存在になってしまう。

「……」

「オルティシア？」

考え込んだ自分を、ジンが気遣ってくれる。オルティシアは上辺だけ、本に集中した振りをした。

——……言えない。

どうしたら、膜を取り去って肌を晒せますか…など、口にできるはずがない。まして、失敗したらと思ったら、ジンに試してもらうことも頼めなかった。

エミットならフィオーレのことは詳しそうだが、とても聞ける内容ではない。

もしそんな雰囲気になって、自分が膜を纏ったままで、ジンに肩透かしを食らわせてしまったら…そう考えると、ジンに触れたいと思う気持ちまでもが堰《せ》き止《と》められてしまう。

――でも…傍にいたい……。

このままでいたほうがいいのかもしれない。

だんだん気弱になって、考え方が守りに入る。

余計なことはせず、今以上のことを望まなければ、幸せな関係でいられる。

――……そう、だろうか。

ままごとのように触れ合うだけで、一方的に愛をもらうこの関係が本当にいつまでも続くだろうか。

――……。

オルティシアは遺跡の話を聞きながら、せめぎ合う心をひっそりと閉じ込めた。こんなことで悩む自分を、ジンに知られたくない。

――……だって……。

自分の駄目な部分なんて、好きな人には見せたくない…。


そんなある日のことだった。

研究室を出て、送り迎えをしてくれているツィーンとコレッガーのある塔まで行く途中、ふいにツィーンが口を開いた。

「オルティシア」

「…?」

振り向くと、ツィーンは足を止め、少し距離があるままオルティシアを見ている。やがて、ツィーンは言い聞かせるように静かに言った。

「護衛は、今日で終わろうと思う」

――え……。

唐突な言葉に、声が出ない。ツィーンが笑みを交えて説明した。

「手続き中とはいえ、お前はこの都の住人になるんだ。西の街の領主に雇われた俺が、いつまでもついているわけにはいかないだろう?」

契約終了だ、という言葉に、すっと血の気が引いた。

ツィーンがいなくなる。西の都と縁を切ってしまうのだから、言われてみれば当たり前のことなのに、心の準備ができていなかった。

――でも…。

ツィーンの言うことはわかる。自分にそれを止める権利はない。

理性が自分を諭し、感情が追い付かずにそれを揺り戻す。動揺したままのオルティシアを、ツィーンが宥めた。

「そんな顔をするなよ。別に、嫌いで別れるわけじゃないんだ」

ツィーンの言葉通りだ。けれど、とても頷くことができなくて俯いてしまう。

ぽん、と骨太の手が頭に置かれた。

「お前にはもう、護衛は要らない。お前は普通の市民になるんだから」

「ツィーン……」

「俺がいなくても大丈夫だ」

「……」

本当は、移住の手続きを始めた時点で、もう契約は不履行になっていたはずだ。オルティシアは、今まで彼が告げるのを待っていてくれたのだと気付いた。

ひとりで過ごす時間を増やし、研究室にいる時も、自分がやっていけるかどうかを見守ってくれていた。

「……」

ぽろぽろと涙が零れる。ツィーンは苦笑して指先で涙を拭ってくれた。

「大丈夫だ。もう二度と会えないわけじゃない。心細かったら、いつでも来ればいい」

帰ってしまうわけではないのか…と見つめると、ツィーンは面白そうに笑う。

「俺の身分はまだ在外公館の一員だ。それに、船は当分出られない」

バルコニーからは弓なりに広がる都と空が見える。大きく球状に張った結界の向こうは磁気嵐で、晴れているのに巨大な光のカーテンが音もなく波打ち、都全体に水底のような影を揺らめかせていた。

折り重なる光に夕陽が反射して、黄金の酒のように美しい。

ツィーンが、磁気嵐を仰ぐように見上げる。

「お前のおかげで、この都に来れた」

ありがとな、と微笑まれて涙が止まる。オルティシアも、一生懸命微笑んでみようと試みた。

自分がツィーンの笑顔を見てほっとするように、ちゃんと笑ってお礼が言いたい。

「ありがとう…」

ツィーンは驚いた顔をして、くしゃくしゃと頭を撫でてくれた。

「成長したじゃないか」


その夜――。

「…元気がないね」

どうかした？　とジンに聞かれ、オルティシアはツィーンが護衛の契約を解除したことを報告した。

「そうか…」

夜の庭は、花々の間に集光石が置かれ、擦りガラスの中でぼんやりと明るく光っている。穏やかな光に照らされながら、オルティシアは気付かれるほど顔に出ていたのだなと思った。

ずっと、後ろにいてくれた安心感がなくなり、今までどれだけツィーンが自分を支えてくれていたかを思い知る。

いつもなら胸をときめかせる時間だが、今日はジンを前にしても心が曇る。

ツィーンと別れてしまうのが寂しい…。

ジンの手が肩を撫でた。

「しばらくは心細いかもしれないが、いつかは離れなければならないことだ」

「……はい」

「彼は、西の街の人間なのだから」

ずっと一生ついていてもらうわけにはいかない。

そう説得されてオルティシアも頷く。

「大丈夫だよ、ここは護衛などいなくても安全だ」

「はい…」

答えてみたけれど、やはり元気には見えなかったようだ。ジンが案じるように髪を梳いて撫で、抱き寄せてくれる。

「君は公館には顔を出さないほうがいいだろうから、私が様子を見てくるよ」

君が寂しがっていることも伝えておく…と言われて、慌てて首を振る。

「だ、大丈夫です」

「本当？　しばらく私が送り迎えしようか？」

道中に不安があるように見えたのだろうか。オルティシアは心配するジンに丁重に辞退した。

せっかくツィーンに成長したと褒めてもらえたのに、駄目なところを見せたくない。

「大丈夫です、道も覚えましたから、ひとりで行けます」

「そう…」

ジンは少し残念そうな顔をした。


ツィーンとの契約が終わってから、十日が過ぎた。

オルティシアは相変わらず庭園と研究室を往復する生活をしている。

「……」

ひとりで行動することにも慣れた。エミットの手伝いをすることも楽しい。けれど、だからといってツィーンのことを忘れてしまえるわけではない。

――どうしてるかな……。

ジンは、オルティシアの特使辞職をもって、大使たちと和解し、公館は機能し始めたと言っていた。今頃はもう、積んできた荷のやり取りや、戻り船の買い付けのために動いているだろう。

ジンからは、それきりツィーンの話題は出なかった。聞けば教えてくれるのかもしれなかったが、なんとなく聞きにくくてそのことには触れないままだ。

――もしかしたら、ツィーンは、敢えて何も伝言をしなかったのかもしれない。

ツィーンなら、そうするかもしれないと思った。彼は意志を尊重してくれたが、決して甘やかしたりはしないのだ。

だから、多分今は自分の自立のために、敢えて距離を置いてくれているのではないかという気がする。

もしそうなら、寂しいけれど頑張らなければならないと思う。移住を決めたのは、自分なのだから。

――そう…なんだけど……。

「オルティシア、ちょっと頼みがあるんだけど」

「は、はい……」

エミットが手紙と標本を手に近づいてきた。自分用にと与えてもらった机で、試料の瓶に名前の札を貼っていたところだった。

「これをね、届けてほしいんだ」

同じ研究者で、資料の貸し出しを依頼されたのだという。

「同じ階層だし、そう遠くもない。いい機会だから、行ってみない？」

知らない建物に行くのは初めてだ。オルティシアは即答した。

「はい」

エミットは、運びやすいように荷物を布でまとめてくれる。

「手続きが済めば君の居住に制限はない。自由にどこへでも行けるんだから、いい訓練かなと思ってさ」

「はい…」

「まずは近所のお使いから、ね。はい」

絹だから持っても大丈夫だよと言われ、オルティシアは住所と地図が書かれた紙を手に研究室を出た。

格子状に区画された五階層は、同じような白い建物ばかりだが、わかりやすくて迷わない。オルティシアはすぐに目的地を見つけ、届け物を終えた。

戻ろうと振り向き、遥か先にバルコニーと緑の穀倉地帯が見え、足を止める。

「………」

ふいに、心の中で風が吹いた。

——ツィーンに、会いにいってみよう。

オルティシアはいつの間にか自分で決心していた。それは、冒険のような気持ちもあったし、単にツィーンに会いたかったというのもある。

——それに…。

公館には行くなと言われたが、本当は別れの挨拶もせずに去ってしまったことに、申し訳ない気持ちがあったのだ。せめて、きちんと挨拶はしたい。

《自由にどこへでも行けるんだから…》

これも、エミットの言う〝訓練〟にならないだろうか。たった一階層上に行くだけだし、コレッガーはもうひとりで乗れる…次々に言い訳を見つけ、オルティシアはエミットのいる研究所の前を通り過ぎ、バルコニーから移動塔に向かった。

天空は晴れて青空だ。だが、すぐ近くで磁気嵐が吹き荒れていて、左側半分は時おり素早く七色の影が閃光《せんこう》のように射していた。オルティシアはそれを横目にコレッガーに乗り、四階層に上がる。

そして以前滞在していた公館に着き面会を求めると、部屋には大使しかいなかった。

「オルティシア殿…」

「あの…ご挨拶もせず、移住を決めてしまって…すみませんでした」

「いやいや…とんでもない」

非礼を詫びると、温和な大使は白い髭《ひげ》を動かしながら笑った。もっと嫌な顔をされるかと思ったのに、意外な感じだ。

「結果的には閣下のお望み通りになったのですから」

「…」

——やっぱりそう受け止められてしまうんだ。

オルティシアは心の中で顔を曇らせた。

自分はとても幸せだったが、何もかもが都合よくいくわけがない。ジンは自分にはあまり詳細を教えてくれないが、西の街にいたフィオーレが移住するというのは、政治的に別な意味を持ってしまうのだ。

本当に、このまま自分の意志を通してよいのだろうかと不安を募らせたが、大使はご機嫌で椅子を勧めてくる。

「ちょうど皆、出かけておりましてな」

「…あの、ツィーンもですか」

あとひと月もすれば磁気嵐は止むだろう。そうしたら、西の街に向かって出港できる。

けれど大使は首を振る。

「いや、彼なら契約を解除しましたよ」

それは護衛の件だけではないかと思って小首を傾げると、大使が丁寧に教えてくれた。

「彼は傭兵ですからね。元々他所の街から来た人間だ。貴方の護衛の任を解けば、自動的に我が街との契約も終了です」

「え…」


――そんな……。

驚くオルティシアに、大使は補足してくれる。

「もちろん、西の街に帰る時は、乗船できます。それに、帰国までの身分の保証はするつもりだったのですよ。ですが、執政官殿が月の都への移住をご提案されたので…」

――ジンさんが？

聞いていない…と心の中で動揺した。だが、それは顔には出なかったらしい。

「貴方のおかげです。護衛の功績を買われたのでしょう。我々より自由に動けますからね、羨《うらや》ましいくらいです」

「では…ツィーンは…」

大使はさあ、という顔をした。

「執政官殿に直接お聞きになったほうがわかるのではありませんか？」

「…はい……」

オルティシアは頷いて公館を辞した。とにかく、ここにツィーンはいないのだ。

――どうして…？

何故ジンはこれを教えてくれなかったのだろう。疑問が頭の中を駆け巡る。オルティシアは俯きがちに塔まで戻り、バルコニーの前で視線を上げた。

「…………」

眼前には、屋根の密集した街並みが広がっている。

――このどこかに、ツィーンがいる…。

もし会おうとしたら、こんなにたくさんの人の中から探さなければならないのだ。

とても見つけられるわけがないという気持ちと、本当にそうだろうかと問いかける心が葛藤して、オルティシアはしばらくバルコニーの前で迫り上がる景色を見つめた。

本当に会いたいのなら、探すしかない。

――探す…？

そんなことができる？　と自身に問いかける。見つけられるだろうか。第一、どうやって探す？

――誰かに聞く？

思いつくのは、ジンかエミットしかいない。けれどジンが教えてくれなかったのだから、エミットも教えてくれない気がした。そしてそれより、オルティシアは自分で探すという選択肢があることに、初めて気付いて驚いていた。

誰かではなく、自分がやる……。

――できる…？

街中に出る。そこで、たったひとりの異邦人を探す。無謀な話だと思う。けれど、心の中のどこかが、挑戦してみたら？　と囁いてくる。

何度もコレッガーと街並みに目をやり、動きたいけれども足は迷った。行き交う人々が、物珍し気に自分を見るだろうということにも、気持ちが竦む。

――でも、ツィーンの行方を知りたい…。

誰にも聞けないなら、自分でやるしかない。オルティシアは息を吸った。

――やってみようか。

できなくても、挑戦だけはするべきではないか…。

やってみなければわからないのに、すぐ諦めるのは自分の悪いくせだ。

失敗すると、二度と失敗しないように閉じ籠もってしまう。でも、そうやっている間は、前には進めなかった。

一歩踏み出した時だけ、自分は変われたのだ。

吸った息を大きく吐き出して、オルティシアはコレッガーに向かった。操作盤に力をかけ、市街地に降下する。

ツィーンを探す…オルティシアは、それができたら、もやもやと悩んでいる自分が変われる気がしていた。


石畳の道に、レンガの建物が並ぶ市街地は、人通りが多く賑わっている。オルティシアは勢いで降り立ったものの、注目してくる視線に身を縮めた。


今日は、目立つ髪や膜を隠す布もない。心の中で必死におまじないを唱えた。

——最初だけ…大丈夫……慣れるから……。

船の中でもそうだった。注目されてしまうが、相手も見慣れてくれれば、きっと普通に接してくれる。

ぎゅっと瞑ってしまった目を開き、恐れを隠して注目してくる人々を逆に見回す。すると、溜息のような声があちらこちらから聞こえた。

——……？

だんだん足を止める人が増え、気付くと数歩の距離を空けて、人垣になってしまう。

「あ……あの………」

——どうしよう……。

予想外のことに足が震え出してしまう。取り囲まれてしまった。

誰かが一歩距離を詰めてきて、オルティシアは反射的に肩を竦めた。

行動を間違ったかもしれない。急いで上の階に戻らなければ…と身構えた時、女性の声がした。

「もしかして、道に迷ってらっしゃる？」

——……え？

黒い服に、両縁が上がった同色の頭巾を被っている。優し気な女性で、小さな女の子の手を引いていた。

「お節介だったらごめんなさいね。なんだか、そんな風に見えたから」

女の子が、きれーい…と指さして膜に手を伸ばしている。

「駄目よ、お着物を汚してしまうわ」

「あ、いえ…」

大丈夫、と手を振りかけると、立ち止まって見ていた年嵩《としかさ》の婦人ふたり組がにこやかに寄ってきた。こちらは西の街に似た鮮やかな長衣だ。

「ほんと、素敵ねえ」

ひとりが近寄ってくると、きっかけを待っていたかのようにわらわらと人が寄ってくる。全て女性だ。

「この布、どこに売ってるの？」

「もしかして、ほかの街から来た方？」

女性たちは好奇心からとめどなく質問を繰り広げてくる。男の人たちは、遠慮がちに遠巻きに見ているだけだ。オルティシアは、呆気《あっけ》に取られながらも、女性たちが目を輝かせて膜を見るのに驚いた。

遠巻きに見ていた時は視線が怖かったのに、彼女たちはとても優しくて楽しそうに話かけてくれる。

「…あの、そうです。西の街から来ました」

「まあ、やっぱり。今度から、他所の街とも交易するんでしょう？　楽しみだったのよ」

「西の街って、こんなすごい布があるの？」

「ねえ、失礼でなければ触ってもいいかしら？」

「…あ、は…はい。どうぞ」

ふわりと浮き上がるように揺れる薄い膜に、視線は釘付けだ。許可を出すと、さらに近づく女性が増える。オルティシアは、昔、花の間でほかのフィオーレが話していたことを思い出した。

の…》

《街に出るとねえ、男の人より女の人にモテちゃう

聞いていた時は全く意味がわからなかったが、も

しかすると、こういうことなのかもしれない。

けれど、わいわいと近くで話してくれる女の人た

ちのことは嬉しかった。遠巻きにされるより、ずっ

と仲良くなれた気がする。

オルティシアは膜の説明をしようと、思い切って

話してみた。

「これは、布地ではないんです。私は、フィオーレ

といって、それで……これは、フィオーレにしかで

きない膜で……」

女性たちはぽかんとしている。どうやら誰もフィ

オーレを知らないようだ。どう説明したものかと困

っていたら、少し遠慮がちに距離を置いていた男性

のひとりが、得心したように近づいてくる。

「なるほど、フィオーレなのか。すごいな、初めて

見たよ」

それはなんだと女性たちが男に尋ね、そのうちフ

ィオーレを知っているという女性も現れ、訳知り顔

に解説し始めて賑やかな井戸端会議になった。

皆、知らない者同士のようなのに、とても盛り上

がっている。オルティシアは驚きながらそれを眺め、

そのうちのひとりが、実際にフィオーレを見たこと

があると言うのを聞き取った。

「ファルツァには、何人かいるって話だぜ」

得意気に言う少年に、オルティシアが近寄る。

「あの…そのファルツァって……」

長衣姿の男の子は、たじろいだように後じさりな

がらも、目をまん丸にしてオルティシアを見上げて

いる。

「そ、…それはだな。あっちにある国で…」

市街地の端の、やや迫り上がっているあたりを指

さし、少年はつかえながらもちょっと得意そうだ。

「十一氏族の中じゃ、八番目だ。少なくともひとり

いるのはホントだぜ。自分でフィオーレだって言っ

てたし」

その人も、こんな風な服なのかとご婦人方が疑う。少年は手で鼻を擦《こす》りながら憤慨した。

「間違いねえよ。ちょっと…だいぶ違うけど、フィオーレの服の色はみんな違うんだってさ」

「へええ…」

――やっぱり、ほかにもフィオーレがいるんだ。

なんだか嬉しかった。いると聞いてはいたけれど、自分ひとりきりではないと思うと気持ちが違う。

「…あの、私は人を探しているんです。ツィーンという人なのですが」

ご存じではないでしょうか…と尋ねてみたが、やはり誰も知ってはいなかった。

「異国の人なのかい？」

「お役人に探してもらったらどうかね」

「片っ端から聞いて探してたら、陽が暮れるよ」

けっこう皆親切だ。一通り聞いて立ち去ってしまう人もいるが、なんだかんだと親身になってくれる。

「役所の方に聞く以外で、探す方法はあるでしょうか…」

どうしても駄目だったら、ジンに聞くしかない。けれど、まだほかに方法があるかもしれない。あれこれ知恵をもらっているうちに、先刻の少年がもじもじしながら言ってきた。

「ファルツァのフィオーレはけっこう情報通だぜ。同じ仲間のよしみで、色々教えてくれるんじゃないかな」

「馬鹿だねアンタ、そんな物騒なところにこんな人が行ったら、何されるかわかんないよ」

恰幅《かっぷく》のよいご婦人が、頭ごなしに少年を叱る。

ほかの人も、あの辺はやめたほうがいいと止めた。

「俺もあっちの連中のことはよく知らないが、治安がよくないのは確かだ」

「悪いことは言わないから、ちゃんとお役人さんに探してもらいな」

口々に説得してくれるが、違う意見を言う人もいる。

「だがなあ、余所者が入りやすいのは確かにファルツァだろうな。基本的に、あそこはどこの氏族の流れ者でも受け入れるから」

もっともな意見から少数意見まで聞き、オルティシアはその見解を選択した。

ツィーンならどこに行くだろうと考えると、雑多に人を受け入れてくれる場所ではないかと思うのだ。

オルティシアは、最初に教えてくれた少年を見た。

「申し訳ないのですが、ファルツァまでの行き方を教えていただけますか」

やめときな、とたしなめた女性たちに謝ると、女性たちは逆に恐縮したように手を振る。

「やだあ、気にしないでよ。そうよね、同族の人がいるんなら、そっちに行ってみたらいいわ」

逆に、少年をぴしぴしと指導し始めてしまった。意見は言うが、頑なというわけではないようだ。

「アンタ、言い出しっぺなんだから、案内くらいしてあげなさいよ」

「るせえな。最初からそのつもりだよ」

「あの…すみません」

叱られている少年に謝ると、深緑の長衣を白い幅広の帯で締めた少年はにぱっと笑った。

「いいよ。どっちにしたって帰り道の方向だし、連れてってやるよ」

コルダーで来てるからさ、と顎でしゃくってみせた方向には、大きなブリキの容器を乗せた荷貨物用の運搬車がある。

オルティシアは、立ち止まってくれた街の人々に丁寧にお礼を言って乗せてもらった。

「俺はね、千万《センマン》っていうんだ」

千万はミルクを納める仕事をしていると言った。

「私はオルティシアといいます。この容器に入れて運んでいるのですか？」

千万なら入れそうなほどの、縦長の大きな容器だ。コルダーには空の容器が六つ乗せられていて、オルティシアは先頭に立って乗る千万の隣に座っている。立つと目立つと言われてしまった。

「そうだよ。うちのは培養したやつじゃなくて、本物の牛から絞った乳だからね。高級品なんだ」

「…牛」

それはなんだろう。小首を傾げて尋ねると、千万が驚く。

「知らないの？」

「はい…」

「ミルクは？　飲んだことない？」

「……羊なら」

「羊？　なんだそりゃ」

千万は羊を知らないらしい。こんな形で、こんな色で…と説明すると、コルダーを操りながらうーんと唸る。

「牛の親戚かなあ。乳が出るんだし…」

「…そう、なのでしょうか」

「うん、そうなんじゃない？」

ミルクから何が作れるかという話になると、名前は違ったが、チーズやバターなど、ほぼ似たような形状の食べ物になるらしいので、もしかすると同じ生き物を指しているのかもしれなかった。

「牛はさ、でかいし草をうんと食べさせないといけないから割高なんだよ。その点、培養曹のミルクは中の菌が光と水だけでどんどん増やしてくれるから、安くてそこそこ美味《うま》い」

奇妙な銀色のきのこにも見える培養曹は、中に入っているものがそれぞれ違うらしい。

「絹を作ってるものもあるし、鉄もあるし…あ、鉄はね、コレッガーとか船を造るのに欠かせないんだ」

「…なんでもできてしまうんですね」

「まあね…」

空中をゆっくり上下している培養曹を、思わず見上げてしまう。

銀色の反り返る軀体の向こうに、青空が見える。

時おり、培養曹ではなくひとり乗りやふたり乗りのコレッガーが音もなくヒュンと上空を飛んだ。

前方を操作盤と手すりが囲んでいて、中に立っているのは、兵士の服装をしている。

コレッガーに乗れるのは、限られた人だけだ。市街に住む大部分の人々は、千万のような車輪のついたコルダーを使う。重い荷を運んだり、人が乗るのには不自由ないが、宙に浮くことはできないので、ゆっくり地面を進んでいくのだ。

千万も、上空を通り過ぎた兵士を羨ましそうに見ていたが、彼らの姿が見えなくなると、オルティシアのほうを向いた。

「……アンタの膜さあ。本当、きれいだよね」

しばらく立って眺めていたが、ついに隣にしゃがみこんだ。

「アンタ、移動塔から下りてきただろ。本当はどっかの貴族から逃げてきたんじゃないか？」

「え…」

声を潜めた少年は、どこかきりっとした顔をした。

「俺には隠さなくていいぜ。困ってるんなら、俺が助けてやる」

——あ…だから〝座ってろ〟って……。

彼は、匿《かくま》ってくれたつもりなのだ。真剣な顔をした少年に、オルティシアは嬉しいと思いつつ笑みが込み上げる。

「ありがとう…でも、大丈夫です。逃げたわけではないので」

なんだ…と意気込んだ千万はちょっとがっかり気味な顔だ。けれどそれが性分なのか、すぐカラッと笑って立ち上がり、森のほうを指さした。

「ほら、あれが牛だよ」

先にファルツァまで送るから…と自分たちのいる農場へは行かずに通り過ぎてくれる。オルティシアは指された先にいる、白と茶色のまだら模様になった動物を見て驚いた。

「……大きい」

人よりも大きいのではないか、と思う。こんな大きな生き物を見たのは初めてだ。

「〝羊〟はもっと小さいのか?」

「はい…」

大きさだけでなく、四つ足というところ以外は、似ている部分がない。

——それでも、ミルクが取れるところは同じなんだ。

不思議だと思う。街が違うだけで、こんなに色々と違うのだ。

帰ったら本で調べてみようと興味が湧く。やがてコルダーは船の側面のように迫り上がった端まで着いた。千万はコルダーを置いて元気に駆け出す。

「こっちだよ!」

ゆりかご状の地形は、両脇も船のように迫り上がっている。だが、縁まで全て地面かというとそうではなくて、壁側は外観と同じ銀色の部分が帯状に続いていた。

遠くから見るとつるんとして見えたが、側面は平坦ではなく、ところどころ船の軀体のようにあばら骨状の梁《はり》が突出している。

千万はそのあばら骨に当たる部分に向かっていた。近づくと、そこは移動塔と同じように人が入れる窪みがあって、床を見るとコレッガーが嵌まっているように見える。こうした出入り口は、各梁の側面についていた。乗り込んでから反対側を見ると、向かい側の梁のコレッガーにも誰かが乗ったのが見える。

「地階層に行くんだ」

地面の下はそう呼ばれているらしかった。オルテイシアは、自分たちが入港してきた時も、そこからだったことを思い出した。

——そういえば、このコレッガーに似ていた。

周りが壁で、数人乗れる広さで、コレッガーは地面にぴったり挟まっている。そして、コレッガーは随分奥深くまで降下していた。

「ファルツァってのはね、匠《たくみ》の一族なんだよ」

下りる間、千万が彼らについて教えてくれる。

この、〝月の都〟は巨大な建造物だ。しかも宙に浮いている。何も手をかけずに住み続けることはできず、躯体は常に匠たちが維持をしているのだという。

「結界は術士が張るけど、呪いや瘴気だけ避けてりゃ暮らせるってもんでもない。家だって、建てっぱなしじゃ、何十年もしないうちに壁だの柱だのが傷むだろ？　常に様子を見て、不具合があるところは修繕するんだ。それがファルツァの仕事さ」

ただ、この〝月〟の躯体は頑丈で、壊れたことがない。千年もの間、縁の下の力持ちとして保守を担っていたファルツァは、ありあまる時間を使い、その技術で船を造ったという。

「それが集光船《リコストル》なんだって。もちろん、太古の昔からあったものだけど、彼らの技術で大幅に改造できたんだ」

古代のリコストルは、周辺を偵察するための船だった。

ガラスで防御するしかなかった瘴気を、術を飛ばして結界を張りながら航行できるようにし、推進力を上げ、丈夫な鉄の躯体でも、磁気嵐に激突されない避雷方法を編み出した。

磁気嵐が弱まり、外に航海できるようになった今、ファルツァの持つ技術は高く評価されている。それでも、彼らは長い年月自分たちの棲み処としてきたこの地階層から出ない。

「職人気質っていうのかな。ガツガツしてないんだよね。ほかの氏族みたいに、もっといいところに住まわせろとか、予算を寄越せとか言わないし…」

その構わない氏族性がもたらすのか、ほかの氏族から追われたはぐれ者や、領土争いに負けた氏族を黙々と併合して、今や数の上でも十一氏族の八番目という大きさになっている。

「俺のとこは、七番目の氏族さ。だけど俺ん家《ち》はあちこちにミルクを届けてるからね、ほかの氏族にも顔が広いんだ」

「…そうですか」

話しているうちにコレッガーが止まり、外に出たオルティシアは息を呑んだ。

――これは……。

陽の射さない暗い空間は、壁から天井までびっしりと計器類が嵌め込まれ、無数のパネルが光っている。

巨大な洞窟のような見かけは、入港してきた港と同じだ。船が悠々と入るほどの高さに、あらゆる太さの配管と、目盛りが表示された計器が並び、稼働しているサインで白く光っている。

隣の千万が自慢気だ。

「すごいだろ、月の都《ルーシェ》の心臓部だよ」

天井には六角形の塊が取り付けてあって、そこから白い帯状の光が投げかけられている。光の中には数字が浮かんでいて、それは時計のように規則正しく壁側の計器に吸い込まれていく。

点滅を繰り返しているパネルや、微妙な音を立てて針が左右に振れる表示、うねうねと、まるで木の根を張り巡らせたような配管。

――生き物みたいだ…。

〝心臓部〟という表現がぴったりだ。地階層全体がひとつになって呼吸を繰り返しているように思える。

圧倒されていると、千万が笑った。

「フィオーレたちがいるのはもっと奥なんだ」

「…はい」

促されるままに、地階層を進む。そこは床まで全てがコレッガーのように鉄色をしていた。

すごいという言葉しか思いつかない。右を見ても左を見ても、何をしているのかわからない機械ばかりで、オルティシアはついきょろきょろしてしまう。

「千万さん…あれはなんですか？」

壁沿いの端を進んでいると、中央側にひときわ大きな空間が広がっていて、遠くに巨大な円盤が見えた。それ自体が、建物にしたら二階か三階ぐらいの高さに見える。

円盤は下から光っている。

その上を、大小いくつもの鉱石が光って宙に浮き、それぞれがクルクルと右回りに回っていた。

――綺麗……。

オルティシアは目を瞠った。鉱石が浮く円盤の下は、前後左右に歯車がいくつも組み合わされていて、円盤が回る力で、歯車が互いに噛み合って回転していく。

千万も立ち止まってそれを見た。

「あれで〝月〟は宙に浮いてるんだってさ」

そして少し悔しそうな顔をする。

「詳しくはわかんない。俺たちのような部外者はあの中に行けないからさ」

術士が結界を張っているのだと言う。

「アンカー家の連中が仕切ってるんだ。下の氏族は涎《よだれ》を垂らして見てるしかない」

行こうぜ、と振り切るように話題を変える。

「俺、外側を見たことないから、浮いてるってどんな感じかわかんないいんだよね」

「…」

「アンタは外の街から来たんだろ？　浮いてるのは見た？」

オルティシアは頷いた。

「そっかあ……すげえな……」

再び歩き出しながら、牛乳運びの少年は照れながら打ち明ける。

「俺さ…航海士に憧れてるんだ」

本当は船に乗りたいのだという。

「軍役についたら、船に乗れるかなって期待してるんだけど、乗艦できるのって、本当にエリートだけなんだって」

下っ端の氏族の兵役なんて、移動塔の警備ぐらいで終わってしまう、と呟く。

「だからさ、少しでも詳しくなれないかと思って、通ってんだ」

　ファルツァのところにミルクの配達はない。けれど寄り道をしては地階層に入り浸っている。

「そしたらさ、驚いたことにこんなとこにすっごい綺麗な兄ちゃんがいて、それがフィオーレだっていうから…あ、いた。おーい！　アカンティオン！」

　千万が手を振った先は少し明るくなっていて、何人かの人がいた。

　回廊の外壁側は、等間隔でずっと向こうまで白く光が射し込んでいる。計器類の並んでいた右側の壁は途切れ、手すりが続くデッキに変わっていた。

　デッキの右側には建造中と思われる船がある。

　千万が手を振った先には真っ赤な服の男とコルダー、さらに大きな鉄の軀体が見え、駆け出す千万につられてついていく。

　赤く長い後ろ髪を高い位置でひとつに結わえた男が、流れる髪を靡かせて振り向いた。

「あのさあ、あんたの仲間を連れてきたんだ。フィオーレなんだって」

　赤い色をしたフィオーレは黙ったまま、腕組みをして上から下までオルティシアを眺めている。

「……………どこのお貴族様んとこから来たんだ？」

　華奢で細面だが、気の強そうなフィオーレだ。じろりと見つめてきたアカンティオンに、千万が代わりに答えた。

「違うって、西の街から来たんだって」

な、と振り向かれてオルティシアは頷いた。

「…西の街」

「はい。あの…人を探しています。ツィーンという名前です」

「……」

　アカンティオンは黙っている。

　アカンティオンの膜は、綺麗な椿《つばき》の花のような赤だ。胸元は大きく開いていて、悩ましく喉からみぞおちが露わになっている。袖はやや細身で、裾のほうが幾分ひらりと靡く仕様だ。足元は特徴的で、袴状に片方ずつ大きく膨らんでいるけれど、足首でキュッと締まっていた。一番上の膜だけがコートのように腰から覆っていて、腰は飾り帯に似た、幾本もの組紐《くみひも》が揺れている。

肩にも手頸《てくび》にも、椿の花芯のように黄色の綺麗な珠模様ができていて、ふわりと広がる膜を身体に沿って引き締めている。

相手はしばらく沈黙した後、細い片眉を上げた。

「知らないとは言わないけど…なんの用だ？」

用件と言えるほどのものはない。黙るとアカンティオンはそっけなく身をひるがえした。

「特にないならアンタが来たことは伝えとくから帰んな。悪いけど、俺たちは忙しいんだ」

アカンティオンは手すりから身を乗り出して作業をしているほうへ声をかける。

「おーい、誰か手伝ってくれ。荷を詰める！」

「あの…手伝います」

オルティシアは咄嗟《とっさ》に答えた。赤い髪が靡いて、アカンティオンが驚いて目を見開く。

「ハァ？」

「この荷物ですね」

荷貨物用のコルダーに山と積まれた箱がある。オルティシアは躊躇わずに近づいたが、相手は呆れた声を上げた。

「アンタにできんのかよ」

「大丈夫です」

船でも、荷物を運んだ。ちょっと重そうではあるが、できないことはないと思う。積み荷に手をかけ、どこへ運ぶのだと問うと、アカンティオンは声に詰まったが、すぐに指示を飛ばした。

「この中だ。すぐ次の荷が来るからな。やるんならもたもたすんなよ」

「はい」

「俺も手伝うよ！」

千万も荷を持った。三人は次々とコルダーの荷物を鉄の四角い部屋のような箱に運び込む。扉がつい

ていて、多分船荷の木箱と同じだ。

コルダーは鉄箱のすぐ前に止められていたが、運び込む先は奥行きも高さもある。荷物を持って奥から順に置いていくと、オルティシアより数段素早く荷を運んでいるアカンティオンが駄目出しをした。

「小さい箱の上に大きい箱を乗せるバカがあるか！　除《の》けておけ、と怒られ、オルティシアも反射的に声を大きくして謝る。

「すみません！」

隙間なく詰めろと言われるが、丁寧に角を合わせていると、もたもたするなと怒られる。オルティシアも千万も、言われるままに大慌てでコルダーと鉄箱の中を走った。

船の時も、自分以外は皆素早かったが、アカンティオンはもっと早かった。身軽にひと蹴りするだけで宙を泳ぐようにコルダーまで戻ってしまうし、その割には一度に両脇ひとつずつ荷を持てる。細身なのに、かなり逞《たくま》しい。


――ツィーンは、一度に六つ荷物を持っていた。

武人のツィーンなら仕方がない。けれど今、目の前で軽やかに走っているのは同じフィオーレだ。そう思うとオルティシアも無意識に足を速めていた。

彼にできるなら、自分にもできるはず。

真似して両脇に抱えることはできないから、縦に二つ積んでみる。少しよろよろしたが、歩けないことはない。

「落っことして壊すなよ！」

「はい！」

すれ違いざまにアカンティオンが言い、オルティシアは気を引き締めて走った。

荷はみるみるなくなるが、息を切らして運び終えた頃には、次のコルダーが来る。運んできた男は、オルティシアを見て目を丸くした。

「誰だ？　こいつぁ」

訝《いぶか》しむ声に、鉄箱の奥から、アカンティオンが怒鳴った。

「ツィーンの知り合いなんだとさ」

「へえええ」

——ツィーンを知ってるんだ。

なおのこと、このままでは帰れないと思う。

せっかくここまで来たのだ。いるのが確かなら、ちゃんと会いたい。

新しく到着した荷物を持ち、運び入れる。だんだんスペースがなくなってくるから、上に荷物を持ち上げるのも一苦労だ。一生懸命手を伸ばしていると、上からひょいと持ち上げられた。

「…あ」

アカンティオンが頑丈そうな荷物の上に飛び上がって、上の荷物を整えている。

「いいから、次持ってこい！」

「はい！」

オルティシアは息を弾ませて走った。その間も、その荷物は左に置けだの、隙間を作るなだの、アカンティオンは上から指令してくる。千万とオルティシアは言われるままに懸命に荷を積んだ。

ひとつの鉄箱が終わっても、さらに後ろにもうひとつ箱がある。また奥から積み始めなければならない。

「げええ、まだあんのかよ……」

三つ目の鉄箱を見た瞬間、千万はぜいぜい言いながら肩を落とした。荷を持ってきた男は筋骨隆々で、笑いながら軽々と荷を担ぐ。

「無理すんなよ。どいてな坊や」

「…っ、最後までやるさ」

オルティシアも荷に手をかける。もちろん、荷積めが終わるまで、ちゃんとやりたい。だが、最後の荷は重くてひとりで持ち上げられなかった。

「千万さん、反対側を持ってもらえますか」

「お、おう…」

小柄な千万も、ひとりでは持てないだろう。オルティシアは千万と声をかけ合って椅子より大きな箱を運んだ。荷が大きいから、鉄箱はみるみる埋まる。

あっという間に床はいっぱいになった。あとは上の隙間に入れるだけだ。

「ほう…なかなか頑張るじゃないか、俺に貸せ」

コルダーを運転してきた男は、豪快に笑い、太い腕で荷物を受け取ってくれた。

――すごいなあ…。

腕力の違いは歴然としていて、千万とふたりでようやく持ち上がった荷物も、ひょいと上に乗せてしまう。

あまり手伝いとしては役に立たなかったかもしれない。そう思ったが、これで挫《くじ》ける気にはならなかった。荷物の上から下りてきたアカンティオンを見上げる。

「次は、何をしましょう…」

アカンティオンは綺麗な顔でぶすくれた。

「…ねえよ」

がはは、と逞しい身体の男が笑う。

「お前の負け、な。アカ」

「……うるせえよ」

アカンティオンはぷいとむくれたが、オルティシアにはそれが可愛く見えた。

本当は口調ほど厳しい人ではないのかもしれない。

「あの…手伝えて楽しかったです」

アカンティオンの、やや黒みがかったルビーのような瞳がちらりとオルティシアを見る。オルティシアは力まずに微笑むことができた。

「ツィーンに直接会いたいのです。ぜひ、いる場所を教えていただけないでしょうか」

今までだったら、嫌な顔をする相手にはとても頼み事はできなかった。でも、いつの間にか言えるようになった自分に驚く。

アカンティオンはじっとオルティシアを見て、戦意を喪失したように息を吐いた。

「……ここにいりゃ会えるよ。戻ってくるまで時間がかかるんだ。今は会えない」

わざとじゃない、事実だからなと念を押され、オルティシアは頷いた。

「わかりました。では、待ちます」

戻るまでいさせてくれと頼むと、アカンティオンが眉を顰めた。

「一晩は待つぜ？」

「はい」

「大丈夫なのかよ……アンタ、オルランドゥーニ家んとこに世話になってるんだろ」

――そんなことまで、知ってるんだ。

ツィーンが話したのかもしれない。オルティシアは首を振った。

「大丈夫です」

――ごめんなさい。

本当は黙って出てきている。帰らなかったら心配するだろう。けれど、今帰ったらもうここには来られないような気がしていた。

きっと〝危ないから〟と止められてしまう。

ツィーンの行方は探すから、と言ってくれるかもしれない。けれど、そうやって誰かの手を借りてしまったら、今までの自分と何も変わらない。

「大丈夫だって言うんなら、いればいい。明け方には会える」

「ありがとうございます」

その間、仕事を手伝うと申し出ると、アカンティオンは気が抜けたように言った。

「そんな動きづらい膜で、船の仕事なんかできるもんか」

来いよ…とアカンティオンが歩き出し、オルティシアは後ろについていく。アカンティオンは振り返りもせずに手を振っていた。

「お前はもう帰れよ、牛乳少年。父ちゃんに叱られたら、ここにも来れないんだろ？」

千万は、また来るね！　と元気に叫んで帰っていった。

建造中の船は大きく、デッキ越しに歩いても延々と船の躯体が続いていた。

反対側の壁には、大きな羽根がゆっくり回る丸い換気口が続いていて、羽根の間から白い光が差し込み、小さな埃《ほこり》がきらきらと反射している。

右側の建設ドックは賑やかだ。溶接の火花が時々上がり、大型の巻き上げ機の音がウィンウィンとこだましている。先を歩いているアカンティオンが、ふいに問いかけてきた。

「なんか、辛いことでもあったのか？」

「え…？」

「ツィーンから聞いてる。お前、執政官に大事にされてんだろ？」

わざわざ契約の終わった護衛になんか、会いにくる必要ないじゃないか…と言われて、オルティシアは自分の中に生まれた小さな感情を掘り起こした。

――私は…。

このままでは変われないと思った。ジンの手を借りてツィーンを探しても、それは会えるだけで自分のやろうとしていることとは違う。

――私のやりたいこと…？

何故急にそんなことを想ったのだろう…。けれどツィーンを自分で探そうと思った時、心の中で風が吹いたのだ。

自分にそんなことができるのだという新鮮な驚きと、知らなかった可能性にドキドキした。ひとりで街に下りる怖さも、見知らぬ人の視線さえも乗り越えられるほど、その可能性は自分の背中を押したのだ。

自分の足で進む…そう思った時、この都に来てから、どれだけ自分の力で状況を変えられていただろうと振り返った。

――甘えてばかりだった…。

居心地のよい庭園を与えてもらい、優しいエミットのもとで手伝いをさせてもらい、いつでもジンに守られて、何ひとつ苦しいことのない世界に住んでいた。

ジンは、できないことを責めない。

いつでも待ってくれて、無理なことを強いることもない。けれど、そうやっていつまでもジンの愛情に甘えているのは嫌だった。

心の中の何かが声を上げている。形にならない不安の芽が奥底にある。

「…」

不安と勇気は、いつも一緒に足を踏み出す。どちらに進むかは、自分次第だ。

——変わりたい。

ジンの部屋に向かった時、月の都を目指した時、不安はあったし失敗はたくさんしたけれど、どの一歩も、無駄なことはなかったと思うのだ。

「おい…？」

——答えを、探そう…。

ジンやエミットに心配をかけるのはわかっているけれど、ツィーンを探すことで、自分が変わるための何かを見つけたい。

「どうしたんだよ…」

オルティシアは目の前の情熱的な赤い膜を見た。

彼は確かに美しいけれど、だからといって飾って並べられる宮殿のフィオーレのような生活はしていない。

造船で働くほかの人たちと同じに、ごく当たり前に生きている。彼だけを見たら、フィオーレも、ただの少数氏族のひとつと変わらない。

「アカンティオンさん…」

「な…なんだよ」

まず、どうして彼がこんなに強くて自由なのかを知りたい。

「貴方のことが知りたいのです。もしよかったら、生い立ちを教えていただけますか」

「はあ？」

アカンティオンは赤面して瞬きした。

造船ドックを見下ろす場所に、アカンティオンの住まいがある。オルティシアはデッキからさらに一階分上り、彼の後についていった。

「ファルツァの住居はあっちの奥にあるんだけど、俺は暗いところ嫌いだから」

ここ、と言って招かれた場所は、ちょうど丸い換気口の上で、明かり取りのために壁がなくなっているところだった。垂直と左右の三本で支えるトラス状の柱が交わされていて、その間から外界が見える。

本来人が住むところではないので、がらんとしているが居心地はいい。三本の柱が重なった場所は、天井が斜めで程よく狭く、そこには荷の上にかける網で作ったハンモックが下げられていて、足元には備品を入れる木箱があった。これが椅子代わりらしい。ほかにも、ベンチや小抽斗《ひきだし》がある。

「座っとけよ、飯作ってやる。腹減ったろ？」

厨《くりや》は見当たらない…と思ったら、アカンティオンがベンチの座る部分を跳ね上げた。その中は、食料貯蔵庫らしい。

トッゾと呼ばれる白くて丸い鍋も取り出す。中に水を入れると煮立ち、丸い蓋を開けて半円状にすると炒《いた》めものもできる、便利な鍋だ。

「しまっといたから、あんまり動かないかもしれないけど…」

陽の光に当てておかないと、トッゾはいざという時に動かなくなる。アカンティオンは確かめながら水を注ぎ、食事を作りながらぽつぽつと話してくれた。

「そんな、わざわざ話すような経歴はないな…」

ファルツァの匠に育てられて、生まれた時からここにいるという。

こぽこぽと湯が沸く音がして、アカンティオンは蓋を開け、茶葉と輪切りにしたオレンジを入れた。

柑橘系のいい匂いが広がる。

「……」

フィオーレは親を知らない。人間のように子を産むわけではないからだ。

人の雄から精をもらい、次世代の〝種〟をつくる。そして寿命を終えると身体は膜のように消えてしまうが種は残る。手のひらに乗るほど小さな種は、ゆっくり一年以上かけて大きくなり、フィオーレの幼生が生まれる。そこからは、人の赤ん坊と同じように成長する。

人を介してしか増えないし、人の雄の精を借りるから、姿形は雄にしかならない。けれど、人は必ずこの不思議な異種族を育ててくれる。

「では、最初からこの仕事に就こうと思っていたのですか？」

「うーん…」

お前、何聞きたいんだよ…と言いながら、アカンティオンはオレンジ茶にとろりと蜜を垂らして味見している。

「別に、仕事なんて色々あるじゃんか。俺を育てた奴は集光機の匠だったけど、俺はああいうのさっぱりわかんないから、もっぱら荷受け役さ」

船も〝月〟も、使われている技は多岐にわたる。匠の下に弟子入りし、つきっきりで学ばないと匠にはなれないのだそうだ。

透明な、泡の入ったガラスのコップに夕焼け色の茶が注がれ、鼻腔を甘酸っぱい香りが満たした。

「熱いから、気を付けて持てよ」

「…ありがとうございます」

袖の膜で包んで持ちながら、甘いお茶を飲む。アカンティオンが紺色に暮れた夜空を眺めた。

ぽつりと告白する。

「俺が荷受けをやるのは、ラウガに会いたいからだ」

振り向いた頬が赤い。

「…特別サービスで教えてやってんだからな。ありがとうぐらい言え」

「あ、あ、ありがとう」

アカンティオンが急に饒舌《じょうぜつ》になった。顔をしかめているけれど、怒っているのか照れているのかわからない。ひとりで言い訳をしている。

「ラウガは、かっこいいんだよ。誰だって惚《ほ》れる。頭もいいし、男前だし、度胸もある。あ、だからってお前が惚れたら許さないからな」

「…ラウガ、さん？　という方ですか？」

あ、とアカンティオンは首まで赤くした。元々膜が赤いからなのか、鮮やかさが違う。

「…っ……そうだよっ」

どうやらアカンティオンは、恋人の話をしたかっただけらしい。照れていても、愛にてらいのないところは、やはりフィオーレなのだと思う。オルティシアは微笑ましく見つめた。

「ラウガさんは、先程の方ですか？」

荷物を運んできた人だろうか、と尋ねると、眉を吊り上げて怒られてしまった。

「比べもんにならないだろうが。かっこいいって言っただろ。お前、目ぇ節穴なんじゃないの？」

「…す、すみません」

ふん、と格好をつけながら、アカンティオンは細いナイフを使って手のひらの上で上手にパンをスライスし、皿に置くとその上にチーズを切って載せた。木の実を砕いた粉を壺から摘んでチーズにかけ、胡《こ》椒《しょう》の実をすり潰して振る。

「あ、お前、ソレ草って好き？」

「？」

野菜の名前がわからなくて答えられずにいると、いい匂いの香草を鼻先に突き出された。

食べられると頷くと、最後にソレ草を刻んでチーズの上に載せ、はいよ…と渡される。

アカンティオンは華奢な顔つきに似合わず、豪快な食べっぷりだ。オルティシアも一生懸命齧《かじ》りついてみたが、新鮮で美味しい。

「……お前。執政官の手先とかじゃないんだよな」

急に声を低くして、本当にツィーンに会いたいだけなのかと質《ただ》される。

「はい…」

どうしてそんなことを聞かれるのだろう。だが、アカンティオンはパンを片手にじっとオルティシアを見ていた。

「お前のことはツィーンから話を聞いてるし……」

「…？」

なんだろう。アカンティオンは言おうかどうしようか迷っているようだ。そして、ふーっと長く息を吐いて、腹を決めたように口にした。

「絶対に、ほかの奴にはしゃべらないって誓えるか？」

こくんと頷く。

「特に執政官には言うなよ」

「はい」

「俺たちは、海賊なんだ」

――海賊？

聞いたことのない言葉だった。アカンティオンは声を潜めた。

「ツイーンは今、船にいる。ここに戻ってこれるのは夜明け直前だ。だが、お前が秘密を守れるなら、船まで連れていってやる」

「……船」

頬を赤らめたアカンティオンは、幸せそうな顔をする。

「今、船が帰ってきてるんだ。磁気嵐の間はずっと停泊してる。……今しか、ラウガには会えないんだよ」

「……」

――ああ、そうか……。

唐突に、アカンティオンの気持ちが読めた気がした。彼はラウガに会いたいのだ。だから、自分を連れていって、少しの時間でも恋人のところにいたいのだと思う。

ツィーンは、海賊船の船員になったのだと教えてくれた。

「本当は俺も乗組員になりたいんだ。でも、ラウガはなかなかうんって言ってくれない。だから、荷受けの時しか会えないんだ」

「…もっと、会いたいのですね」

「うん…」

恋人を想うアカンティオンは素直だ。食べかけのパンを片手にもじもじしている。

「俺の方が色々役に立つのに、ここに来たばっかりのツィーンが船に乗れるなんて……ずるい」

俺がいたら船の飯はずっと美味くなる、とアカンティオンは口を尖《とが》らす。そんな彼が、オルティシアの目には可愛く映った。

素直で情熱的な、宮殿のフィオーレたちと同じだ。皆、大好きな相手のために一途になる。

「誰にも、決して言いません。だから、私も船に連れていっていただけますか」

アカンティオンが笑った。

「おう!」


船に行くのは、夜、皆が寝静まってからだ…と言われて、食事を終えた後は仮眠を取った。ハンモックに使われている綱は麻製で、アカンティオンはちゃんと確かめてくれる。

「お前、麻は平気なほう?」

「…駄目みたいです」

「あ、そ……」

抽斗から大きな絹の布を取り出し、網の上にかける。揺れるハンモックに恐る恐る入ると、アカンティオンが隣に来た。

「詰めろよ」

「…すみません」

ここで一緒に眠るのか…と思うと、多少緊張するのだが、アカンティオンは全然平気のようだ。

「起こしてやるからさ…寝といたほうがいいぞ」

「はい…」

アカンティオンはそう言うなり目を閉じた。残されたオルティシアは、アカンティオン越しに見える紺色の夜空を見つめる。

――……。

誰かの隣で眠るなんて、ジン以外は初めてだ。だが、フィオーレの呼吸も体温も、心地よく身体を緩めてくれる。

――あ、膜が薄くなってる。

アカンティオンの鮮やかな赤い膜が、薄く透けた。近くで見ると、幾重にも重なった赤い膜には、アザミのような模様が浮かんでいて、微妙な濃淡がとても美しい。黄色かと思った模様も、金と黄色のグラデーションで、宝石のようだ。

「…寝ろよ」

「すみません…」

アカンティオンが片目を開ける。けれど寝ろと言ったくせに、アカンティオンはだしぬけに話しかけてきた。

「……お前さあ、もしかしてツィーンが好きなの？それとも、ほんとに執政官って奴？」

「え？」

ハンモックに揺られながら、アカンティオンはぱっちり目を開けている。

「だってさあ…なんにもないのに、わざわざこんなとこ来るか？」

お前の来た理由、ちっともわかんないよ…と言われて、オルティシアもハンモックに揺られたまま正直に答える。

「ジンさんが…好きなんです」

言っていて顔が火照る。でも、誰かに好きな人のことを打ち明けるのは心地よい。

「ツィーンのことも好きだけど、ジンさんには、そういう〝好き〟ではなくて……」

「惚れたってか」

「…はい」

真夜中の内緒話はひそひそとして、甘い想いを告白するのにふさわしく静かに響く。オルティシアはアカンティオンと向き合ったまま話した。

「西の街で会って…どうしてももう一度会いたくてここまで来て…」

「へええ。そいつ、そんなにかっこいいのか?」

「はい」

どんな風にかっこいいんだ、とか、ラウガのほうがきっと男前だ、とか、ふたりで惚気《のろけ》合ってしまったが、そんな他愛無い話が楽しい。

きっと宮殿のフィオーレたちの会話は、こんな風に盛り上がっていたのだろうなと思う。

「…いいな」

急にぽつりとアカンティオンが呟く。泣きそうに顔をしかめていた。

「俺なんか、めったに会えないんだぜ……。お前、毎日会えるなんて贅沢してるくせに、無断外泊とかしてていいのか?」

「……」

「ヤバいんじゃないの?」

「…はい」

きっと心配している。でも、自分はジンを心配させてでも、何か変わりたいと焦っている。

——なんだろう……。

「やっぱりなんか連絡しといたほうが…っておい、お前聞いてんのかよ」

「その膜、どう思った時消えますか?」

「へ…?」

自分でも、思ってもみなかった言葉が口をついて、オルティシアはむくりと半身を起こした。

「……私の膜は、消えないんです」

唐突に、自分を苛《さいな》む不安の芽が何かわかった。

「好きな人の前では、膜は消えるのだと思っていました…でも、私はできないんです」

ジンが好きだ。なのに、このままでは一歩も進めない。

だから〝自分が変われる何か〟を探していたのだ。

「……オルティシア」

　アカンティオンも、ハンモックの上で起き上がった。

「うーん……わっかんないなあ…」

　アカンティオンはオルティシアの膜を摘んだりめくったりしながら唸っている。

「すごいきらきらしてっから、なんか特殊なのかな」

「…そうでもないらしいのですが」

　エミットに聞く限りでは、膜の薄さや屈折率は個体差のひとつだから、機能に差はないと言われた。

　ハンモックの中は、深紅の膜と白銀の膜がふわふわと揺れている。

「俺はなあ、そういうことで困ったことがないし」

「膜は、どうやって離れていくのですか？」

　アカンティオンはきょとんとしている。

「どうもこうもないよ。やりたいなと思ったら消えるさ」

──〝やる〟？

「……」

「…あ、何、お前もしかしてやったことないの？」

──あ…、そういう…意味……。

　あっさり言われた言葉を理解してどぎまぎする。しかも、本当のことを言い当てられて恥ずかしい。

　だが嘘はつけず、オルティシアは目元を赤らめながら頷いた。

　アカンティオンは腕組みをしながら得心したように頷く。

「あー、なるほどねえ。そりゃ、悩むわ」

「あの…」

「これで最初……うん、大変だわ」

「アカンティオンさんも、大変でしたか？」

「んにゃ、全然」

　でもお前は悩むだろうよ…と言われて、オルティシアは正直にジンのキスで防御反応を起こしたことを打ち明けた。

「もう、キス…しても大丈夫なのですが……」

ジンはそれ以上の無理はしない。だから、そこから先は試したこともない。

「誘ってみた？」

「え？」

――何を？

アカンティオンが顔を近づけてくる。

「しよう、って迫っても、膜が脱げなかったのかって聞いてんの」

「あ…え……い、あの…」

しどろもどろで答えにならない。深紅のフィオーレが嘆息した。

「試してないんだろ」

――そんな、自分からなんて……。

言えるわけがない。

「試してないなら、脱げないかどうかわかるわけないじゃん」

「でも、キスは…」

「お前はやる気じゃなかったんだろ？」

――そんなことはないんだけど…。

抱擁以上の希求はあった。けれど、ジンがそれ以上何もしないのなら、進展のしようがないだろうと思う。

だがアカンティオンは当たり前のように言う。

「結局、お前の気持ちの問題なんじゃないの？　お前の身体だろ？」

「でも…」

「…でも、なんだよ」

「……」

「言えって」

「あ、相手にも、そういう気持ちがないと……」

「そいつにしたい気があるかどうか、お前わかんないの？」

「そ……それは……」

改めて言われると、ジンの気持ちを考えていなかったことに気付く。

アカンティオンが呆れて溜息をついた。

「お前がその執政官のことがわからないなら、相手はなおさらお前の気持ちなんかわかんないだろ」

アカンティオンが綺麗な眉を歪めた。

「お前みたいなのに無理強いなんてできないだろ。向こうだって、お前に嫌われるの嫌だろうし」

オルティシアは目を瞠った。

「…そんなこと、考えたこともなかったです」

自分ががっかりされる心配はしても、ジンを嫌うことなんかあるわけがないのに…と思いながら、かつてジンが口に出して言ってくれたことで、自分がどれだけ安心したかを思い出した。

——私は、何も言ってないんだ。

告白して、全てを伝えた気になっていた。けれど、それだけではとても足りないのだ。

ふん、とアカンティオンがひとりで頷いている。

ちょっと得意そうな目をして笑った。

「先輩として、俺がちょっと極意を教えてやるよ」

「え…」

ずい、と迫られ、オルティシアは思わず逃げ腰になる。けれど、アカンティオンは楽しそうだ。

「お前、やり方とか知らないんだろ？」

「アカンティオンさん……」

「知らないと困るぜ、お前さあ、……って知ってる？」

「え？　え？」

ルビー色の瞳が楽しそうだ。ひそひそと、とても口にできないようなことを囁かれる。

——え……。

「でさ……」

——え、え……。

「…だろ、でさ……」

——嘘……。

ボッと頬に火がついたようだ。アカンティオンはその様子を面白がって、余計あれこれ入れ知恵してきた。にこにこして後学のため…とかもっともらしく言う。

「同じフィオーレのよしみだ。とっておきの伎も教えてやるから」

「え、い、いえ……」

「遠慮すんなよ」

「や…あの……お話だけで」

「見せてやるから」

「い、いいいいです……」

逃げ回るオルティシアと追い掛け回すアカンティオンで、ハンモックがゆさゆさと揺れた。


月が、遥か天空高くから光を投げかけている。

アカンティオンもはしゃぎ疲れ、オルティシアも赤面したままハンモックからそれを眺めていた。

ふたりとも眠くて仕方がないのに、心だけが鎮《しず》められなくて眠りたくない。

アカンティオンが呟く。

「……でも、さ。俺だって、お前の気持ちわかるよ」

「…本当、ですか…」

ふたりとも、とろんと眠気に誘われたまま話している。

「俺もラウガに告白する時、すごくドキドキした…」

「アカンティオンさんでも…？」

濃紺の夜空にある星は、まるでビーズのように、つぶらに光っている。

「誰だってそうさ」

笑われるんじゃないか。本気にしてくれないんじゃないか…なかなか好きと言えなくて、素直になれない自分にイライラしたという。

――アカンティオンさんでも、そうなんだ。

綺麗で強くて、怖いものなんてなさそうに見えるけれど、彼でも告白は勇気が要るものなのだ。

「ラウガはモテるからさ。俺なんかが何言っても、とても恋人にはなれないと思った」

「でも、告白したんですね？」

「んー、まあ、告白っていうか」

アカンティオンはそれきりむにゃむにゃと誤魔化す。けれど、寝入り際にぽそっと言った。

「好きなんだもん、隠せないよ……」

――うん……。

オルティシアも、頷いたままうとうとと眠りに落ちた。


「……おい、オルティシア。起きろ…」

「ん…」

いつの間にかぐっすり眠ってしまったらしく、アカンティオンに揺さぶられて起きる。

「やばい、寝過ぎたわ。遅刻する」

焦るアカンティオンに、オルティシアも慌てて目を覚ました。

「物音を立てるなよ」

ひそひそと囁かれて小さく頷く。


外は夜明け前の暗さだ。稼働音が響いていた造船ドックも物音ひとつせず、静かにデッキに下りると、換気用の羽根の回る影だけが、ゆっくりと動いていた。

「こっちだ…」

ひと気のないデッキに、ふたりの薄い膜の影が踊る。コレッガーを使わず、階段で造船している場所まで走る。すると、そこには先客がいた。

昼間会った、荷積めの時の男だ。

袖なしの白い上着に、アカンティオンのような、足首ですぼまっている黒い袴で、前に結んだ帯紐が長く垂れている。後ろには違う衣装の少年がいた。

「…アカンティオン」

「ごめん、今日は俺も行くわ」

男が怪訝《けげん》な顔をする。

「船長の許可はもらってあるのか？」

「重要な用事があるんだよ」

「重要ねえ…」

ふん、と男が軽くいなした。どうせそのフィオーレだろ、という目でオルティシアを見る。

「いいから、急ごうぜ。時間ないだろ」

「遅刻をしたのは貴方ですよ、アカンティオン」

片眼鏡をかけた少年が冷静に言う。随分童顔だ。

「悪かったたって」

少年の指摘を軽く流して、アカンティオンは鉄箱に手をやった。

「お前も手伝えよ」

「はい」

目の前には、昼間コルダーから積み変えた鉄箱がひとつある。

男が屈んで鉄箱の底にあった留め具を外した。どうやら、中に輪が内蔵されているらしい。押せ、と低く言われ、三人がかりで背丈より大きい箱を手で押すと、ゆっくりと動き出す。

片眼鏡の少年が走り寄ってきた。術士とは少し違うが、白地に藤色の、足元までの上着を着ている。

「先導します。そのまま五十歩行ってください」

「ほいよ…」

紙挟みを片手に、少年は歩数をカウントしながら次は左に何歩、前進何歩と航海士のように指示した。

「扉を開けます。合図するまで止まっていて」

ひょいと横から覗くと、小さな身体で鉄の扉を押している。

——こういうのは、動力で開くのでは？

不思議に思って周囲を見てみると、回廊から天井まで点滅を繰り返していた計器類が、ここだけは沈んだように光を消している。

——どういうことなんだろう…。

荷物を運ぶなら、コレッガーを使えばいい。なのに、何故全てを手動にするのかがわからない。ただ、言われるままに鉄箱を押していくと、最後は真っ暗な場所に着いた。

「はい、止まって！」

指示する声が大きくなる。息を吐いたアカンティオンも、もう声は潜めなかった。

「〝下〟を開けるからな」

ついてこいよ、という声に従って、ほとんど光のない場所を歩いた。

「ここが、〝月〟の一番下さ」

この下はもう外なのだという。童顔の少年が、壁の一か所を触ると、そこだけぼうっと青く光った。

片眼鏡をかけなおし、紙束の中からあれこれと選んで、青い光の上に翳《かざ》していく。

「…何をしているのですか?」

「〝術破り〟…」

アカンティオンの得意そうな顔が、青い光に照らされて浮き上がる。翳している紙には、文字ではないものが羅列されていた。

「バイポーラは、術が読める匠なんだ」

順番を目で追いながら、名を呼ばれた片眼鏡の少年が几帳面そうな声で説明してくれる。

「術士は、呪文で結界を張ります。秘された術は全てアンカー家が握っており、術士の塔が守っているとされていますが…」

結界が解かれなければ、他所の船は入ってくることができないし、〝月〟の船も出られない。

「術士が、アンカー家の血筋にしかできないというのは嘘です。あれは、からくりがあるのですよ」

「これが、呪文を紙に書いたものだ」

驚いてアカンティオンを見ると、赤いフィオーレは青い光の中で妖艶に微笑んだ。

「術が使えなくったって、書いてある紙を使えば、結界を解くことはできるんだよ」

――古代の術…。

領主が欲しがっていたものだ。驚いて見つめていると、少年が慎重に翳す順番を変えている。

青い光に紙を当てると、光はチカッと瞬いて了承し、そのたびに青い光の周囲に小さな緑の宝石が現れる。宙に浮いたそれはきらきらと光を反射して回転した。

紙一枚で宝石が浮かび上がってくる時もあるし、三枚続けて読ませないと出てこないものもある。

――すごい……。

どうして、全く文字には見えない呪文がわかるのだろう…。オルティシアは幼い顔をしたバイポーラを尊敬の目で見つめた。

同時に、彼が紙挟みに別な一枚の細長い紙を持っているのに気付く。

――あ、あれが順番？

呪文の紙には右上に番号が小さく書いてある。バイポーラが翳す順番は、数字を羅列した紙に書かれた順と同じだ。

オルティシアは、食い入るようにそれを見た。

バイポーラも、宝石ひとつひとつの点灯を確かめながら、静かに海賊船の発端を語った。

「…我々が最初に船を盗み出した年、評議会はどうせ失敗するだろうと侮っていました」

三か月以上続く磁気嵐の中を耐えられる船はないと誰もが思っていた。地表になど下りることはできない。嵐にぶつかって難破するか、他所の街に命からがら逃げ込むかしかないだろうと踏んでいたのだ。

「今も、あちこちの街に見張りを置いているようですが、愚かなことです。我々は、この〝月〟の真下にいるのですから、捕まえられるわけがありません」

――え……。

巨大な月の都の真下は、まさに嵐を避けるのにぴったりな場所だと少年は言う。大捜索の裏で、海賊船はのうのうと三か月もの間停泊して、次の航海までの食料を調達している。

「見つからないものなのですか？」

アカンティオンは得意気に笑った。

「奴らは、結界が破られているのを知らないからな。なまじっか自信があるから、目視で見ないんだ」

偵察船を、くまなく〝月〟の真下まで走らせればわかることだが、結界の中に異物はいないという認識があるから、探そうとしない。

「こうして、内部に仲間が手引きしてるのも知らないしね」

「……」

オルティシアは言葉も出なかった。

海賊船とは、つまり、不法な船ということなのだ。

確かに、こんなことがジンに知れたら大変だろう。だが、評議会が知っていることなのだから、ジンも海賊のことはわかっているはずだ。

——あ、在外公館って…。

月の都が、突然開国した意図に、ようやく気付く。

最後の一枚を翳すと、青い光は一度点滅して、周りを囲んでいた緑の宝石が一斉に右回りに回転してきらめいた。

ガン、と音がして、床が動いたのがわかる。

外からの風が吹き上がり、床が垂直まで開くと、眼下には大型集光船《リコストル》の甲板が見えた。

「ラウガ！」

開いたハッチに向かってアカンティオンが叫ぶ。

だいぶ下のほうで、風に服を靡かせた男が手を振り返していた。

「よしっ、押せ！」

——えっ！

ここから鉄箱を落とすというのだろうか。

甲板に激突する、と驚いていると、アカンティオンが笑う。

「大丈夫だ、船から出たら接続し直す。これも、れっきとしたコレッガーだから」

「え……」

「いいから押せ！」

わけがわからないまま、とにかく言われた通りに押す。本当に、大惨事になるのではないかとドキドキしたが、先端が扉の空いた先に滑り、荷物が斜めに落下した時、アカンティオンがオルティシアの手を引っ張った。

「…っ!!」

声が出ない。

——落ちる！

落下速度と、びゅうという風が頬を嬲《なぶ》る。もう駄目だ、と思った次の瞬間に、鉄箱は水平にふわりと浮かび、オルティシアとアカンティオンは鉄箱の上に乗っていた。

「…ほら、な。大丈夫だったろ？」

「……」

——大丈夫って……。

コレッガーはゆっくりと下降していく。アカンティオンは、手の中の取り外し式の操作盤を見せた。

「計器類を使うと、匠たちにばれるんだ。完全に痕跡を隠すなら、〝月〟の中では全部人力でやるしかないのさ」

恐ろし過ぎて、まだ声が出ない。笑っているアカンティオンに、オルティシアはようやく声を絞り出した。

「……死ぬかと、思いました」

ハハハ、と楽しそうな声が夜空に響く。そして甲板に到着するより早く、アカンティオンは立ち上がって船で見守っていた男の胸に飛び下りた。

「ラウガ！」

「なんで来たんだ」

「こいつを連れてこなきゃいけなかったんだ」

アカンティオンの言う通り、勇猛な感じの男だ。鬣《たてがみ》のような銀灰色の髪に強い銀の瞳。アカンティオンに似た袷の上着だが、くっきり割れた腹筋まで見えるほど前が開いていて、黒く膨らんだ足元は風にはためいている。腕当てと肩当てには銀鎖が垂れていて、いかにも雲海の猛者というなりをしていた。

「あいつはツィーンの言ってたフィオーレなんだよ」

「ほう…」

感心したようにラウガがオルティシアを見る。アカンティオンは、いいから俺を見ろよ、と抱き留められたまま、くいっとラウガの両頬を手で包んだ。

「俺に逢《あ》いたかったって言えよ」

野趣に溢れた海賊が笑う。

「もちろんだ。ずっとお前に逢いたかった」

満足そうにアカンティオンが微笑んで唇を重ねた。獰猛《どうもう》な雲海の覇者の頭を抱き、唇を味わう姿は、官能的なのに美しい。

月光に照らされるふたりを見ながら、オルティシアも甲板に下りた。


「オルティシア…」

甲板に上がってきた船員たちの中に、ツィーンがいた。ツイーンの身なりは護衛の頃とほとんど変わっていないが、海賊たちに交じっても全く違和感がない。

「ツィーン」

「どうして…ここに……」

驚いた顔のツィーンに、オルティシアは考え考え答えた。

「ツィーンを探しに、街に下りて…色々な人に助けてもらって……それで、アカンティオンさんに、連れてきてもらって…」

ツィーンは何か言いかけたきり、言葉にならないようだ。片手にフィオーレを抱いた船長が覇気の強い声で言った。

「アカンティオンの洗礼に耐えられたのなら、なかなか根性が据わってる。なんなら、お前もこの船に乗るか？」

「駄目だよ。コイツは執政官のとこの居候なんだぜ」

「…なんだ。お前はそんな厄介なものを連れてきたのか」

顔をしかめた海賊に、アカンティオンはしゅんとなる。

「だって……」

ほかの船員は、箱付きのコレッガーから、荷を運び出す作業をしている。船長はアカンティオンを片手で抱いたまま近づいて問うた。

「ツィーン」

「…」

「どうする？　連れていくか？」

ツィーンがオルティシアを見た。

「何かあったのか？」

心配してくれるツィーンに、オルティシアは首を振る。

「…違います。でも……」

一言で説明できない。口ごもると、船長が低く響く声で言った。

「荷を積み変えるまでに半刻ほどある。その間に決めておけ」

それだけ言うと、アカンティオンを抱いて船室に下りていった。

「………」

「……」

甲板は賑やかだ。こんなに騒いだら見つかるのではないかと心配になるのだが、見上げると小さく一か所開いた鉄床以外はどこまでも銀色の船底のような湾曲が広がるばかりで、むしろ寂しくなるほど何もない。

しばらくお互い無言でいたが、オルティシアが尋ねた。

「荷運びを、手伝わなくていい？」

「大丈夫だ。人手は足りてる」

「どうして……」

「どうして…」

問い合う言葉が重なって、ふたりとも遠慮してしまう。結局、オルティシアが答えた。

「公館に行ったら、都の移住権をもらったと聞いて…でも、そんな話はジンさんから聞いていなくて」

「断ったんだ…」

「え……」

月光に、黒髪が照り返っている。ツィーンが苦笑した。

「俺は傭兵が性に合ってる。だから断った」

それだけだと言う。船長に声をかけられたのも偶然だったのだと言われた。

「航海士に興味があったし、やっぱり船が好きなんだろうな」

西の街にも、他国のリコストルに乗ってやってきた。護衛は、異例の長い契約だったとツィーンは言った。

「……この船は、術士を乗せていないんだ」

結界は、バイポーラがやったのと同じように、写した紙を使っているらしい。さらに、磁気嵐の中でも航海できるのだと言う。

「ここに来る道のりでも、途中から手動で航海していただろう」

計器に頼らずとも、航海士の腕ひとつで雲海は渡っていけるのだ。

「評議会は、そんなことができないと思っているから、この船を拿捕できない」

見つからないから都の真下にいるが、発見されたら嵐の中でも出ていける。船長の自信は、この技術に裏付けされているのだ。

ツィーンは、いつになく言葉を重ねた。

「乗組員は皆、どこの氏族にも入れずファルツァに拾われた連中だ」

本当は、ファルツァの長も海賊船の正体はわかっているはずだとツィーンは言う。

「けれど、黙っているだろう。彼らにとって、この船が捕まらないことは、誇りなんだ」

都で最高水準のリコストル。それはつまり世界最高の船ということだ。

自分たちの技術の粋を極めたリコストルが自由に雲海を航行していることが、密かな矜持《きょうじ》になっている。

「拿捕船とかも作ってるらしいが、評議会の言いなりで作る船なんて、楽しくはないと匠が言っていた」

この船は、本当に誰にも命じられず、ただ匠たちの情熱だけで生み出された船だ。それ故に、自由を手にした船への、密かな支援には目を瞑っている。

「アカンティオンや、術破りの連中以外にも、協力者は多い。こうやって、荷を誤魔化したり、色々やってるからな」

不法なことだ。けれど、ツィーンもほかの船員たちも本当に楽しそうで、オルティシアは何も言えなかった。

穏やかな貌で、ツィーンが問う。

「執政官殿に、言うか？」

首を横に振る。

「お前はそう、器用じゃないと思うが」

想う相手に隠し事ができるか…と尋ねた後、ツィーンが呟くように言った。

「一緒に、この船に乗るか？」

「……」

このまま都を離れるか…。そう問われた時、瞬間的にジンの顔が浮かんだ。

「その顔なら、無理だな」

「…ツィーン」

ぽん、と頭を撫でられる。

「当たり前だ」

それでいいんだと言われて、泣きたくなった。

ジンを選んだら、ツィーンとはもう会えない。

荷は積み変えを終え、空の箱には鉄鎖が巻かれた。準備完了、と誰かが言い、船室に向かって走っていった。

――帰るんだ…。

船長を呼んでくるのだと思う。アカンティオンは〝月〟に戻るけれど、ツィーンはどうするのだろう。

「ツィーンは……」

「俺も戻るが、一時的なものだ」

船からは交替で人が戻るのだという。次の旅までに必要な荷の調達や、メンテナンスの技術取得も兼ねている。

「もう、二度と会えない？」

どんな時も傍にいてくれた武人が、やわらかく笑った。

「会いたければ、きっといつでも会えるだろう。俺がこうして海賊船に乗っても、会いにきたんだから」

本当にすごいなと言われて、改めて自分でも幸運に感謝した。

千万やアカンティオンに出会わなかったら、見つけられなかった。

「いや、お前はきっと見つけていたよ」

ツィーンが断言してくれる。

「運だけじゃない。お前は見つかるまで頑張るだろう」

だから大丈夫…そう言われると不思議とその言葉を信じられた。

心が落ち着いていく。世界のお尋ね者の海賊にでも、会いにいける気になってしまう。

「うん…」

頷いて立ち上がり、鉄箱のほうへ行くと船長がいた。アカンティオンはまだ子供みたいに船長の片腕に抱っこされていて、その首に腕を回している。


船長が、軽々とアカンティオンを鉄箱の上に乗せようとすると、華やかな紅い膜が夜風にひるがえり、アカンティオンはしがみついた。

「やだ！」

「アカ」

「船に乗せてよ、一緒に連れてって」

「我儘を言うな」

いつものことなのだろう。船長は動じない。笑っていないし、小柄なフィオーレを戻る鉄箱に置こうとすると、アカンティオンがじたばたと抗《あらが》った。

「一年のうち、会えるのはたったの三か月なんだぞ！　フィオーレを枯らす気かっ」

アカンティオンは半泣きだった。ほどこうとする手を拒み、逞しい船長の頭を抱いて離れない。

「船に乗せてよ……俺を置いてかないで……」

「アカンティオン……」

ぎゅっとしがみついてくるアカンティオンを見やり、やがて凄《すご》みのある笑みで、ふと息を吐いた。

「わかった…」

ぽんぽん、と背を叩く。

「いいだろう。今度の出港の時は、お前を連れていく」

「本当っ？」

アカンティオンが首筋にくっついていた顔を上げた。瞳がきらきら輝いている。

「ああ…だが、それでこの都とも本当に別れる。お前がいないなら、戻る必要はないからな」

そのつもりで荷造りをしろと言われ、アカンティオンは船長の片腕の中ではしゃいだ。

「荷物なんか何も要らないよ！」

「匠たちにはきちんと挨拶をしてこい。仁義は通せ」

「うん！」

嬉しい、と抱きついて離れないアカンティオンを、船長は苦笑気味に見守っている。オルティシアはふたりの姿に目が離せなかった。

——……。

誰かを想う気持ちは、なんて美しいのだろうと思う。アカンティオンの激しい感情に、オルティシアは、自分の中に抑え込んでいた気持ちを揺さぶられた。

——あんな風に……。

彼のように想いをぶつけたい。好きな相手からの愛情を願うだけでなく、自分の気持ちを伝えたい。

——ああ、そうなんだ……。

迷っていた気持ちが固まる。

——愛したい。

本当の自分は、ジンの傍にいたくて仕方がない。迷惑がられても抱きしめたいし、触れたいし、身も心も愛したい。

——……。

胸にしまっていた想いを形にすると、恥ずかしくて顔が赤らむ。自分でも、そんな大胆なことを考えていたのだ…と驚くくらいだ。

——〝努力〟ではないんだ…。

愛は、頑張るものではない。身内から自然に溢れてくる気持ちそのものだ。

自分の感情を素直にできる、アカンティオンたちのようになりたい。

すっかり上機嫌になったアカンティオンが、鉄箱の上で〝早く来いよ〟と手を振っている。隣で、ツィーンが手を差し伸べていた。

オルティシアも笑顔で頷く。

「うん……!」

鉄鎖を巻いた大型コレッガーは、アカンティオンが手に持っている操作盤の指示でふわりと浮く。

オルティシアは深く息を吐いた。ジンを想う胸が、トクトクと鼓動を速める。

――会いに戻ろう。

コレッガーは〝月〟の基底部まで浮上し、同時に底板が閉まるために迫り上がってくる。掬い上げられるように底板に着地する時、同時に操作盤を切らしい。タイミングを見計らないながら、アカンティオンが地平線を見た。

「見ろよ、夜明けだぜ…」

◆◆◆

ジンは、ともすれば眉間に深い皺を刻みそうになるのを抑えて、最高評議会の議場にいた。

八角形の議場は天井が高く、人々のざわめきまでが上のほうに反響している。純白の柱は面取りされていて、幾何学的なフォルムでそびえ、その間に規則正しく白い格子の縦長窓が嵌まっている。元首席を中心に、円を描くように議席が幾重にも並ぶ。評議員のテーブルも椅子も光沢のある白で、議場そのものが〝清廉と公平〟を象徴していた。

重要な政策は各氏族ごとに国に持ち帰り、意見をまとめた上で最高評議会で審議される。今はその審議の期間だ。ジンは自分が抜けられないことに焦りながら、オルティシア捜索の情報を待った。

彼が戻らないまま、一晩経っている。

一番可能性が高いのは誘拐だ。オルティシアの姿は研究室以外にも、色々な場所で見られている。そのような理不尽なことがあるとは思いたくないが、フィオーレを所有物のように思っている輩がいないとは限らない。

一刻も早く救出せねば…と、目撃情報を集めるとともに、部下には貴族階級で不穏な動きがなかったかを密かに探らせていた。

本当は、審議など投げ出して探しにいきたい。だが、それが許される立場ではない。

市民の目撃情報を入手してきたのは、部下の揣摩だった。審議中に文書を渡す振りをされながら、そっと耳打ちされる。

「ファルツァに向かった姿を見た者がおります」

――ファルツァ…？

予想外だった。

フィオーレを所有したがるのは、特権階級ばかりだ。貴族でなかったとしても、おそらく富裕層が住むエリアではないかと推測していたのだ。

市街地は、三つの氏族が居住の大半を占める。オルランドゥーニ家は、その二番目に当たる勢力だった。

ジンの氏族は、元々研究者や学者の多い一族だ。限られた空間で生きる月の都を維持するために、様々なものが植物や菌から生産された。

大昔は、煮炊きひとつにもわざわざ木を燃やしたそうだが、今、炎を扱うのは特別な氏族のみに許された技術だ。暖を取るのも灯りを得るのも、集光機を使えばいいし、動力もこれに頼っている。

建築素材や造船に使う鉄なども、菌が光と空気から作り出してくれる。その要となる培養曹を開発・建造したのがオルランドゥーニ家だった。

重要な産業を支配し、ジンの氏族は人数以上の重みを持っている。都の人々が飢えずに暮らせるのは、オルランドゥーニ家の力なくしてあり得ない。

当然、氏族は市街地の最もよい区域に住み、耕作地の占有面積も大きかった。直系支配家であるジンの家のほかに、一族は官民問わず有力な職に就いているため、評議会にも血縁者が多い。

オルティシアの捜索に関しては、ともに使節団として赴いた従弟にも事情を話してあった。貴族層のエリアにいなかったとしても、市街地なら必ずこの富裕階級を疑うべきだと思っていたのに、何故、ファルツァなのだろう。

――あのあたりは軍も手を出しにくい…。

もし、本当に目撃情報が正しいのだとしたら、何故そんなところに向かったのだろう。

もしかして、誘拐などの事件ではないのだろうか。

――しかし、自分で出ていく動機がない。

コレッガーさえ怖がって乗れなかったオルティシアが、たとえ興味本位でも自ら市街地に行くとは考えられなかった。それに、もし行きたかったらまず自分に言うだろうと思う。

誰かの心配を考慮できないタイプではないし、ひとりで勝手に出歩けるような行動力があるとは思えない。もし、百歩譲ってオルティシアが自分で市街地に下りたのだとしたら、それは帰らないのではなく帰れなくなったのだろう。

――迷子の線はあるが…。

身体に危害が及ばないかだけが心配で、貴族階級への捜索を進めていたが、目撃情報が正しいのなら、見当違いだったということだ。

「……」

だとすると、もうひとつの可能性も考えなければならない。

――ツィーンに会いにいったのか…？

だが、オルティシアはツィーンの行方は知らないはずだ。公館に問い合わせたが、ツィーンは職を辞したという。ジンも彼がどこへ行ったかは知らない。

――彼から連絡を取るとも思えないし…。

ツィーンが護衛の任から下りたという話を聞いた

後、ジンは公館を訪ねていた。

オルティシアへの配慮に対する礼も含めて、移住について提案はしてみた。もしこの都に留まってもらえるなら、オルティシアにとっても心強い。そう思ったが、ツィーンは丁寧にそれを辞した。

ジンも、それはもっともな答えだと思う。

彼の腕は確かだろう。おこぼれのように市民権をもらわずとも、彼ならどこでも自由に生きていける。

だが、断るということは、彼にとってオルティシアはもうそれほど重要な存在ではないということだ。

だから、オルティシアには言えなかった。

彼はきっと悲しむだろう。自由を選んだツィーンに、捨てられたと思ってしまうかもしれない。

――もしかして、聞くのも遠慮したのか？

もしどうしてもツィーンに会いたいなら、オルティシアはまず自分に言ってくるのではないかと思う。だが、公館に行ったかどうかもオルティシアには聞かれなかった。


そんなことすら尋ねられないのなら、なおのこと、彼が自分から行方もわからないツィーンを探すはずがない。

やはり誘拐の線が一番強いと考えるべきだ。

――迷っている場合ではない…。

連れ去られたのなら、こちらから探さない限り、オルティシアは見つからない。ジンは会議の終了と同時に、単独でファルツァに向かうつもりでいた。


「ジン…」

議場の階段を足早に下りていると、従弟のアロトが傍に来た。

「あのフィオーレが見つかったのか？」

「いや…だが、市街のほうで目撃者がいたそうだ」

年の近い同族の評議員は、端正な顔をしかめる。

「まさか、自分で探しにいく気じゃないだろうな」

周囲を窺うように目を走らせ、従弟が忠告してきた。

「部下に任せておけよ。オルランドゥーニ家の長がフィオーレを持ってると知られたら、色々面倒だ」

ジンは溜息をつく。従弟でさえこの認識なのだ。

「オルティシアとは個人的な関係だ。それに、所有じゃない」

「誰がそんな綺麗事を信じるんだ」

「アロト…」

ぐっと顔を近寄らせ、整った眉を顰める。

「世間的にはどう見たって西の街からの賄賂だ。これがドルナシオンあたりにばれてみろ、次の元首選にも出られなくなるぞ」

お祖父《じい》様の顔に泥を塗る気かと諭され、ジンは立ち止まって次々と評議場を出てくる貴族たちを見た。

「……」

どの代表者も、都の覇権を握るのが最終目標だ。

頂点たる元首の座に就けば、自然とその氏族も権力を握り、自分たちの有利なように法を整えることができる。武力による争いのない閉じた世界では、これが唯一の下克上だった。

現状に不満を持っている者が、一発逆転で豊かな資源を手に入れるには、氏族を大きくするしかない。だから、本当はそんなにこだわりなどないくせに、それぞれが自分の所属の氏族に対して執着する。

――元首の座…。

オルランドゥーニ家は有力氏族だ。元首の座は、氏族の長なら必ず一度は就任する役職になっている。

ジンの祖父は、中でも最大の五期十五年を務めた名高い政治家だ。学究の道へ進んでしまった両親の分も、ジンの元首就任は一族に期待されている。自分も、氏族の長として半ば義務のように考えていた。

だが、それはどれだけ魅力的だろうか…?

自分が愛した相手すら探しにいけないほど不自由な権力は、自分にとってどこまで必要だろう。

レリーフの刻まれた観音開きの扉から、ドルナシオンが出てくるのが見える。アロトも警戒したようにそれを見つめていた。

政敵は多い。彼らは少しでも瑕疵《かし》を見つけたら、引きずり落とそうと画策する。旧王族のアンカー家でさえ、選挙でなければ元首にはなれず、それ故に、ドルナシオンには敵対されている。

慎重に振舞うべきなのはわかっている。それでも、ジンはオルティシアを探したかった。

ジンは、目が合ったドルナシオンに形式的な目礼をし、アロトを振り返った。

「忠告はありがたく受けておく」

「ジン！」

そのまま階段を駆け下りる。部下たちとは別に、自分ひとりで探すつもりで、移動塔に向かった。


「市民から直接証言を取りました。少年が道案内したようです」

揣摩がコレッガーを手配しながら、兵の駐留舎で経過を報告した。

人を探している…と言っていたらしい。珍しい異種族のことは覚えている者が多く、牛乳運びの少年が地階層に連れていったことまで判明した。

――やはりツィーンに会おうとしたのか…。

だが、ジンにとってはそれ以上に、オルティシアが〝自分の意志で向かった〟のが驚きだった。

彼にそんな大胆なことができるとは、到底思えなかったのだ。しかし、証言は確かだ。

「私はまず、その牛乳運びの少年を当たろうと思っております」

揣摩の申し出に、ジンが頷く。

「わかった。そちらは任せる。私は先にファルツァに行ってみる」

「執政官殿！」

自分で動く気か…という顔をした部下に、ジンは手早くコレッガーを引き寄せて言った。

「これは本来私個人の問題だからな。君も、ほかの仕事が詰まっているだろう。一通り事情聴取したら、引き上げてくれ」

オルティシアが自分の意志で向かったのなら、危険性はぐっと下がる。それならもう、誰の手を煩わすことなく、自分が探せばいい。

「しかし…」

「私的なことにしておきたいのだ」

「……は」

揣摩は穀倉地帯に向かい、ジンは市街地の端にある側壁に向かった。コレッガーはヒュンと空気を切りながら街の上空を飛ぶ。

――ファルツァか…。

ファルツァはほかの氏族と違って、個人主義が強い。個人の意思を尊重しているというより、頑固職人の集まりなので、そもそも皆言うことを聞かないのだといわれている。

――高速船も、一向に進まないしな。

揣摩に進捗を見に行かせているが、遅れは全く改善されない。本当は磁気嵐が止む頃には出艇させたかったのだが、納品は無理、とにべもなく宣言されている。

何故だろう…とジンは不思議に思う。

今度の造船は評議会の決議によるものだ。船は国家予算で買い上げられる。ほかの氏族に比べても豊かとはいえない彼らにとって、確実な収入となるはずなのに、彼らはまるでそのことに頓着しない。

――そもそも、海賊船自体がそうだった。

あれほどの船を盗まれたというのに、彼らは何も探そうとしなかった。そのために内部犯行を疑われたが、結局首謀者は見つからないままだ。

だが、ファルツァにとっては膨大な損失となったはずだ。あの船を売るのならば、どの商人も言い値で買っただろう。かなりの収益になる。

――その前に、評議会が差し止めるだろうがな。

軍艦を凌駕《りょうが》するほどのリコストルを民間に卸させるわけにはいかない。最新の技術を搭載しているのだ、どの氏族も奪い合いになる。そして評議会は国外への技術流出を懸念して、就航に反対するだろう。

――それが理由なのかもしれないな。

評議会が買い上げたら、ファルツァにとって利益にはなるが、船としては使われないままとなる。学術的資料として保管されるだけだ。

船は海賊が奪っていった。だが、彼らの粋を極めた技術は、誰にも邪魔されずに雲の海を自由に航行しているのだ。

もし、ファルツァが財よりも船としての自由を望んでいたら？

そうだとしたら、宝物蔵にしまわれるより、盗人に与えたほうがよいと思うだろう。

「……」

ジンは、地階層を進みながら、改めて寡黙な氏族の誇りについて考えた。


「…執政官殿」

「突然ですまない。私用で来ている」

ファルツァの長に挨拶をすると、油まみれの大きな前掛けをかけた禿頭《とくとう》の大男が、船の前で手を止めた。彼らは身分を問わず独特の袴姿をしていて、長は尊崇されているが、現場から離れることがない。

財に興味を持たない、と言われているのはこのためだ。ジンに対しても、礼儀は示すが特に評議会の人間だからとへりくだることはなかった。

ジンも、丁寧に人を探していることを告げた。

「…フィオーレですか……」

「アレじゃないですかね、長」

隣にいる匠が、建造中の高速拿捕船の向こうを顎で指した。

デッキの上で、赤い膜がひらひらして見える。そのもう一階上に白銀の膜が見えて、ジンは軽く目を見開いた。

オルティシアだ。

長は言葉少なく答える。

「ああ、なんだか、増えたようでしたね」

元々、あそこに住んでるのはフィオーレだから…と言うと、あとはそっけなく作業に戻った。ジンは頑固な職人に礼を言った。

「迎えにいってもいいだろうか」

「…ご自由に」

断りを入れるものでもない…というように、あとは興味も示されない。ジンは苦笑いして、船から離れた。

デッキへ上りかけると、重機が響かせる低音の中で、軽やかな笑い声がする。

「できるって、やってみ！」

「でも…」

「フィオーレは身体が軽いんだ。大丈夫だから」

――何をしているのだ…？

デッキは、換気口から光が射して、回る羽根の影が規則正しく円を描いている。

怪訝な顔で見ると、デッキで真っ赤な膜のフィオーレが手を広げている。その先を追うと、オルティシアの白銀の膜がふわりと舞い上がっていた。

周囲には、緑の長衣を着た子供や、匠が着る上着姿の者もいる。皆、口々に励ましていた。

「では、合図をしたら蹴り上げてください」

せーの、と声を揃え、飛べ、と言った瞬間に、換気口の上からオルティシアが飛び下りていた。

「…！」

大丈夫か、と足が浮き上がりかけたが、オルティシアは尻もちをついたまま笑っている。

「ほら、大丈夫だったろ？」

「…転んでしまいました」

「着地がイマイチだっただけで、成功だよ」

できてるできてる…と赤い膜のフィオーレはざっくりと評価した。

「じゃ、次な。こっから船んとこまで」

「え、もっと？」

デッキから、ドックの底まではかなり高さがある。オルティシアも驚いていたが、フィオーレは当たり前、と腰に手を当てた。

「ここに弟子入りしたいんなら、最低限でもこれはできなきゃだぜ。いちいち階段なんて使ってられるか」

「…はい」

——なんだと？

弟子入りだの、ドックまで飛び下りろだの、随分荒っぽい話だ。だが、オルティシアは困った様子もなく、できるかな…と真剣な顔をしている。

ファルツァの子供と思われる片眼鏡の少年が、冷静に声をかけた。

「皆さん、昼食の時間です。過度な訓練は効果的ではありません。休憩しましょう」

「おーっ！　俺、ミルク持ってきたんだぜ」

「お前、配達いいのかよ」

「大丈夫だよ。ちゃんと済ませてきたって」

メシな、と言いながらフィオーレは階段を上がっていった。オルティシアも楽しそうにその後に続いていく。ジンはそれを、呆気に取られて見ていた。

「……………」

今朝まで、オルティシアは誘拐されたのかと思っていた。怖い思いをしているのではないか、一刻も早く助けなければ…と焦っていたのに、当のオルティシアは楽しそうにしている。

毒気を抜かれて、怒る気にもならない。

——それにしても…。

今まで、あんな表情は見たことがなかった。ジンは、肝心のツィーンがいないことも、なんの練習をしているのかもどうでもよくて、ただ、自分の知らないオルティシアの姿に驚いていた。

換気口の上は、ちょうど屋根裏のような造りになっている。彼らはそこを使っているのだろう。デッキに行くと、上からは賑やかな声がした。

「ハムを載せると美味いんだ」

「チーズ、厚めに切りますね」

「あの…お茶の葉はこの壺ですか？」

——……。

造船所を振り返ると、匠たちは黙々と仕事をしている。あちこちで溶接の火花が上がり、子供たちに構う様子はない。ジンはそのまま階段を上がった。

上がり切らない程度のところで、声のするほうを見る。斜めに交わされた柱の下にハンモックが吊り下げられていて、その下で四人が楽しそうに食事をしていた。

「……」

オルティシアが笑っている。はにかむような微笑みではなく、まるで宮廷にいた無邪気なフィオーレたちと同じように、美しいミントブルーの瞳をきらめかせ、同胞と笑い合っていた。

別世界を見ているようだ。

——彼は、こんな顔をするのか…。

彼がこんな風に笑うことも、こんなに楽しそうに食事をするところも、見たことはなかった。

弾けるような笑顔をした、自分の知らないオルティシアは、太陽に向かって葉を広げる夏草のように美しかった。

光の中で、オルティシアがはしゃいでいる。それは、今まで見たどの彼よりも魅力的だ。

——まいったな……。

彼を〝守ってやる〟など、おこがましい話だ。オルティシアは庇護などなくても、こんなに力強く魅惑的なのに…。

ふいに、ツィーンの言葉が脳裏に甦った。本当の彼は強い…そう言った護衛の慧眼《けいがん》に恐れ入る。

——本当だ…君は逞しいんだな。

たおやかな姿からは想像もつかないほど、まだ彼の中にはたくさんの引き出しがあるに違いない。オルティシアはまだ、自分の可能性を試している最中なのだ。

「……」

仕事も住む場所も、彼のためによかれと思って整えた。要らぬ苦労をさせたくなくて先回りしてしまったが、もしかしたら、知らないうちに彼の可能性を狭めてしまっていたかもしれない。

――独占欲だったのか。

安全を名目に囲い込んで、自分の手の中に閉じ込めてしまうのなら、あの領主と変わらない。

眩しく見つめながら、少し反省する。

きっとオルティシアはまだまだ変化していく。だが今は少年たちに囲まれて、まだ大人しいフィオーレのままで、先輩風を吹かせる彼らにあれこれ言われている。

「午後はさ、匠たちに紹介してやるよ」

「あ…でも、もう帰らなければ」

「また来るんでしょ？」

ほかの氏族の子だと思われる、緑の服の少年がオルティシアを覗き込む。

「俺さ、なんだったら迎えにいってやるよ」

貴族の家にもミルクを配達している…と言うのを聞いて、彼が件《くだん》の目撃証言の人物だと特定する。

「送ってってやるから、オルん家を教えてよ」

名は縮めて呼び捨てにされ、すっかり仲間扱いされているが、オルティシアは嬉しそうだ。

部外者にも気付かず、ようやく全員で腰を上げて移動しようとし、やっとジンを見つけた。

「ジンさん」

目を丸くしたオルティシアに、ジンは笑いを堪《こら》えるのが精一杯だった。

◆◆◆

「…あ、あの」

不意打ちで現れたジンに、オルティシアは声を詰まらせた。

たくさん、言わなければならないことがある。

勝手に出かけてごめんなさいと謝らなければなら

ないし、連絡もせず、きっと心配をかけただろうと思う。けれど、顔を見たら、感情が込み上げてどれも言葉にならないのだ。

賑わう輪から離れ、気付いたらジンの元へ駆け出していた。

白銀の膜が、ひるがえって光にきらめく。

「オルティシア…」

躊躇わずにその胸に走っていける。まるで、ずっと閉じ込めていた胸の中の箱を開けたようだ。

奥から気持ちが溢れていく。オルティシアはジンを見つめ、心のままに抱きしめた。

こうしたかった。込み上げる愛情を、そのまま注ぎたかった。

抱き上げられると、ジンと見つめ合う高さになる。オルティシアは少し驚いた顔をしているジンに唇を寄せた。

触れると、体温となまめかしい感触に蕩けそうだ。

——好き……。

そのままうっとりと目を閉じて、すんなりした腕でジンの頭を抱きしめる。

少し驚いたような気配が、微笑みに変わる。身体は軽々と片腕で抱きしめられ、長い指が頭を包みながら撫でた。

いつまでもこうしていたい…。身体を預けてとろんと見上げると、唇が離れてジンの苦笑が目に入った。

「…まったく、これでは怒れないな」

——ジンさん…。

ごめんなさい、と今頃言ってみたけれど、ジンはやはり苦笑しただけだった。

「君には私も謝らなければならないことがあるが、それはそれとして、まずはエミットに謝罪をすべきだね。連絡もなしに出ていくのは駄目だ」

「…はい」

一通り落ち着いてから、ジンにはちゃんと怒られた。どんな理由があっても、心配をかけたのだから当然だ。さらに、執政官が来た…と身構えたアカンティオンや千万たちにも、ジンはきちんと対応していた。

「オルティシアが世話になった」

「お…いや。それほどでも…」

千万はたじたじになってアカンティオンの後ろに隠れ気味だ。アカンティオンは、本当はちょっと怖いのだと思うけれど、精一杯強がって踏ん張り、オルティシアを見、こそっと囁く。

「……認めてやってもいい」

確かに、かっこいい…とちょっと赤くなりながら言ってくれるのが、自分が褒められたようで嬉しい。オルティシアは初めてできた〝友達〟に笑みを向けた。


ドキドキする。

コレッガーを返し、心配をかけたエミットに謝り、大急ぎで残した仕事に戻ったジンに、再び会えたのは夜になってからだ。

花園では、軀体の向こうの紺色の空に月が浮かび、晴れているのにオーロラが光のカーテンのようにたなびいている。

夜の磁気嵐は、昼間以上に幻想的だ。時おり光が結界の上を走り抜け、七色の光が花園に差し込む。

向き合うジンを見つめると、鼓動が鳴り止まない。だがそれは今まで感じていた緊張感とは別だ。

――好き…。

想う気持ちのままに手を伸ばした。

ジンは見守って待っていてくれる。オルティシアはキスしながらジンの首に腕を回した。

「オルティシア…」

ずっとこうしたかった。

「すき…」

甘く感情が零れる。黒髪を撫でていると、愛おしさに堪え切れず、オルティシアは何度も頰に唇を寄せた。

もっと触れたい。触れれば触れるほど相手がもっと欲しくなる。

抱きしめ返してくれる手が、オルティシアの髪と肩を抱いた。

心地よく低い声が頰を掠める。

「君は…」

唇を離して見上げると、端正な瞳が、困ったような楽しそうな笑みを含んでいる。

「…自分がどれだけ魅惑的か、わかっていないだろう」

「…?」

「この状況で堪えるのは、だいぶ難しいんだよ」

苦笑する声は優しい。オルティシアは甘えて寄りかかったまま頷いた。

「…もっと」

触れたい…と喉元に顔を埋める。心臓は鳴りっぱなしだけれど、気持ちが止められない。

首に回した腕で強く抱きしめると、穏やかなジンの声がした。

「…君に誘われたと思っていいのかな」

「はい…」

オルティシアは甘くきらめいた瞳でジンを見上げる。ジンが微かに笑って鼻梁《びりょう》に唇を落とした。

「光栄だね…」

——……ぁ。

上唇を悪戯のようにめくられ、啄《ついば》まれる感触にオルティシアは思わず目を瞑った。頰を包む手が後頭部を抱き、髪の間を指が滑る。

——きもちいい……。

口腔《こうこう》の熱が、脳を陶酔させる。オルティシアは抱き寄せられるままに寄り添い、広い背中に腕を回した。

身体の芯が熟れたように疼く。

「…ん………」

軽く吸い上げられていた唇が、顔を傾けるようにして割り込まれ、喰《は》むように深くなった。ちゅっと淫らな音が耳をくすぐって、体温が上がる。広がる快感に、オルティシアの身体は知らないうちにうねっていた。

微かに唇が離れて、低くジンが囁く。

「本当に大丈夫？」

「…はい…」

大丈夫。心からそう思える。

「…嫌だと思ったら、言うんだよ」

ふたりはそのままソファに寄りかかるように草の上に座った。

時おり花々が微風にそよぐ。結界の内側は穏やかな世界だ。さっと虹色の光が走ってふたりを照らしていくが、磁気嵐の轟きは聞こえてこない。

「向こうへ行く？」

ベッドへ、と目が示している。だがオルティシアは首を振ってその身体を抱きしめた。

ここがいい。このまま、どこにも行きたくない。甘やかすように髪を掬い、ジンが微笑う。だが、眉根を寄せた目元は艶を宿している。

オルティシアはジンの首筋に手で触れた。人肌のぬくもりがざわざわと心を震わせ、指先で喉元をなぞる。

白いシャツの襟がその先を塞いでいて、もっと触れたくて指を迷わせていると、ジンがジャケットを脱ぎ、シャツをはだけて触れやすいようにしてくれた。

「…」

胸元に頰を寄せると鼓動が直に聞こえ、オルティシアはうっとりと目を閉じた。

「膜が、薄くなっている…」

――え…。

言われて目を開けるともう身体の線がうっすらわかるほど透けていた。

「これは触れても大丈夫？」

「…はい」

オルティシアはジンを見上げて微笑んだ。

ジンと抱き合いたい。ジンを全て受け入れたい…。

そう思った時、膜はジンが肩に触れただけで滑り落ちていった。

あんなに悩んでいたのに、なんだったのだろうと思うぐらい呆気なくて、膜はきらきらと淡い光を放って消えた。

裸は、少し気恥ずかしい。

――誰にも見られたことがなかったから…。

ジンの視線に目を逸らしていると、向かい合わせた腰に、手が回された。

「初めて君を見た時…」

心地よく低く響く声が言う。

「美しい人だと思ったんだ」

けれど…とジンは強さを秘めた瞳を和ませる。

「昼間見た君は、もっとずっと魅力的だった」

「…ジンさん」

「今までも、何度もそう思ったことがある。君は、やはり光の中で笑っているほうが美しい」

綺麗に整えられた宮殿の中よりも、ずっと生命力に溢れていた、と言われて、オルティシアはジンの髪に指を滑らせて微笑みかける。

「また、彼らのところに行ってもいいですか」

「…まさか、本当に〝弟子入り〟する気かい？」

静かに笑う声が夜の庭に吸い込まれていく。オルティシアは抱き寄せられたまま告白した。

「ジンさんのようになりたいと思っていました」

初めは、優しい人だから好きになったのだと思う。けれど、自分の胸をときめかせるのは、ジンの揺るぎない強さと気品だ。

「貴方のように強くなりたい」

だから、そのためにまず自分はあの場所で色々なことを学びたいのだと言うと、ジンは笑った。

「私は自分がふたりいてもあまり嬉しくはないが…」

嫌だろうか…と心配すると、頬を包まれる。

「どんなに強くなっても、君は君だろう」

「…ジンさん」

「強い君も、きっと魅力的だ。心のままにしたらいいよ」

――ぁ…。

やわらかく唇が塞がれる。身体ごと重なり、オルティシアは素肌の感触に蕩けた。

「………ふ……」

深い口付けが呼吸を奪う。肩と頭を抱きしめられたまま口腔を肉厚の舌がまさぐって、オルティシアは粘膜の感触に悶《もだ》えた。

「ん……」

じわりと快感が込み上げてきて、瞳が潤む。甘苦しさにジンの頭を掻き抱くと、やっと唇を離してくれる。

「は…」

乱れた呼吸のまま濡れた瞳で見上げると、ジンが目を眇めている。はだけた胸元は引き締まった筋肉が見え、密着した下肢からは、硬い熱が伝わってきた。

「怖い？」

ううん、と首を横に振った。それどころではない。

頭の中は、アカンティオンが吹き込んだ知識で大混乱だ。

――あ、あんなこととか…。

こんなこととか…大胆にデフォルメされた情報が、妄想に助走をつける。

ジンにされてしまうのだろうか。

――あ、自分も…。

教えてもらったことはできるだろうか…想像を逞しくしてバクバクと心臓を鳴らしていると、少し面白そうな顔をしたジンが耳元に唇を寄せた。

「大胆な君も素敵だろうけれどね…」

最初くらいは、任せておきなさい…とたしなめられて、オルティシアは耳朶《じだ》をくすぐる吐息にビクリと背を震わせた。

「…ん…」

悪戯のようにジンの唇が耳を啄む。唇のなまめかしい熱さに、オルティシアは頬を染めて目を瞑った。

気持ちよくて肌がざわめく。身を任せながらジンの両肩を摑んだ。

「ぁ…」

頭を包むジンの指が、髪を掻き混ぜる。耳朶から首筋へと愛撫《あいぶ》していく唇が、さざなみのような快感を生む。頭を抱かれたまま、逃げるように身悶《みもだ》えると、反対側の手でぐっと尻を摑むように深く引き寄せられた。

「……愛している」

「っ…ぁ……」

首筋に顔を埋めたまま囁かれ、オルティシアが声を漏らす。

心地よさで思考が溶けていきそうだ。アカンティオンの言葉も、身構えた気持ちも、甘い快感に取って代わられてしまった。

――…ぁ……ぁ……。

密着した胸に、熱と鼓動と愛おしさが伝わる。呼吸を詰まらせ、濡れた吐息を零すと、ジンの手が背をなぞって落ち、腰を撫でていく。

「…ん…っ……」

手のひらの熱さでゾクゾクする。身体の芯がきゅっと凝《こご》るような感覚で、昂《たかぶ》る心臓に、オルティシアは熱い息を吐いた。

「……どこまでも、人と変わらないんだな」

「…ぁ…ジン…さ…ん」

「こういうところも」

骨のしっかりした官能的な指が、腰骨から身体の中心をなぞっていく。

「こんな場所もね…」

ほんの僅か指先が触れただけなのに、そこから快感が走って、オルティシアはビクッと腰を揺らした。

「……実に悩ましい姿態だ」

「…そ…っ……」

答えようとした声が、乱れた呼吸に呑み込まれる。やんわりとジンの指が愛撫する場所は、声にならないほどの快感で見る間に姿を変えた。

きゅんと、身体が引き絞られる。

「…ん…っ……ぁ……っ」

甘く腰全体が痺れたように気持ちよかった。絡められた指がはっきりと熱を帯びた場所を擦り上げ、オルティシアはジンに抱きついたまま切ない吐息を漏らすしかない。

「ぁ……っ…んっ、や……」

嫌？　と聞かれても言葉にならない。ただ、これ以上触られたら、気持ちよくておかしくなりそうなのだ。

「ん…っ…ん、……ぁ」

身体を走り抜ける愉悦を逃がすように、オルティシアはジンの背を抱きしめる。それでは何もできないよ…と苦笑されたけれど、緩められない。

密着しているジンの鼓動が、少し速くなった気がする。ジンの身体を跨ぐように抱き合っていて、自分以上に熱く硬い部分が重なっている。

「…ぁ」

滾《たぎ》った部分が擦れ合って、悩ましい快感が広がり、羞恥も理性も溶けてなくなる。オルティシアは首に腕を回しなおして、伸びあがるように唇をねだった。

身体の内側で触れ合う、あの熱く生々しい感触を味わいたい。

「オルティシア…」

名を紡ぐ口が、唇を割り込むように傾けられて重なり、淫らに吸い上げて翻弄する。挿し入れられた舌に愛撫され、オルティシアは込み上げてくる快感に瞳を潤ませた。

「ん…ん…っ……ん」

鼻に甘く淫らな吐息が抜ける。粘膜を掻きまわされる濡れた音がふたりの間に響いて、脳が蕩けてしまいそうだ。

「ぁ…ん…ん」

強く求めてくる舌に口腔を蹂躙《じゅうりん》され、オルティシアは喉を反らして悶えた。僅かに唇が離れた瞬間に酸素を求めて喘《あえ》ぐと、愉悦に滲んだ視界の先でジンが精悍さを帯びた眼で笑っている。

顎を摘まれ、からかうように親指が唇を弄《もてあそ》んだ。

「啼《な》かせたくなる顔だな…」

「……」

そう言われても赤面するだけで答えられない。だがジンは腰を摑み、もっと先までしていいかと尋ねた。

「…はい………」

淫らな予想に、気恥ずかしさがあっても、抑えようがなく心臓が暴走している。

もっと奥まで触れてほしい。熱で蕩けそうな場所が、熱い交わりを渇望している。

身体を預けるように寄りかかり、ジンの手が腰を持ち上げるのに任せる。オルティシアの身体は軽々と片手で浮き、促されるままに膝で立った。

ジンが目を眇めている。その、逞しさの滲む目元を、オルティシアは絡めとられたように見つめた。

「美しい身体だね…膜で隠してしまうのもわかる」

「…」

自分のことは、よくわからない。だがオルティシアには、ジンの身体のほうが魅力的に映った。

はだけたシャツの間から覗く、ストイックなライン。腰に向かう割れた腹筋はなめらかに影を作っている。ベルトを外して前をくつろげただけの下肢も、服の上からでも筋肉質なフォルムだとはっきりわかった。

牡《おす》としての引き締まった体軀は、自分でも知らなかった本能を刺激する。

この身体と触れ合いたい。

「ここは？　気持ちいい？」

ジンの指が、腰骨から滴をしたたらせた場所を焦らすように避け、さらに奥へと忍びこんできた。

「…ぁ……」

触れた場所から快感が広がって、オルティシアはヒクンと身体を引き攣らせた。

「大丈夫そうだね…」

「…」

それでもまだ様子を見ている。けれど正直な身体はジンが焦らして周囲を触れるだけで、快感に滴を噴き出し、はしたなく戦慄《わなな》いている。

「……み…見ないで」

さすがに恥ずかしくて懇願したが、ジンは笑っただけだった。

「そういうのは、逆効果だと知っておいたほうがいい」

「ぁ…んっ…ジンさん…っ」

反射的に閉じようとする脚を、ジンの膝が割り広げ、あられもない場所が晒された。

「もっと乱れるところを見たくなるだけだ」

「そ……っ…ぁ、ぁっ」

身を捩《よじ》っても、奥へと侵入してくる指を拒むことはできず、密部はすでに骨ばった指を飲み込んでいる。

「ん…っ…ん…」

「痛い？」

声にならずに首を振る。指は熱く蕩けていた襞を掻き分けて蠢《うごめ》き、オルティシアは腰全体にじわりと広がる快感の波にぎゅっと目を瞑った。

「ん…は……ぁ…っ……ん」

そこは熟れたようにみっしりと指を包んでいる。ほんの僅かでも動かれると、身体の中から溢れるように快感が伝わって、膝がガクガクして立っていられない。

「ぁ…っ…っつ、ジン…さ……ん」

ジンに倒れ込むように抱きつくと、脇から掬うようにして抱えてくれた。

「もう少し馴らしたほうがいいかな」

力が入らなくて、胸に寄りかかったまま首を振る。

これ以上なんて、気持ち良過ぎてもたない。

アカンティオンの余計な入れ知恵が、ぼんやりと頭に浮かぶ。ジンだって、もうこれ以上我慢するのは辛いのではないかと思う。

「馴らさなく…て、も……大丈夫……」

指が引き抜かれた場所は、ヒクヒクと感触を追いかけている。話を聞いた時は、そんなことをしたら身体が壊れてしまうのではないかと思ったけれど、今はその場所に指以上の熱さを求めてしまう。

様子を見ていたジンが、抱きかかえた腕でしっかりと身体を支えてくれながら、慎重に腰を引き寄せる。片腕に抱かれたまま、オルティシアの鼻梁にしっとりと唇の感触が降りた。

「ゆっくり膝の力を抜いて」

「……ん…………」

ゆっくりと摑んだ手が腰を下ろしていき、屹立《きつりつ》したジンの先端が、受け入れる場所に当たる。

大丈夫？　と気遣われたが、怖くはない。ホールドされたまま、うっとりと頷いた。

くぷ…と腰が沈み、襞を押し広げるように、指より遥かに質量のあるものが挿《は》いってくる。オルティシアは甘く溜息を零した。

――…ぁあ。

愉悦が喉まで込み上げる。腹の奥深くまでいっぱいに入ってきたそれは、声にならない快感を生んだ。ジンの心地よさげな太い吐息が、より淫らにオルティシアの感覚を満たした。

――ああ、気持ちいい……。

耐え切れないように、ジンの手が微妙に腰を引き寄せて動く。オルティシアも、ジンの身体を抱き返して律動を促した。

「…ぁ……ぁ、ぁ…っ…」

より深く相手を求めるように穿《うが》たれる。ズシンと腹の奥に響く衝撃も、熱い塊が身体の内を掻きまわしていく淫靡《いんび》な刺激も、たまらなく心地よい。

「んっ…あ…ぁ……っ」

注挿を繰り返され、何度も極まった身体が、白濁した体液を噴き上げた。ビクビクと腰が震え、弾けた鼓動で喘ぐ声が掠れる。

「…本当に、君には理性を試される」

ジンが悩ましく眉間に皺を寄せた。口調は軽さを装っているが、吐息が熱い。

「手加減できなくなりそうだよ…」

堪えるのが大変だ…と苦く言われた。

加減をしてくれているはずなのに、揺さぶられる激しさに、オルティシアは淫らに声を上げ続けた。

「ぁ、あ、あ…あっつ」

身体を貫くように快感が走り、温かい何かが腹の中に広がる。抱きしめられた腕が強まり、荒くなったジンの呼吸が心地よく耳をくすぐった。

——…ジンさん…。

このままずっとこうしていたい。

夜気がふたりを静かに包む。

火照った身体に、ひんやりと当たる土の匂いが心地よい。

オルティシアはベッドに行こうと誘うジンに、何度か甘えて逆らった。

◆◆◆

ジンは、軀体の向こうに見える青空を、ベッドから眺めた。

隣には、絹の夜具に埋もれて眠るオルティシアがいる。白い肩に白銀の髪が流れ落ちて陽を弾き、まるでそれ自体が宝石のようだ。

「……ん」

「起きた？」

銀色の睫毛を、真っ白な指が眠そうに擦る。この人形のように整った容姿で、こんな無造作な仕草をされるのはかなり心を持っていかれる。

ジンは微笑ましく寝起きのフィオーレを見守った。

ぱち…と目を開けたオルティシアは、ふわりと桃色に頬を染めながら、まだ寝ぼけたように無防備だ。

「……おはようございます」

今頃照れたように何度も瞬くが、それも可愛い。

――まいったな……。

感情を素直に表せるようになったオルティシアは、次々と自分の知らなかった側面を見せてくれる。

そのどれもが魅惑的で、いつまでも見てしまう。

このままいったら、本当に虜になってしまいそうだ。

ジンは苦笑いしながら息を吐いた。

――あの伝説の、半分は本当なのだろうな。

フィオーレに恋をした者は、心を奪われて離れられなくなってしまう。ただし、それは淫らな誘惑が原因ではなく、純粋に個人が持つ魅力のせいだ。

どうして彼らがそうなのかはわからないが、生態以上に、フィオーレは人とは違う特徴を持っている。

西の街には蠱惑《こわく》的なフィオーレもいたし、ファルツァのフィオーレのように、情熱的な者もいる。だが、どのフィオーレも、人として生きるには不自由なのではないかと思うほど心が素直で不器用だ。

損得を考えて駆け引きをしたり、好きでもない相手に愛想を振ることができない。心を偽れば身体ごと弱ってしまうし、人のように社会的に上手く立ち回れないのだ。

おそらくこれが、彼らが愛情に素直と言われる所以なのだろう。

なまじ他人の思惑を慮れてしまうと、オルティシアのように何も言えなくなってしまう。

周囲に合わせようと自分を抑えていたオルティシアは、今、彼本来の持つ魅力に満ち溢れている。心を緩ませた、可愛らしささえ感じる姿を見ていると、フィオーレを隠してしまう愛好者の気持ちも、わからなくはない。

フィオーレを恋人に持つ者たちは、ステイタスとされていながらも、彼らを表に出さない。

ジンはそれを、淫靡な意味で秘匿しているのだと思っていた。

もちろん、そういう部分は多いのだろう。けれど、きっとそれだけではない。

本当に、誰にも取られたくないと思うあまり、閉じ込めてしまう者もいるのではないかと思うのだ。

自分だけを見つめて愛してくれる…そんなフィオーレに出会ってしまったら、独り占めしておきたくなる気持ちはわかる。

ジンは、花園に連れてきた自分の行動に、密かに苦笑した。人見知りのオルティシアのためを思っての配慮だったことは確かだが、まるっきり清廉潔白とは言い切れない。

――ツィーンのことを気にしていたのも本当だしな…。

妬いたつもりはないが、オルティシアが最も心を許している相手として、おそらく意識はしていた。見栄を張らずに言えば、彼が契約を解除した時、心のどこかではよかったと思っていたのだ。だから、無意識にオルティシアを説得していたのだと思う。

――なんとまあ、狭量な男だ…。

自分はもう少し余裕のあるほうだと思っていたのに…と自己分析してジンは呆れた。

「…ジンさん？」

「いや。なんでもないよ…それよりその膜は、どうやったら戻るの？」

オルティシアはまだ裸だ。だが、オルティシアはほぼ無意識という顔でベッドから滑るように下り、白大理石の床を裸足で歩くと、花園に行った。

躯体の間から光が差し込んで、緑の芝生に陽だまりを作っている。薄く細い肢体が光の中でフォルムを浮き立たせる。微風に舞い上がる軽やかな髪の間から、曲線を描く背骨が浮いて見えて、ジンはドキリとした。

白銀の髪や白い肌の上で、まるで泡粒のように光が弾けている。

その音もない変化に引き込まれて見ていると、川面がきらきらと反射するように光の粒が寄り集まり、すっと収まった時にはもう膜に変わっていた。

あ、できた…と澄んだ声が聞こえて、オルティシアがにこっと振り向く。だが、その膜は見違えるように変わっている。

「…オルティシア、その膜」

「…?」

オルティシアは、言われて初めて気付いたようで、ふわりと広がった裾を見てびっくりした顔をした。

「……あ」

白銀だった膜は、やわらかな乳白色を帯び、オパールのように七色の光を含んで甘く輝く。まるで、天のオーロラを閉じ込めたようだ。

瞳と同じミントブルーの光。甘やかなピンク、ほのかに紫がかった青、陽射しのような黄色…。膜がふわりと舞い上がるたびに、乳白色の膜に色とりどりの光が浮かぶ。

オルティシアは驚いて声も出ないようだ。ジンはオルティシアに近づいて微笑んだ。

「綺麗な色だ…」

「…私…は……」

オルティシアの膜は、色を失ったのだとツィーンは言っていた。けれど、本当は違うのかもしれない。完全に奪われたわけではなかったのだ。彼にはまだ、自分固有の色を作り出す能力が残されていた。

オルティシアは、まだ信じられないというように七色に滲む膜を見ている。

「……私の…名前の花は、絶滅種なのです」

「オルティシア…」

「…生き残れなかった弱い花だから…だから、自分が脆弱《ぜいじゃく》なのは仕方がないのだと思っていました」

種としての強さがない。だから、いくら褒めそやされても、色のない自分を誇ることができなかった、とオルティシアは呟く。

「…色が…あったなんて……」

「…君の瞳の色は、ここからきていたんだね」

「ジンさん…」

虹のようにどの色も含んでいるが、オルティシアの膜は碧から青への変化が、最も大きくて美しかった。ジンは、いつの間にか襟元のデザインまで変わっているオルティシアの背を抱き寄せる。

「絶滅したと思っているのは我々だけで、本当はまだどこかで生き延びているかもしれないよ」

それは、この過酷な砂漠のどこかかもしれないし、まだ見つかっていない未知の街に、咲いているかもしれない。

「君の名を持つ花だ。きっと強くて逞しいだろう」

身を護るように襟元までぴっちりと覆っていた膜は姿を変え、軽やかに胸元からドレープを生んでいる。手首まであった袖は、肘の下あたりから花びらのように広がって、すんなりした腕を披露していた。

まるで生まれ変わったようなオルティシアの額に、ジンはやわらかく唇を落とす。

「いつか…君の花を探しにいこう」

君の好きな地図を見ながらね…と言うと、オルティシアは嬉しそうに微笑んでキスを返してくれた。

嵐のおわり

オルティシアは、ファルツァのところに通う生活になった。

だがジンには海賊船のことは話していない。ツィーンと約束したからでもあるが、この話を口にしてよいのかという迷いがあったからだ。

月の都が急に開国したことに、海賊船が関係しているのは明らかだ。けれど、ジンも含めて誰からもそんな話は聞いていなかった。オルティシアはそれが不思議に思えて千万《センマン》に聞いてみたのだが、市民は、海賊はおろか結界を破って出ていった船があること自体、知らされていないのだという。海賊船の存在は極秘事項だったのだ。

バイポーラも、〝海賊船を出したことも、逃げられたことも、評議会の沽券《こけん》に関わりますからね〟と言うので余計に迷う。

月の都が隠したがっていることを、自分が知っているのはまずいのではないか。知っていると話したらジンに嫌な顔をされはしないか…そう思うと心配だ。都としては捜索しているのだろうけれど、そもそも、ジンが海賊船の拿捕《だほ》に関わっているのかどうかも知らない。

――執政官なのだから、無関係ではないのだろうけれど…。

けれど、せっかくアカンティオンやバイポーラと友好的に接してくれているのに、海賊一味だとばらしてしまって、敵対されてしまうのは悲しい。もし通報がいってしまったら、ツィーンも逮捕されるだろう…そう思うと、やはりジンに話すのは躊躇《ためら》われた。

幸い、ジンは色々な都の情勢は教えてくれるが、海賊の〝か〟の字も言わない。オルティシアとしても、できればこのまま誰にも見つからず、ツィーンたちが無事に出港してくれればよいと願っている。

オルティシアは、ファルツァでバイポーラの手伝いをしていた。呪文の読み方を学びたいと頼んだところ、快く弟子入りを許してくれたのだ。

「アカンティオンがいなくなりますから、人手は欲しいところです」

バイポーラは船には乗らないという。内部協力者として留まる者が必要だというのだ。船長が二度と月の都《ルーシェ》には戻らないと言っていたのを伝えると、バイポーラが片眼鏡を神経質に直す。

「そうですか…でもまあ、おそらく気が向けばふらりと立ち寄るでしょう。海賊なのですから」

決まりもなければ縛るものもない。どこへ行くのも自由なのだ。バイポーラは、壁いっぱいに埋め込まれた機器類とにらめっこしながら冷静だ。

「それに、船長の性格上、大人しくお尋ね者として逃げ回るなんてあり得せんよ。絶対挑発しにくるはずです」

荷をやり取りするのもあるが、都の下に停泊しているのは、最高評議会に対する当てつけも含んでいるらしい。

「船長さんは、どうして海賊をしていらっしゃるのでしょうか…」

評議会と敵対しているのなら、ジンとは対立関係だ。心配して聞くと、片眼鏡の少年は冷静に分析してくれた。

「…船が好きだからでしょうね」

「え？」

すました顔で、バイポーラが見上げてくる。

「船が好きだから船に住みたい。それだけですよ。船なんだから、ずっと港で停《と》まっているわけがないでしょう」

だから、海賊…と言われると、どうコメントしていいかわからない。普通の商船や軍艦では駄目だったのだろうか。

バイポーラに、機器類の場所と働きを教えてもらいながら一緒に歩く。術士を父に、匠《たくみ》を母に持つというバイポーラは、驚異的な記憶力で図面を見ずに全ての機器の働きを説明しながら、船長の話もしてくれる。

「軍の船の目的は偵察です。航行ルートは決められているし、商用船の行き来が認められるようになったのは、僅《わず》かここ一年のこと…」

それも、評議会が認める限定的な枠のみだ。

「船に乗れるのは選《え》りすぐりのエリートだけです。術士を除けば、我々のような氏族にはチャンスがありません。それに、あの船長が決まりきった行路を守って穏やかな雲海をのんびり征《い》くなんて、考えられますか？」

「……確かに……そうですね」

きっとひと往復もしないうちに飽きてしまうのではないかと思う。バイポーラも、珍しく興奮のある目をした。

「磁気嵐の中を航海するのは、腕の見せ所です。荒れ狂う空で船を操れてこその海賊ですよ」

取引をしたい街があれば、自分の意志で自由に行く。商人とのスリルのあるやり取りも、交易を通して利を得るのも、全てがワクワクする世界だ。

「ただそれだけなのですよ。別に、政府を転覆させたいわけではないし、何かに反抗するつもりもありません」

ただ、この巨大で安全なシステムの中から、出てみたかっただけなのだという。

「私はここにいながら、都の人々が知らない世界を、船長を通して見ている。それが楽しいのです」

術破りをして、アンカーの連中の鼻をあかしてやるのも楽しいですしね…と小生意気な子供のような顔をして言った。

オルティシアは、その言葉に納得している。きっと、海賊船に協力している人たちも、だいたい同じ気持ちなのではないかと思うのだ。

新しく乗組員になったツィーンは、船の内部構造を学ぶために、定期的に海賊船とファルツァを行ったり来たりしている。荷物を夜中にこっそり運び込んでいる人々もひとりふたりではなく、ほかの街で取引をするための買い付けで、アカンティオンたちもちょくちょく市街に出ていた。これだけ大っぴらにやってても通報が行かないのだから、かなりの人数が、わかっていながら黙っているとしか思えない。

それぞれ寡黙な匠が多いが、評議会の人間を毛嫌いしているようには見えないし、反政府的な印象もない。なのにお尋ね者の海賊を匿《かくま》っているのは、きっとバイポーラが言ったように、〝ワクワクする〟からなのだろうと思う。

誰も知らない、自分たちだけの秘密。軍の船でも捕まえられない海賊船を、自分たちが支えているという誇り。そう考えると、この地味でコツコツと繰り返す日常に、スリルと高揚感が生まれてくるのだと思う。

バイポーラは、そもそも評議会が目を吊《つ》り上げて怒るような話ではないと断じた。

「船はファルツァのものだったのですから、誰にどう譲ろうと我々の勝手です。それを、術を破られて自分たちが認めない就航をされたものだから、躍起になってるだけなのですよ」

プライドのほかに、秩序という問題があるのはわかっている。無許可の出入国を許してしまったら防衛上問題だ。それでも、執拗《しつよう》な犯人捜しや拿捕船の建造要請などで、ファルツァの民は内心で反発を感じている。だから、余計ラウガたちを密かに支援する。

「愚かなことです。自由貿易を認めればいいのに、上から押さえつけようとして…結局全ての街と取引せざるを得なくなったではないですか」

「……」

辛口でこき下ろすバイポーラに、返す言葉もない。ついジンの側の立場になって恐縮していると、バイポーラが紙挟みを計器盤の上に置いて振り返った。

「ただし、他所《よそ》の街との交易は怪我《けが》の功名で、よい成果です。アンカー家をはじめとした保守派は大反対らしいですが、あの執政官は賛成派でしょう?」

「そう…なのですか?」

「推進派だからこそ、自ら西の街に赴いたのだと言われていますよ」

執政官自らが国交の門を開きにいったことは、政治的に意味があるのだと言う。オルティシアは、議会の対立もジンの立場も知らなかったので、バイポーラの説明は貴重だ。だが、師匠となった少年が何気なく放った言葉にドキリとさせられた。

「まあ、そのせいで大揉《も》めになっているので、本人は大変なのでしょうが…」

——ジンさんが…?

何を揉めているのだろう。オルティシアは詳細を促したが、バイポーラは話を流した。

「ごく政治的なことです。為政者なのですから、常に政争はあるでしょう」

「バイポーラさん…」

それが自分に対する配慮なのかわからないぐらい、さりげなく話題を変えられる。バイポーラが紙挟みを差し出した。

「やってみますか? これは基本作業です」

「あ…はい……」

挟まれていたのは術破りのための呪文ではなく、点検票だった。オルティシアは少しがっかりしたが、それよりバイポーラの言葉が気にかかって、もやもやする気持ちを隠しながら学ばせてもらった。

《そのせいで大揉めになっているので…》
ファルツァからの帰り道、オルティシアはコレッガーで上空を飛びながら考えに沈んだ。
行き帰りが危ないから…とジンは匠の元に通うのを許した時、オルティシア専用のコレッガーを用意した。
コルダーだと二刻以上かかる道のりも、浮遊舟《コレッガー》なら五倍ほどの速さで移動できる。眼下には市街地の赤茶色をした屋根がどこまでも続くが、オルティシアはそちらに目をやっても見てはいなかった。

頭の中で、バイポーラの言葉が引っ掛かっている。

——ジンさんは、何も言わないけれど…。

仕事の内容は、ほとんど話してくれたことがない。オルティシアも政治に関わることだけに、自分からあれこれ聞くことは控えていた。けれど、本当は自分に見せないようにしているだけで、大変な状況なのだろうか…。

——……。

心当たりは自分や領主の問題しかないので、余計に気がかりだ。

——聞いてみようか…。

本当のことは教えてくれないかもしれない。けれど、手続きを取ると言ったきり、移住の話も市民権の話もしなくなっている。もしかすると、これも難航しているのかもしれない。

コレッガーは、市街を警備する兵の駐留舎に置くことになっていた。兵士に預けると、その先に軍服ではなく、黒の正装をした人物がいて、オルティシアの声に反応して振り向いた。

「……」

知っている顔だ。ジンに付き従っているところを何度か見ている。確か名前を揣摩《シマ》といった。

感情を含まない冷ややかな面差しに、近寄り難いものは感じたが、オルティシアは目を逸《そ》らさずに揣摩を見た。揣摩もほかの兵士たちから離れて近づいてきた。

——ジンさんの状況を聞けないだろうか…。

揣摩も自分に何か用があるらしい、はっきり話す意志を感じる。

「…あ、あの…」

にこりともしない相手に会釈をし、オルティシアは恐る恐る話しかけた。だが、問うより先に口火を切られた。

「誰も貴方《あなた》には言わないでしょうから、敢《あ》えて私が言わせていただきます…」

きりっとした目がオルティシアを刺すように見る。

「貴方が身を退《ひ》かない限り、執政官殿は政治的に失脚します」

――え……。

ビクッと肩が引き攣《つ》る。揣摩の声が容赦なくオルティシアを責めた。

「貴方がいる限り、どんな苦境に置かれても、執政官殿は貴方を庇《かば》い続けるでしょう」

ジンの失脚を望む者は、西の街から贈られてきたフィオーレを賄賂として喧伝《けんでん》する。

「当事者がどんなに個人の問題だと言い張ったところで、証明できなければただのスキャンダルです。実際、西の街の本心はフィオーレを取引に使うつもりなのですから、覆しようがありません」

「……」

「貴方が身を退いてください」

丁寧だが、視線ははっきりと命じている。

「執政官殿を愛しているのなら、できるでしょう。彼を破滅させたいですか」

――ジンさんを……。

心臓が鼓動を忘れたようだ。オルティシアは揣摩を見つめたきり、声も出なかった。

切れ者の副官がオルティシアにかろうじて聞こえる程度に声を潜める。

「開国に際して整えられた移住の法案は、商人のためのものです」

移住希望者が押し寄せないように、手続きにはいくつものハードルを設けている。フィオーレの市民権も、少数氏族に対して配慮した名目だけの法律だ。

「実際には適用例がない。なのに貴方のための手続きは進んでいる。何故《なぜ》だかわかりますか？」

答えられずにかろうじて頭を振ると、揣摩はより厳しい視線になった。

「証人喚問するためです。貴方を最高評議会で晒《さら》し者にし、執政官殿を追い詰めることが目的だ」

「…！」

市民になれば、召喚に応じるのは義務になる。そのために移住が認められたと揣摩は苦々しく言った。

「執政官殿は戦うおつもりだ。だが、私は貴方が評議員たちを論破できるとは思えない」

喉元まで声は上がるが、言葉にならない。揣摩は強い目でオルティシアに迫った。

「彼ひとりの問題ではない。これはオルランドゥーニ全体の問題です。部下として、氏族の一員として、私は看過できません」

おわかりいただけますね…と、揣摩は念を押すようにオルティシアを見、返事を待たずに踵《きびす》を返した。オルティシアは、身を強張《こわば》らせたままその場に立ち尽くしていた。

——ジンさんが……。

《執政官殿は政治的に失脚します》

そこまで緊迫した状況だとは思っていなかった。

ジンも難しいと最初から言っていたが、政治生命に関わるほどの大問題だとは…。

《これはオルランドゥーニ全体の問題です…》

ジンが次期元首と言われているのも知っている。ファルツァで、氏族ごとの格の違いもわかるようになってきた。ジンは、月の都でアンカー家と権力を二分する家の後継者なのだ。

《彼を破滅させたいですか…》

賄賂としてフィオーレを受け取った罪で、政治的に糾弾される…。

——揣摩さんの言葉は正しい…。

自分たちがどう違うと言っても、世間は信じないだろう。そしてジンはきっと最後まで自分を庇う。影響はオルランドゥーニ家全体に及ぶ。揣摩の言葉は客観的な事実だ。

自分が身を退く以外に、解決方法がないことも…。

「……」

確かに、誰も自分にこんなことは言わない。

ジンもエミットも、きっと自分を庇う。バイポーラでさえ、自分には厳しくは言わなかった。だから、敢えてジンの副官として、彼が憎まれ役になってくれたのだと思う。

――……私は……。

そんな迷惑をかけてまで…と思うのに、ジンの元を去るなど、とてもできなかった。

「………」

両手を握り締める。ジンの面影が脳裏に広がって消せない。

――どうしたら…一緒にいられるだろう。

ジンが失脚しなくて済む方法はないだろうか。

オルティシアは、自分が傍《そば》にいられることを前提として考えを巡らせた。

身を退けという言葉は、頭を素通りしていく。評議会の意図を覆すなど、到底不可能に思えるのに、自分たちを変えるより、状況を変えることしか考えられなかった。

――皆に〝賄賂ではない〟とわかってもらうには。

自分たちの言葉だけでは駄目だ。第三者の揺るがない証言や証拠がなければ、認めてもらえない。オルティシアはじっと考え込み、書状…と思いついた。

――閣下に、書状をしたためてもらえないだろうか…。

フィオーレは自分の意志でなければ動かない。少なくとも西の街の領主はそう思っている。賄賂を疑われている領主自らが正式に書面で証言してくれたら、それは効力を発揮しないだろうか。

領主も、ジンの失脚は望まないはずだ。頼んだら、きっと書状をくれると思う。

「……」

握っていた手に、不思議な力が湧《わ》いてくる。

――やってみよう……。

ジンを守るために、自分にできること全てを試してみよう。

たかが書面ひとつでは弱い気もしたが、考えを巡らせるにつれて、ほかに選択肢がない気がした。

揣摩は、フィオーレさえ消えれば済むと思っているが、収賄の嫌疑がかかっているのなら、自分がいなくなっても問題は解決しないはずだ。

きっと隠したと疑われる。だとしたら、この都のどこに隠れても無駄だ。見つかっても見つからなくてもジンは弾劾されてしまう。

――ファルツァの皆さんにも、迷惑はかけられない。

自ら証言台に立つ時、書状が必要だ。そのためには、この都から誰の手も借りずに領主のところまで行かなければならない。

――西の街の船では駄目だ……。

足取りを摑《つか》まれてしまう。賄賂とされているのに、彼らと行動をともにしたら、疑いに拍車がかかってしまうだろう。

返したばかりのコレッガーが目に入った。

「……」


コレッガーの基本構造はリコストルと同じだ。推進力は比較にならないほど遅いし弱いが、晴れてさえいれば動力は続く。

磁気嵐はまだ止《や》まない。だが、地面に近ければ近いほど、嵐が激突するリスクは減る。落雷のように地面に向かって衝撃が落ちるからだ。

水と食料を積めば、時間がかかっても辿《たど》り着けるだろう。距離も方向も地図で頭に入っている。

結界も張れない、防御のガラスさえない剝《む》き出しの浮遊舟だが、船の中で言われた言葉が胸の中で甦《よみがえ》る。

――フィオーレは、瘴気《しょうき》に強いのだから……。

きっと西の街まで行ってみせる…。オルティシアはコレッガーの手すりをぐっと握り、船底までの道順を、めまぐるしく頭の中で算段した。

翌日――。

ジンはファルツァに向かっていた。なかなか帰ってこないオルティシアを迎えにいくのだ。

楽しく学んでいるようだから好きにさせてやりたいが、あまり何日もというのは危険だ。それに、敵対勢力の動きも心配だった。

――強硬手段は取らないだろうが…。

外を行き来するオルティシアを好きにさせておいたら、案の定、ドルナシオンが目を付け、贈収賄の疑義を挙げてきた。

――まあ、一度は通る問題だ。

ずっとオルティシアを閉じ込めておくならともかく、一市民として普通に暮らしていくなら、人目《ひとめ》に晒されるのは必須だ。そして、ジンとしてもオルティシアとのことを公にするためにも、敢えてこの状況が来るのを待ち構えていた。

スキャンダラスに騒ぎたい連中は、ことさら問題を大きくするだろう。議会での聴取も浮上している。

――望むところだ。

公共の場でオルティシアを正式なパートナーとして公言する。

反対する者は、氏族の中にも出てくるだろう。そんな奴にオルランドゥーニ家を任せられないというのなら、長《おさ》の座は降りてもいい。

フィオーレを伴侶に持つ評議員として、それでも執政の座をと望まれたら、責任は果たそうと思う。そうでないのなら、違う道を選ぶだけだ。

――いい試金石になるな。

表面だけ追従しているのか、ジン個人を支持しているのか、変革を嫌う者なのか柔軟性があるのか…氏族や評議員たちを見極めるよい機会でもある。

むしろ、早くオルティシアの市民権を整え、正式に伴侶として迎えたい気持ちのほうが大きい。心配なのは、適当に罪状をでっち上げ、オルティシアを不当に拘束されるような危険だけだ。

だが、ファルツァに着くとオルティシアの姿はなかった。

「帰った？」

「はい。いつも通り昨日の夕刻前には…」

匠だという童顔の少年は、片眼鏡に手をかけて答えた。

「……戻っていないのですか」

「ああ」

また、友達になったというフィオーレのところに泊まり込んでいるのかと思ってみたが、その線も薄そうだ。

――前回のことがあるから、迂闊《うかつ》に騒がないほうがいいかと思っていたのだが…。

まずかったかもしれない。まだ司法が動いたという情報はないが、捕縛の可能性がないわけではない。

考えを巡らせていると、バイポーラがちらりとジンを見上げた。

「……行方を辿ってみますか？」

「できるのか」

「コレッガーなら」

シリアルナンバーを教えてくれと言われ、ジンはオルティシアに与えたコレッガーの番号を伝えた。

「だが、これはオルランドゥーニの個人所有だ。軍のものではないから、公共の管理範囲ではない」

プライベートな機体は、どこに行こうが制限はない。貴族の所有物をトレースするのは無理だと思う。

だが、バイポーラは、むしろ含みのある顔をした。

「最高評議会の執政官でも、その認識なのですね」

――どういうことだ？

バイポーラは答えなかった。壁いっぱいにある操作盤に触れて、追跡を始める。

小さくても、いっぱしに匠の衣を着ているだけあって、操作はよどみない。盤にあるひとつのパネルに何かを入力すると、パネルから光の柱が生まれ、いくつもの小さな宝石が回り出す。バイポーラはそれを、鍵盤楽器を奏でるようになめらかに指で操作した。するとジンとバイポーラの足元に大きな円状の光が生まれ、月の都の軀体《くたい》が立体的に浮かんだ。青く光る立体地図に、ジンとバイポーラも青く照り返された。すると、その光を見つけたのか、背後からアカンティオンの声がした。

「何やってんの？　……あ」

振り返ると、深紅の膜を纏《まと》ったフィオーレの隣に、偉丈夫な男の姿がある。銀灰の髪と凄《すご》みのある瞳で、只者《ただもの》ではないとひと目でわかった。

アカンティオンはジンの姿にたじろいだが、連れの男は動じる様子がない。むしろ、アカンティオンが逃げ腰なのを促すように連れだって近づいてくる。

フィオーレの問いに、バイポーラが冷静に答えた。

「オルが家に帰っていないそうなので、コレッガーを追跡するところです」

なんだって…とアカンティオンが驚いていた。彼のところに宿泊した可能性はこれでなくなったと見ていい。

バイポーラは操作盤を巧みに操り、巨大な〝月〟の立体地図からオルティシアの使ったコレッガーの認識表示を見つけ出すと、その場所を拡大していく。

――何故だ。私有なのに…。

ジンは驚いたが声には出さなかった。心配そうに眉を顰《ひそ》めるアカンティオンも、隣にいる男も、黙ってバイポーラの仕事を見ている。

軍や港の登録コレッガーに、移動記録がつくことは知っていたが、ジンも、こうして識別追跡するのを実際に見るのは初めてだ。

「アンカー家の術士が操る術は…」

点滅を繰り返すひとつのコレッガーが、軀体の底に移動している。軌跡は、バイポーラの手元にある表示できちんと時間記録まで映し出していた。

「都の中の、動力で動くもの全てを掌握できるのですよ。誰が、どこで何を動かしたのか、何もかもを己の管理下に置くことで、アンカー王朝は成立したのです」

ホログラムに照らされたバイポーラが言う。

「磁気嵐が弱まり始めたのはその頃です。王朝は、〝月〟の外に出られる可能性を知られたくなかった」

完全に閉じ込めておけるから支配できるのだ。術士の氏族は、その術を使って見えない監視網を張り巡らせた。

「結界は、我々を守ると同時に、我々を外に出られないようにするための檻《おり》となった…皮肉なことです」

点滅しているコレッガーが、月の基底部から外に出ていく。その軌跡に、アカンティオンが息を呑《の》んだ。バイポーラも顔をしかめる。

「……〝外〟に、出ていますね」

「何故だ…結界があるのにどうやって……」

ジンが思わず声を上げると、信じられないという顔をするアカンティオンに、童顔の匠が眉根を寄せながら見返した。

「……一度術破りを見られています。彼なら、できるかもしれない」

ちょっと確認してきます、と言い置いて匠の衣をひるがえして走る。

ファルツァは船の建造や動力の保守など、様々な専門技能を持つ者たちがいる。技能や知識を習得し、匠の職に就くと、それぞれの身分を示す衣を着た。呪文に関係するバイポーラのような匠は、やはり護符が染められた服を着るのが決まりだ。

駆け戻ってきたバイポーラは、灰色の紙挟みを手にしている。息を上げながらアカンティオンに首を振った。

「…手順書ごと持っていかれています」

「まだ、嵐が止んでないんだぜ」

「……コレッガーだから、地表すれすれで飛んでいるのではないかと」

「地表の熱さに、剝き出しのコレッガーでなんか耐えられるもんか！」

あのバカ！　と肩を引き攣らせて叫ぶアカンティオンを、隣の男が肩を抱き寄せて宥《なだ》めた。

男は恐慌をきたしているフィオーレの代わりに、

低くジンに問いかけてくる。

「そもそも、出奔する理由はなんだ…」

ジンは手短かに、賄賂騒ぎの状況を話した。今さら相手が誰であれ隠しても意味はない。そして、アカンティオンたちに協力を仰ぐしか策はないのだ。

「……西の街に向かっているのだと思う」

――だから、伏せていたのに…。

オルティシアは、自分のせいだと悩むだろう。遠慮して身を退いてしまうかもしれない。そう思ってことさら耳に入れないように配慮していた。

ここにいれば迷惑がかかると思って、帰ってしまったのかもしれない。

「西の街までは、リコストルでも七日かかります」

コレッガーでは、その十倍かかってもおかしくはないとバイポーラが言い、アカンティオンが隣の男の袖を握り締めた。

「オルが死んじゃうよ…」

「アカ……」

「助けてよラウガ…」

半べそ顔のアカンティオンが、ラウガの袖を引っ張って頼んでいる。ラウガは動じない様子でジンに目をやった。

「お前はどうしたいのだ」

「オルティシアを助けたい」

なんの証拠もなく、ジンには目の前の男が件《くだん》の船を盗んだ人物ではないかと思えた。

評議会が躍起になって捕まえようとしている海賊が、よりによって都になどいるわけがない。まして自分が執政官だということはバイポーラやアカンティオンが知っている。わざわざ敵の前に堂々と出るお尋ね者はいないはずだ…理屈ではそう思っても、ジンの中では半ば確信的だった。

この男はきっと海賊だ。どんな法も障壁ももののともせず、己の意志で航行する自由を摑み取った男に違いない。

敬意と賛辞をもって握手を差し出す。

「協力を仰ぎたい。違法は承知の上だ」

相手も、名乗りもせずにやりと豪胆な笑みを見せる。

「フィオーレひとりのために…か。身を滅ぼすぞ」

ジンも不敵に笑う。

「それで失脚するなら、己の度量がそこまでだったということだ」

「…ふん」

相手の覇気が僅かに緩む。ラウガはアカンティオンを片手で抱き上げ、顎《あご》でしゃくった。

「来い…ちょうど出港するところだ。片道なら送ってやる」

「助かる」

目を丸くしているバイポーラを促し、全員が月の基底部に向かった。

◆◆◆

コレッガーは砂漠を航行していた。飛び下りられる程度まで高度を下げているせいで、吹きすさぶ風に、砂が川のように流れていくのが見える。オルティシアは、日除《よ》けに借りたアカンティオンのハンモック用シーツを被《かぶ》りながら、想像を超える熱風に歯を食いしばる。

——熱い…。

地表は熱砂だと、知識としては知っていた。だが、ここまで過酷な環境だとは思っていなかった。

地面からはそこそこ距離があるのに、砂は照りつける太陽の熱を蓄えて反射し、息を吸うだけでも喉が焼けそうだ。

周囲は、見渡す限り黄土色の大地だけだった。

磁気嵐は雲の上で起きているらしく、時々青空にかかる雲が、虹色に照らされる。オルティシアは絹のシーツで口元を覆いながらそれを見上げた。

——船で来た時は、想像もつかなかった…。

ガラス越しに眺める砂漠は綺麗《きれい》で、こんなに熱く過酷な世界だとはわからなかった。

荒涼とした大地に、唸《うな》り声のような風がいっときも止むことなく吹き抜けている。砂の音だけが響いて、終わりも果てもないような気持ちになった。

――でも、この先に街があるんだ。

きっと、船の何倍もの時間がかかるだろう。オルティシアはやや不安な目で、操作盤の前に積んだ荷物を見る。

出発前に、買い付けで留守にしているアカンティオンの住まいに行き、水や食料を失敬してきた。悪いことをしているとは思うが、アカンティオンはもうすぐラウガの船に乗る。生活に必要なものは全て船に装備されているから、大丈夫だろうと思う。

――もってくれるといいんだけど…。

食料はともかく、水がなくなると厳しい。それに、大型の生き物が出現した場合は逃げるしかない。オルティシアは周囲に目を走らせながら、息を吸うたびに布越しに喉へ滑り込んでくる熱気に顔をしかめた。

――……熱い…。

瘴気が呪いが、という以前に、そんな恐怖すら感じていられないほど、ひたすら熱気と戦わなくてはならない。

絹のシーツにしっかりくるまり、口元を覆い、少しでも体力と水分が消耗するのを防ぐ。

それでも、これで何日耐えられるか自信がない。

密出航した時は夜だった。寒さの中で風を切って進むのもかなり堪《こた》えたが、陽が出始めてからの気温上昇は止《とど》まるところを知らない。だからといって、陽を避ける場所もない。

――頑張れ…。

オルティシアは何も見えない地平線を見つめた。ひたすら耐えるしかないと覚悟する。だが、その時さっと太陽が翳《かげ》った。それだけで、刺さるような陽射しが消えて少し楽になる。

雲かな、と見上げると、そこには舳先《へさき》の宝石を太陽にきらめかせた、巨大な船体があった。

――リコストル…。

いぶし銀のような、重厚な船体には古代の神獣の姿が彫り込まれ、いくつもの帆が風をはらんで誇らしげに白く輝く。

――すごい……。

こんなに美しい船を見たのは初めてだ。思わず見《み》惚《と》れていると、甲板から一機のコレッガーが飛び出してくる。

――…あれ？

なんだろう、とぼんやり見ているうちに、それはオルティシアのほうへ急直下し、ジンだとわかった時にはもう並走されていた。

「オルティシア！」

――ジンさん…。

咄嗟《とっさ》に思ったのは危ないという心配だった。

「駄目です、瘴気が！」

生身の身体《からだ》に、結界も保護もなしで出ていくなど…とオルティシアは慌てて船へ押し戻すようにジンの身体を押した。だが、オルティシアは軽々と抱き寄せられ、ジンのコレッガーに移されてしまった。

「危ないのは君も同じだ」

「私は大丈夫です」

フィオーレなのだし…と言いかけたが、ジンがコレッガーの向きを変えながら溜息《ためいき》をつく。

「まったく、君の行動は予想がつかない」

「……すみません」

ぽん、と頭にジンの大きな手が被さって抱きしめられた。

「無事でよかった……」

――…ジンさん……。

「ひとりで帰ってしまわないでくれ」

評議会で起こっている問題は、必ず解決する…とジンが言う。

「君のことは私が必ず守る」

「私も、必ずジンさんを守ります」

「…オルティシア」

西の街の領主に書状をもらう。皆を説得できる材料を持ってくると言うと、ジンは目を丸くして黙り、そして吹き出した。

「ジンさん……」

「君は……」

ジンはまだ笑っている。そして苦笑とも溜息ともつかない声で言った。

「本当に、君は私の想像を超えているよ」

笑いながら、ジンがコレッガーを母船に向かって上昇させる。

熱気がみるみる和らいでいくのは、地表から離れたせいなのか、ジンの腕に守られているからなのかわからない。

「ありがとう…」

抱きしめられたまま、額に唇が落ちる。

――ジンさん……。

「ただし、こういうのは今後はやめてくれ」

「…はい……」

「君が逞《たくま》しいのはよくわかったが、これは勇気ではなく無謀というんだ」

肝が冷えたよ…ときっちり叱られ、オルティシアは小さくなって謝りながら、壮麗な船に戻った。


乗船したのは海賊船だった。上から甲板は見ていたが、大き過ぎて全貌がわかっておらず、オルティシアは改めて海賊船の美しさに目を瞠《みは》った。

流麗なレリーフの装甲。ねじひとつにも匠たちのこだわりが込められた軀体、機能的で美しいデザイン。都ではめったに見ることのない、天然木の床。最新の動力機器を搭載しながら、この船は古代の意匠を余すところなく再現している。

甲板でコレッガーを下りると、アカンティオンを片腕に抱いた船長が近づいてきた。後ろにツィーンもいる。オルティシアはすぐに謝った。

「本当に…すみませんでした……」

たくさんの人に迷惑をかけた。深く頭を下げると、ラウガのよく響く低い声がした。

「何に謝罪しているんだ？」

――……え。

「悪いことをしたのか？」

言葉に詰まって船長を見上げると、ラウガは迫力のある顔をにやりと歪《ゆが》ませる。

「コレッガーで出ていこうというほど無茶な奴は初めて見た。面白かったな」

「……船長」

お前たちも、このまま海賊稼業に来るかと言われ、隣でジンが笑う。

「魅力的なスカウトだな。評議会を首になったらぜひ考えたい」

「これしきで地位が揺らぐようなタマか…」

船長もジンも笑っていて、オルティシアにはあまり状況が呑み込めなかった。

ただ、意外と彼らは気が合うらしい。

「私も、このまま自由に飛び回ってしまいたいが、君たちにはルーシェ内部の援護者が必要だ」

それはファルツァだけでなく、評議会の中にもいるべきだろう…とジンが言い、ラウガは意外そうな顔をした。

「ほう…お尋ね者の海賊を認めると言うのか？」

「もちろんだ。君たちは紛れもなくルーシェ市民の一員だからね」

ラウガが豪快に笑う。

「なるほど……さすがは元首候補だ。抜け目がない」

「……何言ってんのか、さっぱりわかんねえよ」

アカンティオン同様、オルティシアも成り行きがわからずきょとんとしてジンを見る。だが、ジンが政治的にも個人的にも、この船長と仲良くなったことだけはわかる。

「近くまでは送ってやる。磁気嵐も昔よりは弱いからな。一日や二日瘴気に当たったところで死ぬことはない。そこからはコレッガーで戻れ」

コレッガーの入港を許可させるために、最後は通信発砲までしてくれて、海賊船は悠々と磁気嵐の雲海へ去っていった。

◆◆◆

磁気嵐の季節が終わった。

月の都には、条約を締結した街からいくつもの船がやってきては折り返し出港していく。オルティシアは遊びに来た千万とバイポーラの三人で、換気口の上からそれを眺めていた。

ハンモックはアカンティオンが残していった。空の寝床が吊り下げられているのはさみしかったが、ここは外国の船を見るには特等席なのだ。

「あ、また来たよ！」

「すごいですね…」

「あれは、南の都の船じゃないかな」

船が近づいて、舳先の宝石が光り、結界が一部解除になる。三人ともワクワクしながらその様子を眺めた。見物しながら、色々な話をする。

「オル、ここに住んじゃえばいいのに」

「駄目ですよ。オルは執政官の館に住むんですから」

ホント？　と聞かれてオルティシアは頰《ほお》を染めて頷いた。

「正式に、市民権をもらったので…」

揣摩の言葉通り、評議会はオルティシアを議会に呼びつけ、尋問しようとした。オルティシアは、初めて入る建物の威圧感と居並ぶ評議員たちに足を竦《すく》ませたが、尋問が始まる前に、ジンが遮ってオルティシアの傍に来た。

《彼は私の正式なパートナーだ…》

——ジンさん……。

会場のどよめきなど全く意に介さず、ジンはオルティシアを自らの伴侶とすることを宣言してしまった。

《これはごく私的な問題だ。他国との取引にはなんら関係ないことを示すために、私は評議会執政官を辞職する》

ジンはそう言うなり、さっさとオルティシアの手を引いて評議場を出てしまった。何日も前から覚悟をして構えていたオルティシアは、結局一言も発言しないまま終わってしまった。

——…ジンさんたら……。

きっと、最初からこういう計画だったのだろうと、後から思った。評議会やオルランドゥーニ家は蜂の巣をつついたような騒ぎになったが、ジンは我関せずと涼しい顔をして、その間ずっとファルツァに遊びにきていた。

結局、ジン以上に氏族を統率できる人材はおらず、ましてや執政官なしでの実務は予想以上に混乱し、議会が折れる形でジンが復職することになった。

海賊になりそこなったな…とジンは笑いに濁していたが、半分本気なのではないかと思う。

《けっこう熱心に見にきていたし…》

本当に、ジンも船には興味があるらしい。

オルティシアは、立場上、海賊一味のバイポーラたちを見逃してよいのかと心配していたのだが、船長に〝援護者になる〟と言ったのは嘘《うそ》ではなかったようで、個人的に…と断りを入れながら親交を深め始めた。

《いつまでも、現状維持ではないからね…》

今は不法に出国した海賊船だが、彼らはきっと交易をしながら雲海の覇者になる。目をつけた他所の街が海賊船を取り込もうとすることもあるだろうし、月の都だけが彼らと取引できないというのも不利だ。だから、もし彼らが大きな取引をするようになったら〝船員はルーシェ市民〟という事実を盾《たて》に取って、船籍をこの都にしたいのだと言う。

それは単純に捕縛する以上に、月の都に利益をもたらす。そのために敢えて海賊との交渉余地を残したのだ。

――すごいなあ…。

船長も大胆だが、ジンの対応もしたたかだ。この先、政治的にどうとでも転べるようにしてある。海賊と聞いたら捕まえるしかないのだろうと考えていたオルティシアには、想像もつかない。

――敵とも手を結ぶなんて…。

ジンの見ている視点を尊敬していたら、バイポーラが後ろを振り返った。

「噂《うわさ》をすれば…ほら、お迎えですよ」

「あ、ジンさん…！」

ジンが階段の途中で手を振っている。議会から直接来たのだろう。黒のジャケットを着た正装だ。

「予定より早く閉会したからね」

駆け出して胸に飛び込むと、抱き上げてもらえる。頬を擦り寄せると軽いキスが落ちた。

「南の都の船が接岸したんだ。ドックに見にいく？」

「はい…！」

いいなあという後ろの声に、ジンは気前よく君たちもおいで…と誘ってくれた。

先にふたりで階段を下りながら声が弾む。

「南の都は、海の向こうですよね」

「ああ。途中は海上運航するらしい」

興味があるな…と笑うジンに手を伸ばす。

ふたりで船に乗りたい。海賊のように、どこまでも雲海の向こうに行きたい。

「南の都も、行ってみたいです」

「そうだね…」

君の花も探せるからね…とジンが抱き寄せながら囁《ささや》き、オルティシアはそれに応え、伸びあがって唇にキスをした。

あとがき

お読みいただいてありがとうございました。

特に書かなくても読めるので作中には出さなかったのですが、この舞台の下敷きになっているのは『地磁気反転』という現象です。

地球はそれ自体が大きな磁石のように、南極と北極の二極になっていますが、これはたまに反転します（四十数億年の間に、十回以上あったと言われています）。その現象を地磁気反転と言うのですが、ホピ族の伝承なんかにも出てくるので、案外、太古の人類も経験しているのかもしれません。

反転は、急にくるりと磁極が入れ替わるのではなく、数百年から数千年かけて地球の中心に磁力が収縮し、ゆっくり上下に極が逆転するそうです。

磁力が入れ替わる間は、地球を取り巻く磁束（磁石に砂鉄を撒いたとき出てくる模様を思い浮かべていただければと思います）が弱まり、今まで磁力で弾いていた有害な宇宙線が地表に降り注ぎます。これで、過去に大規模な生物の絶滅があったとも言われていますが、実際どのくらいの影響があるか、正確なところは学者さんでもわからないそうです。

でも、今回の舞台はまさにこんな状況です。

科学やテクノロジーの進化も、知らない時代の人からみたら、ただの魔法にしか見えないだろうなあと思っています。

オルティシアは、昔やりたかった（けどボツになった）話のキャラを復活させたのですが、舞台がファンタジーになったらとんでもないビビりになってしまいました(笑)。ところ変わればというやつですね。

最後に、素敵なイラストを描いてくださった小禄《ころく》先生と担当様に御礼申し上げます。ありがとうございました。

ご感想などいただけますと嬉しいです。

深月《みつき》　拝

華麗なる略奪者

かれいなるりゃくだつしゃ

深月ハルカ

イラスト：亜樹良のりかず

本体価格 870 円+税

日米共同で秘密裏に開発された化学物質「Ａｉｒ」の移送を任命された警視庁公安化テロ捜査隊の高橋侑。しかし任務は急遽中止され、侑は世界トップクラスの軍事会社のＣＥＯであるアレックスの護衛につくことになった。米国を代表する要人警護という本来行うことのない任務に戸惑う侑の前に、金色の強い眼光と凍てつく空気を滲ませるアレックスが現れる。彼が所有する特別機に搭乗した侑は「おまえは政府公認の生贄だ」と告げられ、アレックスに無理やり身体を暴かれて――？

リンクスロマンス大好評発売中

双龍に月下の契り

そうりゅうにげっかのちぎり

深月ハルカ

イラスト：絵歩

本体価格870 円+税

天空に住まう王を支え、特異な力で国を守る者たち・五葉…。次期五葉候補として下界に生まれた羽流は、自分の素性を知らず、覚醒の兆しもないまま天真爛漫に暮らしていた。そんな折、羽流のもとに国王崩御の知らせが届く。それを機に、新国王・海燕が下界に降り立つことに。羽流は秀麗かつ屈強な海燕に強い憧れを抱き、「殿下の役に立ちたい！」と切に願うようになる。しかし、ついに最後の五葉候補が覚醒してしまい…？

神の蜜蜂《かみのみつばち》

深月ハルカ
イラスト：Ciel

本体価格855 円+税

上級天使のラトヴは、規律を破り天界を出た下級天使・リウを捕縛するため人間界へと降り立つ。そこで出会ったのは、人間に擬態した魔族・永澤だった。天使を嫌う永澤に捕らえられ、辱めを受けたラトヴは逃げ出す機会を伺うが、共に過ごすうちに、次第に永澤のことが気になりはじめてしまう。だが、魔族と交わることは堕天を意味すると知っているラトヴは、そんな自分の気持ちを持て余してしまい…。

リンクスロマンス大好評発売中

人魚ひめ《にんぎょひめ》

深月ハルカ
イラスト：青井 秋

本体価格855 円+税

一族唯一のメスとして大事に育てられてきた人魚のミルの悩みは、成長してもメスの特徴が出ないことだった。心配に思っていたところ、ミルはメスではなくオスだったと判明。このままでは一族が絶滅してしまうことに責任を感じたミルは、自らの身を犠牲にして人魚を増やす決意をし、そのために人間界へと旅立つ。だが、そこで出会った熙顕という人間の男と惹かれ合い「海を捨てられないか」と言われたミルは、人魚の世界熙顕との恋心の間で揺れ動き…。

密約の鎖《みつやくのくさり》

深月ハルカ
イラスト：高宮 東

本体価格855円+税

東京地検特捜部に所属する内藤悠斗は、ある密告により高級会員制クラブ『LOTUS』に潜入捜査を試みる。だがオーナーである河野仁に早々に正体を見破られ、店の情報をリークした人物を探るため、内偵をさせられることになってしまった。従業員を装い働くうちに、悠斗は華やかな店の裏側にある様々な顔を知り、戸惑いを覚える。さらに、本来なら生きる世界が違うはずの河野に惹かれてしまった悠斗は…。

リンクスロマンス大好評発売中

神の孵る日《かみのかえるひ》

深月ハルカ
イラスト：佐々木久美子

本体価格855円+税

研究一筋で恋愛オンチの大学准教授·鏑矢敦は、調査のため赴いた山で伝説の神様が祀られている祠を発見する。だが不注意からその祠を壊し、千年のあいだ眠るはずだった神が途中で目覚めてしまう。珀晶と名乗るその神はまだ幼く、まるで子供のようで、鏑矢は暫く一緒に暮らすことになる。最初は無邪気に懐いてくる珀晶を可愛く思うだけの鏑矢だったが、珀晶が瞬く間に美しく成長していくにつれ、いつしか惹かれてしまい…。

LYNX ROMANCE

小説原稿募集

リンクスロマンスではオリジナル作品の原稿を随時募集いたします。

募集作品

リンクスロマンスの読者を対象にした商業誌未発表のオリジナル作品。
（商業誌未発表のオリジナル作品であれば、同人誌・サイト発表作も受付可）

募集要項

＜応募資格＞
年齢・性別・プロ・アマ問いません。

＜原稿枚数＞
４５文字×１７行（１枚）の縦書き原稿、２００枚以上２４０枚以内。
※印刷形式は自由。ただしＡ４用紙を使用のこと。
※手書き、感熱紙不可。
※原稿には必ずノンブル（通し番号）を入れてください。

＜応募上の注意＞
◆原稿の１枚目には、作品のタイトル、ペンネーム、住所、氏名、年齢、電話番号、メールアドレス、投稿（掲載）歴を添付してください。
◆２枚目には、作品のあらすじ（４００字～８００字程度）を添付してください。
◆未完の作品（続きものなど）、他誌との二重投稿作品は受付不可です。
◆原稿は返却いたしませんので、必要な方はコピー等の控えをお取りください。
◆１作品につき、ひとつの封筒でご応募ください。

＜採用のお知らせ＞
◆採用の場合のみ、原稿到着後６カ月以内に編集部よりご連絡いたします。
◆優れた作品は、リンクスロマンスより発行させていただきます。
原稿料は、当社既定の印税でのお支払いになります。
◆選考に関するお電話やメールでのお問い合わせはご遠慮ください。

宛先

〒151-0051
東京都渋谷区千駄ヶ谷４−９−７
株式会社　幻冬舎コミックス
「リンクスロマンス　小説原稿募集」係

この本を読んでのご意見・ご感想をお寄せ下さい。

〒151-0051
東京都渋谷区千駄ヶ谷4-9-7
(株)幻冬舎コミックス　リンクス編集部
「深月《みつき》ハルカ先生」係／「小禄《ころく》先生」係

リンクス ロマンス

花の名を持つ君と恋をする

2018年3月31日　第1刷発行

著者……………深月《みつき》ハルカ
発行人…………石原正康
発行元…………株式会社　幻冬舎コミックス
〒151-0051　東京都渋谷区千駄ヶ谷4-9-7
TEL 03-5411-6431（編集）
発売元…………株式会社　幻冬舎
〒151-0051　東京都渋谷区千駄ヶ谷4-9-7
TEL 03-5411-6222（営業）
振替00120-8-767643
印刷・製本所…株式会社　光邦
検印廃止

ISBN978-4-344-84201-4 C0293
Printed in Japan

幻冬舎コミックスホームページ　http://www.gentosha-comics.net